dtv

Mord in der Rue Morgue in Paris: Mme L'Espanaye und ihre Tochter Camille sind im vierten Stock eines Hauses bestialisch erwürgt worden. Die Polizei steht vor einem Rätsel. Der Detektiv C. Auguste Dupin erfährt von dem sensationellen Mord aus der Presse. Aus rein intellektuellem Amüsement widmet er sich diesem und anderen Fällen und löst sie durch bloße Verstandesarbeit. Nicht das Ergebnis zählt, sondern das logische Verfahren. Mit den vier ›Tales of Ratiocination‹, den ›Erzählungen des Scharfsinns‹, die zwischen 1841 und 1845 zum ersten Mal erschienen, wurde Edgar Allan Poe zum Vater der modernen Detektivgeschichte und seine geniale Figur Auguste Dupin zum Stammvater aller berühmten Detektive von Sherlock Holmes bis heute.

Edgar Allan Poe, geboren am 19. 1. 1809 in Boston als Sohn von Schauspielern, ist vielleicht die eigenwilligste und faszinierendste Dichterpersönlichkeit im Amerika des 19. Jahrhunderts. Sein kurzes, aber sehr bewegtes und von Alkoholsucht gezeichnetes Leben, das am 7. 10. 1849 in Baltimore unter geheimnisvollen Umständen ein Ende fand, wurde schon bald zur Legende. Seine Erzählungen, in denen das Phantastische und Realistische, das Groteske und Grauenvolle, das Makabre und Kriminalistische eine eigenartige Verbindung eingehen, begründeten den Weltruhm des Dichters.

Edgar Allan Poe

Detektivgeschichten

Aus dem Amerikanischen von
Hans Wollschläger

Mit einem Nachwort von Ulrich Broich,
Anmerkungen, einer Zeittafel
und Literaturhinweisen

Deutscher Taschenbuch Verlag

Von Edgar Allan Poe
sind im Deutschen Taschenbuch Verlag erschienen:
Faszination des Grauens (12542)
Six Great Stories (dtv zweisprachig 9302)

September 1979
9. Auflage September 1999
© für die Übersetzung:
1966 Arno Schmidt-Stiftung
© für den Anhang:
1979 Deutscher Taschenbuch Verlag, München
Umschlagkonzept: Balk & Brumshagen
Umschlagbild: ›Die Nacht‹ (1908) von Léon Spilliaert
(© VG Bild-Kunst, Bonn 1999)
Gesamtherstellung: C. H. Beck'sche Buchdruckerei,
Nördlingen
Gedruckt auf säurefreiem, chlorfrei gebleichtem Papier
Printed in Germany · ISBN 3-423-12693-0

DIE MORDE IN DER RUE MORGUE

Welch' Lied die Sirenen sangen oder welchen Namen Achill annahm, da er sich unter Frauen verbarg, sind wohl verwirrende Fragen, doch liegen sie nicht jenseits aller Mutmaßung.

Sir Thomas Browne, ›Urn-Burial‹

Die Geisteszüge, welche landläufig für analytische gelten, sind, an und für sich, der Analyse selbst nur wenig zugänglich. Wir schätzen sie einzig nach ihren Wirkungen. Unter anderem wissen wir von ihnen, daß sie ihrem Besitzer, wofern sie ihm nur ungewöhnlich eignen, eine stete Quelle des lebhaftesten Vergnügens bilden. Wie sich der starke Mensch begeistert seiner körperlichen Fähigkeiten freut, indem er an allen solchen Übungen Gefallen hat, die seine Muskeln zum Einsatz bringen, so entzückt den Analytiker jene geistige Wirkungskraft, welche *entwirrt*. Er zieht Genuß aus noch den banalsten Verrichtungen, bringen sie nur seine Gaben recht ins Spiel. Er findet Gefallen an Denkaufgaben, an Rätseln, an Hieroglyphem, und bei ihrer aller Lösung legt er einen Grad von *Scharfsinn* an den Tag, welcher dem gemeinen Begreifen außernatürlich erscheint. Seine Ergebnisse, erbracht wohl ganz im Wesen und Geiste der Methode, haben in Wahrheit durchaus den Hauch von Intuition an sich. Beträchtlich gestärkt wird die Fähigkeit des Wieder-Auflösens möglicherweise von mathematischen Studien und vorzüglich von deren bedeutendstem Zweige, welcher zu Unrecht und lediglich im Betracht seiner rückschlüssigen Verfahrensweise als Analyse – und zwar ganz wie *par excellence* – bezeichnet wird. Doch rechnerisch bestimmen heißt nicht eigentlich analysieren. Ein Schachspieler zum Beispiel tut das Eine ohne jedes Bemühen um das Andere. Daraus folgt, daß in seinem Effekt auf den geistigen Charakter das Schachspiel höchlichst mißverstanden wird. Nun schreibe ich hier keine Abhandlung, sondern schlicht das Vorwort zu einer einigermaßen absonderlichen Erzählung, indem ich durchaus zufällige Beobachtungen mitteile; ich will daher einmal Gelegenheit nehmen zu verfechten, daß die höhern Kräfte des denkerischen Intellekts weit entschiedner und fruchtbarer vom bescheidenen Damenspiel in Anspruch genommen werden als von all der bemühten Nichtigkeit des Schachs. Bei diesem letzteren, worin die Figuren verschiedene und durchaus *bizarre* Bewegungen haben, mit verschiedenen und veränderlichen Werten, wird fälschlich (ein nicht ungewöhnlicher Irrtum) für tiefgründig verstanden, was nur verwickelt ist. Mächtig wird hier die *Aufmerksamkeit* ins Spiel gerufen. Wenn sie nur einen Augenblick erschlafft, ist schon ein Versehen begangen, das Nachteil oder Niederlage bringt. Da die möglichen Züge nicht nur mannigfaltig sind, sondern vielfach voneinander bedingt, vervielfältigen sich die Folgen solcher Versehen; und in neun von zehn Fällen ist es eher der angespannter aufmerksame denn der scharfsinnigere Spieler, welcher gewinnt. Beim Damenspiel hingegen, wo die Züge *gleichförmig* sind und nur geringe Abweichung haben, sind auch die möglichen Folgen von Unachtsamkeit geringer, und da die bloße Aufmerksamkeit vergleichsweise unbeschäftigt bleibt, gehen alle Vorteile, die von den Parteien errungen werden, einzig auf höhern *Scharfsinn* zurück. Um weniger abstrakt zu sein: Stellen wir uns ein Damenspiel vor, in welchem die Steine auf vier Damen reduziert sind und ein Übersehen natürlich nicht zu erwarten steht. Es ist auf der Hand, daß hier ein Sieg (wofern die Spieler einander durchaus gleichwertig sind) nur von einem kunstreichen Zug entschieden werden kann, dem Ergebnis starker Anstrengung des Intellekts. Gewöhnlicher Hilfsquellen beraubt, versetzt sich der Analytiker in den Geist seines Gegners, identifiziert sich mit ihm und wird so nicht selten, gar auf einen Blick, der einzigen Methode gewahr (zuweilen einer wahrhaft absurd einfachen), mit welcher er irreführen oder zu Fehleinschätzungen verleiten kann.

Whist war lange für seinen Einfluß auf das bekannt, was Berechnungsvermögen heißt; und Menschen vom Intellekte höchster Ordnung haben bekanntermaßen ein scheinbar unerklärliches Vergnügen daran gefunden, indes sie Schach als nichtig mieden. Ohne jeden Zweifel gibt es nichts von ähnlicher Natur, was in so hohem Maß die Fähigkeit zu analysieren erfordert. Der beste Schachspieler der Christenheit mag grad ein wenig mehr noch sein als eben der beste Meister des Bretts; doch Fertigkeit im Whist schließt Befähigung zum Erfolg in all den wichtigeren Unternehmungen ein, worinnen Geist gegen Geist im Kampfe liegt. Wenn ich ›Fertigkeit‹ sage, so meine ich jene Vollendung im Spiel, welche ein Begreifen *aller* Hilfsquellen umfaßt, von denen ehrlicher Vorteil sich ziehen läßt. Diese sind nicht nur mannigfach, sondern vielgestaltig und liegen häufig in jenen Unterschichten des Denkens, welche dem gemeinen Verständnis allesamt unzugänglich sind. Angespannt beobachten heißt sich klar erinnern; und insofern wird der konzentrierte Schachspieler auch beim Whist sehr gut abschneiden; indem ja die Hoyle-'schen Regeln (welche sich auf den bloßen Mechanismus des Spiels begründen) ausreichend und allgemein verständlich sind. Ein getreues Gedächtnis zu haben und ›nach dem Buche‹ zu verfahren, sind somit Punkte, die gemeinhin als die Summe guten Spielens gelten. Aber Bereiche jenseits der Grenzen bloßer Regel sind es, in welchen das Geschick des Analytikers sich erweist. In aller Stille sammelt dieser eine Fülle von Beobachtungen und zieht seine Schlüsse daraus. Insgleichen verfahren vielleicht auch seine Mitspieler; doch ist ein Unterschied in der Wirkungs- und Reichweite der gewonnenen Erfahrungen, und zwar liegt dieser nicht so sehr in der Stichhaltigkeit der Schlüsse selbst als vielmehr in Wert und Weise der Beobachtung. Not tut zu wissen, *was* zu beobachten ist. Unser Spieler beschränkt sich nicht im mindesten; noch weist er etwa, weil das Spiel sein eigentliches Objekt wäre, Deduktionen von Dingen von sich, die außerhalb des Spieles selber liegen. Er prüft die Miene seines Partners und vergleicht sie sorgsam mit der jedes seiner Gegner. Er merkt sich die Anordnung der Karten in der Hand; oft liest er Trumpf um Trumpf, Honneur um Honneur den

Blicken ab, die von den Spielern darauf gewendet werden. Er nimmt jede Veränderung des Gesichtsausdrucks im Verlauf des Spiels zur Kenntnis und gewinnt eine Fülle von Aufschlüssen aus den Unterschieden im Ausdruck von Sicherheit, von Überraschung, Triumph oder Verdruß. Aus der Weise, wie ein Spieler einen Trick zusammenbringt, urteilt er, ob der Betreffende in der Folge noch ein weiteres machen kann. An der Miene, mit der eine Karte auf den Tisch gespielt wird, erkennt er, wann es sich um eine Finte handelt. Ein zufälliges oder unachtsames Wort; das versehentliche Fallenlassen oder Umwenden einer Karte, die damit einhergehende Unruhe oder auch Sorglosigkeit im Versuch, sie zu verbergen; das Markieren der Tricks und ihre Anordnung; Verwirrung, Zögern, Eifer oder Bestürzung – das alles liefert seiner scheinbar intuitiven Wahrnehmung Anzeichen für den wirklichen Stand der Dinge. Sind gar dann die ersten zwei oder drei Runden ausgespielt, so kennt er voll den Inhalt jeder Hand, und von da an spielt er seine Karten so unfehlbar zielsicher aus, als hätten ihm die übrigen Mitspieler offen ihr Blatt gezeigt.

Die analytische Kraft sollte nicht einfach mit findigem Verstand verwechselt werden; denn indessen der Analytiker notwendigerweise über solchen Verstand verfügt, ist wiederum der verstandesbegabte Mensch oftmals bemerkenswert unfähig zu analysieren. Die konstruktive oder kombinative Kraft, in der Verstandesschärfe sich gemeinhin offenbart und der die Phrenologen (irrtümlich, wie mich dünkt) gar ein gesondertes Organ zugeschrieben haben, in der Meinung, es handle sich dabei um eine Art Urfähigkeit, ist so häufig eben bei solchen Individuen festgestellt worden, deren Intellekt andererseits an Idiotie grenzte, daß dies in der Fachliteratur allgemeine Aufmerksamkeit gefunden hat. Zwischen Verstandesbegabung und analytischer Fähigkeit besteht ein Unterschied, weit größer in der Tat als der zwischen bloßer Phantasie und der eigentlichen Imaginationskraft; zugleich aber liegt eine strikte Entsprechung dabei vor. Man wird tatsächlich finden, daß der Verstandesmensch wohl immer auch Phantasie hat, der *wahrhaft* imaginativ Begabte aber in jedem Fall über analytische Fähigkeit verfügt.

Die folgende Erzählung wird dem Leser in etwa als Kommentar zu den hier vorgetragenen Behauptungen erscheinen.

Während meines Aufenthalts in Paris, welcher sich über den Frühling und einen Teil des Sommers 18-- erstreckte, machte ich die Bekanntschaft eines Monsieur C. Auguste Dupin. Dieser junge Herr entstammte hervorragender, ja illustrer Familie, war jedoch durch eine Reihe widriger Bedrängnisse so verarmt, daß die Energie seines Charakters darunter zum Erliegen kam und er aufhörte, sich in der Welt umzutun oder sich um die Wiederherstellung seines Vermögens zu bekümmern. Durch das Entgegenkommen seiner Gläubiger verblieb ein schmaler Rest seines väterlichen Erbteils in seinem Besitz; und mit dem Einkommen, das hieraus erbracht ward, verstand er mittels strenger Sparsamkeit die Notwendigkeiten des Lebens zu bestreiten, ohne dessen Überflüssigkeiten nachzutrauern. Sein einziger Luxus tatsächlich waren Bücher, und die sind in Paris recht leicht zu haben.

Unsere erste Begegnung ergab sich in einer obskuren Bücherei in der Rue Montmartre, wo der Zufall, daß wir beide nach demselben sehr seltenen und merkwürdigen Bande auf der Suche waren, uns in nähern Verkehr brachte. Wir sahen einander zu immer häufigeren Malen. Ich hegte tiefe Teilnahme für die kleine Familiengeschichte, die er mir mit all der biedern Harmlosigkeit darstellte, welche ein Franzose sich angelegen sein läßt, wann immer nur von ihm selber die Rede ist. Auch erstaunte mich seine umfassende Belesenheit; und vor allem war es die wilde Inbrunst und lebendige Frische seiner Imagination, welche mein Gefühl für ihn entflammte. Gerade im Betracht der Gegenstände, die ich damals in Paris suchte, mußte mir, so empfand ich's, die Gesellschaft eines solchen Mannes ein Schatz von unbezahlbarem Wert sein; und aus diesem Empfinden machte ich ihm gegenüber keinerlei Hehl. Es wurde schließlich verabredet, daß wir während meines Aufenthaltes in der Stadt zusammen wohnen wollten; und da meine weltlichen Umstände einiges weniger behindert waren als seine eignen, durfte ich es übernehmen, ein vom Alter zerfressenes und wunderlich gestaltetes Herrenhaus zu mieten und in einem der phantastischen Düsternis unserer gemeinsamen Gemütsstimmungen entsprechenden Stile auszustatten, – ein Haus, das lange schon aufgrund abergläubischer Meinungen, denen wir nicht weiter nachgingen, verlassen lag und in einem abgeschiednen und öden Teil des Faubourg St. Germain seinem Verfall entgegenschwankte.

Wäre der alltägliche Verlauf unseres Lebens an jener Stätte der Welt bekannt geworden, so hätte man uns für Verrückte angesehen – freilich vielleicht für solche harmloser Natur. Unsere Abgeschiedenheit war vollkommen. Wir ließen keine Besucher vor. Allerdings war die Örtlichkeit unseres stillen Aufenthaltes sorgfältig vor meinen eigenen frühern Bekannten geheim gehalten worden; und seit Dupin aufgehört hatte, in Paris Bekannte zu haben oder für irgendwen Bekanntschaft zu sein, waren längst viele Jahre vergangen. Wir führten unser Dasein ganz für uns allein.

Es war eine ausgesprochene Grille meines Freundes (wie anders soll ich es nennen?), in die Nacht um ihrer selbst willen verliebt zu sein; und auf diese *bizarrerie* verfiel auch ich – wie auf all seine anderen – schlicht und ohne Umstände, indem ich mich vollkommen *ungezwungen* seinen wild-wunderlichen Grillen ergab. Die düstere Gottheit selber wollte nicht allezeit bei uns wohnen; doch konnten wir uns ihre Gegenwart ja künstlich schaffen. Beim ersten Dämmern des Morgens schlossen wir sämtliche gewichtig dichten Fensterläden des alten Baus und entzündeten ein paar Wachskerzen, welche unter stark würzigem Räuchern nur den schauerlich bleichsten und mattesten Schein verbreiteten. Mit diesen Lichtes Hilfe versenkten wir dann unsere Seelen in Träume – lasen, schrieben oder unterhielten uns, bis die Uhr uns das Nahen der wahren Nacht anzeigte. Dann begaben wir uns auf die Straßen, Arm in Arm, fuhren fort, die Gegenstände des Tags zu besprechen, oder streiften weit und breit bis zu später Stunde umher und suchten, inmitten der wilden Lichter und Schatten der bevölkerten Stadt, jene Unendlichkeit geistiger Erregung, die von gelassener Beobachtung gewährt werden kann.

Zu solchen Zeiten konnte ich nicht umhin, an Dupin (wennschon ich bei seinen reich idealischen Anlagen darauf hätte vorbereitet sein müssen) eine besondere analytische Begabung zu bemerken und zu bewundern. Er schien auch ein ausgemachtes Vergnügen an ihrer Übung – wenn nicht gar ihrer pomphaften Schaustellung – zu finden und nahm keinen Anstand, den Genuß, der ihm daraus zuteil wurde, offen zu bekennen. Er rühmte sich mir gegenüber, mit einem versteckt kichernden Lachen, wie doch die meisten Menschen für seinen Blick schier Fenster im Busen trügen, und machte es sich zur Gewohnheit, solchen Behauptungen unmittelbare und überaus verblüffende Beweise für seine intime Kenntnis meiner eigenen Person folgen zu lassen. Sein Gebaren war in solchen Augenblicken herzlos-eisig und abstrakt; seine Augen zeigten sich ausdrucksleer; während seine Stimme, für gewöhnlich ein reicher Tenor, sich zu einem Diskant erhob, dem man hätte unbeherrschte Gereiztheit entnehmen können, wäre nicht die Ausdrucksweise stets bedacht und gänzlich deutlich geblieben. Beobachtete ich ihn während dieser Stimmungen, so weilten meine Gedanken oft bei der alten Zwei-Seelen-Philosophie, und ich erheiterte mich bei der Vorstellung eines doppelten Dupin – des schöpferischen und des zerlegenden.

Das eben Ausgeführte möge nicht zu der Annahme verleiten, ich stünde im Begriff, mysteriös zu werden oder ein romantisches Märchen zu erzählen. Was ich an dem Franzosen beschrieben habe, war lediglich das Ergebnis einer exaltierten oder vielleicht gar einer gestörten Intelligenz. Doch wird von der Eigentümlichkeit seiner Bemerkungen zu den fraglichen Zeiten ein Beispiel am besten Anschauung geben.

Wir schlenderten eines Nachts auf einer langen schmutzigen Straße dahin, unweit des Palais Royal. Beide offenbar mit Nachdenken beschäftigt, hatten wir wenigstens fünfzehn Minuten lang keine Silbe gesprochen. Da brach Dupin ganz plötzlich in die Worte aus: –

»Er ist ein ziemlich kleiner Kerl, das stimmt, und wäre besser für das *Théâtre des Variétés* geeignet.«

»Daran kann kein Zweifel sein«, erwiderte ich unwillkürlich und ohne sogleich (derart vertieft war ich in meine Überlegungen) die ungewöhnliche Weise zu bemerken, in welcher der Sprecher sich mit meinen stillen Meditationen in Einklang gebracht hatte. Einen Augenblick danach jedoch besann ich mich und erstaunte nun allerdings gründlich.

»Dupin«, sagte ich ernst, »dies geht über mein Begreifen. Ich stehe nicht an zu sagen, daß ich bestürzt bin, und mag meinen Sinnen kaum trauen. Wie war es möglich – wie konnten Sie wissen, daß meine Gedanken bei – –?« Hier hielt ich inne, um ganz zweifelsfrei versichert zu sein, ob er wirklich wußte, an wen ich dachte.

» – – bei Chantilly weilten«, sagte er; »warum stocken Sie denn? Sie bildeten sich soeben die Vorstellung, daß seine geringfügige Gestalt ihn für die Tragödie ungeeignet mache.«

Tatsächlich hatte grad dieses meine Gedanken beschäftigt. Chantilly war ein ehemaliger Flickschuster aus der Rue St. Denis, der – bühnentoll geworden – sich in der Rolle des Xerxes in Crébillons gleichnamiger Tragödie versucht hatte und für diese beschwerliche Unternehmung schmählich pasquiniert worden war.

»Nennen Sie mir, um des Himmels willen«, rief ich aus, »die Methode – wenn überhaupt Methode darin ist –, von der Sie befähigt wurden, meine Seele in dieser Sache zu ergründen!« In Wahrheit war ich weit verblüffter noch, als ich hätte zum Ausdruck bringen mögen.

»Es war der Obsthändler«, erwiderte mein Freund, »der Sie zu dem Schluß brachte, der Sohlenflicker hätte nicht das ausreichende Format für Xerxes *et noc genus omne.*«

»Der Obsthändler? – Sie erstaunen mich – ich kenne ja überhaupt keinen Obsthändler!«

»Der Mann, der gegen Sie rannte, als wir in die Straße einbogen – es mag grad eine Viertelstunde her sein.«

Ich besann mich nun, daß in der Tat ein Obsthändler, welcher einen ausladenden Korb Äpfel auf dem Kopfe trug, mich versehentlich fast niedergeworfen hatte, als wir von der Rue C----- in die Durchfahrt einbogen, in der wir gegenwärtig standen; was dies jedoch mit Chantilly zu tun habe, wollte mir durchaus nicht deutlich werden.

Es gab an Dupin nicht die mindeste Spur von *charlatanerie*. »Ich will Ihnen erklären«, sagte er, »und damit Sie alles klar begreifen, wollen wir zuerst den Gang Ihrer Überlegungen zurückverfolgen, vom Augenblick, da ich Sie ansprach, bis zum *rencontre* mit dem in Rede stehenden Obsthändler. Die gröberen Glieder der Kette laufen folgendermaßen: – Chantilly, Orion, Dr. Nichols, Epikur, Stereotomie, die Pflastersteine, der Obsthändler.«

Es gibt wenige Menschen, die nicht zu irgendeinem Zeitpunkt ihres Lebens daran Vergnügen gefunden haben, die Schritte zurückzuverfolgen, auf denen ihr Geist zu besondern Schlüssen gelangt war. Die Beschäftigung ist oftmals voller Interesse; und wer sich zum erstenmal an ihr versucht, ist wohl erstaunt über die anscheinend grenzenlose Entfernung und Unzusammenhänglichkeit zwischen dem Ausgangspunkte und dem Ziel. Wie groß denn mußte meine Verwunderung sein, da ich den Franzosen jene Sätze sprechen hörte, die ich soeben vernommen, und nicht umhin konnte anzuerkennen, daß er die Wahrheit getroffen habe. Er fuhr fort:

»Wir hatten ein Gespräch über Pferde, wenn ich mich recht entsinne, just ehe wir die Rue C----- verließen. Dies war der letzte Gegenstand, den wir erörterten. Als wir in diese Straße einbogen, warf ein Obsthändler, welcher mit einem großen Korbe auf dem Kopf eilig hinter uns anstürmte, Sie auf einen Haufen Pflastersteine, die an einem Fleck gesammelt lagen, wo der Straßendamm eine Ausbesserung erfährt. Sie traten auf einen der losen Brocken, strauchelten, verstauchten sich leicht den Knöchel, machten ein ungehaltenes oder verdrießliches Gesicht, murmelten ein paar Worte vor sich hin, wandten sich zu einem Blick auf den Haufen um und schritten dann schweigend weiter. Ich widmete Ihrem Tun keine sonderliche Aufmerksamkeit; doch ist Beobachten letzterzeit bei mir so etwas wie eine Notwendigkeit geworden.

Sie hielten den Blick zu Boden gerichtet – musterten, mit einem Ausdruck des Unmuts, die Löcher und Geleise im Pflaster (so daß ich sah, Sie waren in Gedanken immer noch bei den Steinen), bis wir das kleine, Lamartine genannte Gäßchen erreichten, welches versuchsweise eine Reihenpflasterung aus fest eingefügten Blöcken erhalten hatte. Hier erhellte sich Ihre Miene, und indem ich eine Bewegung Ihrer Lippen bemerkte, konnte ich nicht zweifeln, daß Sie das Wort ›Stereotomie‹ murmelten, einen besonders gern auf diese Art Pflasterung angewendeten Ausdruck. Ich wußte aber, daß Sie das Wort ›Stereotomie‹ nicht vor sich hin sprechen konnten, ohne auf den Gedanken an Atome gebracht zu werden und mithin auf die Theorien Epikurs; und da ich Ihnen, als wir unlängst diesen Gegenstand erörterten, die Erwähnung tat, wie einzigartig doch, ob schon mit geringem Aufsehen, die unsichern Mutmaßungen jenes ausgezeichneten Griechen in der neuern Nebel-Kosmogonie ihre Bekräftigung getroffen hätten, fühlte ich, daß Sie nun ganz unvermeidlich den Blick empor zur großen *nebula* im Orion richten mußten, und erwartete mit Sicherheit, daß Sie es tun würden. Sie blickten in der Tat auch auf; und nun hatte ich die Bestätigung, daß ich Ihren Gedanken-Schritten korrekt gefolgt war. Aber in jener bitterlichen *tirade* auf Chantilly, die im gestrigen ›Musée‹ erschien, zitierte der Spötter gelegentlich einiger hämischer Anspielungen auf des Schuhmachers Namenswechsel beim Besteigen des Kothurns eine lateinische Verszeile, über die wir uns oft unterhielten. Ich meine den Satz

Perdidit antiquum littera prima sonum.

Ich hatte Ihnen mitgeteilt, daß dies sich auf Orion bezöge, früher Urion geschrieben; und von gewissen, mit dieser Erklärung verbundnen Spitzigkeiten nahm ich die Überzeugung, daß Sie es nicht vergessen haben konnten. Es war daher klar: Sie mußten die beiden Gedanken Orion und Chantilly in Verbindung bringen. Daß Sie das wirklich taten, ersah ich aus der Art des Lächelns, das über Ihre Lippen glitt. Sie dachten an des armen Schusters Abschlachtung. Bis dahin waren Sie in leicht gebeugter Haltung geschritten; nun jedoch sah ich Sie sich zu voller Höhe aufrichten. Da war ich gewiß, daß Ihre Gedanken bei der dürftigen Gestalt Chantillys weilten. An diesem Punkt unterbrach ich Ihre Überlegungen mit dem Bemerken, wie er doch in der Tat ein sehr kleiner Kerl wäre – jener Chantilly – und daß er besser für das Théâtre des Variétés geeignet sei.«

Nicht lange nach diesem Gespräch sahen wir eine Abendausgabe der ›Gazette des Tribunaux‹ durch, als die folgenden Artikel unsere Aufmerksamkeit fesselten.

»AUFSEHENERREGENDE MORDE. – Am heutigen Morgen gegen drei Uhr wurden die Bewohner des Quartier St. Roch von einer Folge schrecklicher Schreie aus dem Schlaf gerissen, welche offenbar aus dem vierten Stockwerk eines Hauses in der Rue Morgue herrührten. Von diesem war bekannt, daß es einzig von einer Madame L'Espanaye und ihrer Tochter, Mademoiselle Camille L'Espanaye, bewohnt wurde. Nach einigem Verzug, verursacht vom fruchtlosen Versuch, sich auf die übliche Weise Eingang zu verschaffen, ward das Haustor mit einer Brechstange erbrochen, und acht oder zehn Nachbarn drangen ein, begleitet von zwei *gendarmes*. Um diese Zeit waren die Schreie bereits verstummt; doch als die Gesellschaft die erste Treppenflucht hinaufstürmte, ließen sich zwei oder mehr rauhe, zornig hadernde Stimmen unterscheiden, welche vom obern Teil des Hauses auszugehen schienen. Als der zweite Treppenabsatz erreicht wurde, waren auch diese Laute verstummt, und alles blieb vollkommen still. Die Gesellschaft breitete sich aus und hastete von Raum zu Raum. Als man zu einem großen Hinterzimmer im vierten Stockwerk kam (dessen Türe, da es sich verschlossen fand und der Schlüssel innen steckte, mit Gewalt geöffnet wurde), bot sich ein Anblick, bei welchem alle Anwesenden nicht weniger Entsetzen denn Erstaunen überfiel.

Die Wohnung befand sich in der wildesten Unordnung – die Einrichtung war zerbrochen und nach allen Richtungen umhergeschleudert. Nur eine einzige Bettstatt war vorhanden; und von dieser war das Pfühl heruntergerissen und mitten auf den Fußboden geworfen worden. Auf einem Stuhle lag ein Barbiermesser, mit Blut beschmiert. Auf dem Kamin fanden sich zwei oder drei langsträhnige und dicke Büschel grauen Menschenhaars, insgleichen blutbenetzt und anscheinend mit den Wurzeln ausgerissen. Auf dem Boden fand man vier Napoleons, einen Ohrring von Topas, drei große Silberlöffel, drei kleinere aus *métal d'Alger* und zwei Geldbörsen, die nahezu viertausend Franken in Gold enthielten. Die Schubladen einer Kommode, welche in einer Ecke stand, waren offen und augenscheinlich beraubt, wenngleich noch mancherlei Gegenstände darin verblieben waren. Unter dem Bett (dem Pfühle, nicht der Bettstatt) entdeckte man eine kleine eiserne Kassette. Sie war offen; der Schlüssel steckte noch. Sie hatte keinerlei Inhalt außer ein paar wenigen alten Briefen und anderen Papieren von geringer Bedeutung.

Von Madame L'Espanaye war hier keine Spur zu sehen; doch da man eine ungewöhnliche Menge Ruß in der Feuerstelle bemerkte, wurde eine Untersuchung des Kamins vorgenommen und (schrecklich zu berichten!) der Leichnam der Tochter herausgezogen, den Kopf zu unterst; in dieser Stellung war er ein beträchtliches Stück die enge Öffnung hinaufgetrieben worden. Der Körper war noch ganz warm. Bei seiner Untersuchung wurden zahlreiche Hautabschürfungen festgestellt, zweifellos verursacht von der Heftigkeit, mit welcher er hinaufgestoßen und wieder herausgezogen worden. Auf dem Gesichte fanden sich viele schwere Kratzwunden und auf der Kehle dunkle Quetschungen und tiefe Eindrücke von Fingernägeln, ganz als sei die Verstorbene durch Würgen zu Tode gebracht worden.

Nach einer gründlichen Durchsuchung in allen Teilen des

Hauses, die indes keine weitere Entdeckung brachte, begab sich die Gesellschaft in einen kleinen gepflasterten Hof an der Rückfront des Gebäudes, wo der Leichnam der alten Dame lag, mit so vollständig durchschnittener Kehle, daß beim Versuch, sie aufzuheben, der Kopf herabfiel. Der Rumpf wie auch der Kopf waren auf das gräßlichste verstümmelt – der erstere so sehr, daß er kaum noch irgend Menschenähnliches an sich hatte.

Zur Aufklärung dieses entsetzlichen Geheimnisses besteht, so glauben wir, zur Stunde noch nicht der leiseste Anhalt.«

Die Zeitung des nächsten Tages enthielt die folgenden zusätzlichen Einzelheiten.

»DIE TRAGÖDIE IN DER RUE MORGUE. Zahlreiche Personen sind im Zusammenhang mit dieser höchst aufsehenerregenden und schrecklichen Affäre vernommen worden«, (das Wort *affaire* hat in Frankreich noch nicht den leichtfertigen Sinn, welchen es bei uns ausdrückt), »doch ist rein gar nichts bekannt geworden, was Licht darauf werfen könnte. Nachstehend geben wir sämtliche gewonnenen Zeugenaussagen wieder.

Pauline Dubourg, Wäscherin, gibt an, die beiden Verstorbenen seit drei Jahren gekannt zu haben, da sie während dieser Zeit für sie tätig gewesen sei. Die alte Dame und ihre Tochter hätten anscheinend auf gutem Fuße miteinander gestanden – sehr herzlich zueinander. Waren ausgezeichnete Zahler. Zeugin konnte nichts über ihre Lebensweise oder Bemittelung aussagen. Glaubte, daß Madame L. ihren Lebensunterhalt mit Wahrsagen verdiente. Es ginge die Meinung, daß sie Geld zurückgelegt habe. Traf niemals irgendwelche Personen im Hause, wenn zum Abholen oder Bringen der Wäsche gerufen. War sicher, daß kein Dienstbote angestellt war. Es zeigte sich, daß im ganzen Hause keinerlei Wohneinrichtung vorhanden außer im vierten Stock.

Pierre Moreau, Tabak-Händler, gibt an, daß er seit nahezu vier Jahren regelmäßig kleinere Mengen Tabak und Schnupftabak an Madame L'Espanaye verkauft habe. Ist in der Nachbarschaft geboren und hat dort dauernd gewohnt. Die Verstorbene und ihre Tochter hatten das Haus, in welchem die Leichen gefunden, seit mehr als sechs Jahren inne. Früher wurde es von einem Goldschmiede bewohnt, der die obern Räume an verschiedene Personen in Untermiete vergab. Das Haus war Eigentum von Madame L. Sie wurde unzufrieden über den Mißbrauch, den ihr Pächter mit dem Anwesen trieb, zog selber hinein und lehnte es ab, auch nur einen Teil unterzuvermieten. Die alte Dame war kindisch. Zeuge hatte die Tochter während der sechs Jahre einige fünf oder sechs Mal gesehen. Die beiden führten ein überaus zurückgezogenes Leben – galten für vermögend. Hatte unter den Nachbarn reden hören, daß Madame L. wahrsage – glaubte es aber nicht. Hatte nie einen Menschen zum Tore hineintreten sehen außer der alten Dame und ihrer Tochter, einem Gepäckträger ein- oder zweimal und einem Arzte einige acht- oder zehnmal.

Viele andere Personen, Nachbarn, machten Aussagen selben Inhalts. Von niemandem wurde erwähnt, daß er häufig im Hause verkehrt habe. Man wußte nicht, ob es irgendwelche lebenden Verwandten von Madame L. und ihrer Tochter gab. Die Läden der vordern Fenster wurden selten geöffnet. Die an der Rückfront waren stets geschlossen, mit Ausnahme derer des großen Hinterzimmers im vierten Stock. Das Haus war in gutem Stande – nicht sehr alt.

Isidore Musèt, Gendarm, gibt an, er sei gegen drei Uhr am Morgen zum Hause gerufen worden und habe einige zwanzig oder dreißig Personen am Tore angetroffen, welche bemüht waren, Zutritt zu gewinnen. Erbrach schließlich die Tür – mit einem Bajonett, nicht mit einer Brechstange. Hatte hierbei nur geringe Schwierigkeit, da es sich um eine Doppel- oder Flügeltür handelte, welche zudem weder nach der Decke noch nach der Schwelle zu eine Verriegelung besaß. Die Schreie dauerten fort, bis die Tür erbrochen war, – und hörten dann plötzlich auf. Es schienen Wehrufe von einer oder mehreren in höchster Todesangst befindlichen Personen zu sein – laut und langgezogen, nicht kurz und rasch.

Zeuge führte die Treppe empor. Bei Erreichen des ersten Absatzes hörte er zwei Stimmen in lautem und ärgerlichem Streite – die eine schroff und barsch, die andere weit schriller – eine sehr fremdartige Stimme. Konnte einige Worte der ersten unterscheiden, welche die eines Franzosen war. Hielt für gewiß, daß es sich nicht um eine Frauenstimme handelte. Konnte die Worte ›sacré‹ und ›diable‹ unterscheiden. Die schrille Stimme habe einem Ausländer angehört. Konnte nicht sicher angeben, ob es die Stimme eines Mannes oder einer Frau war. Konnte nicht ausmachen, was gesprochen wurde, hielt jedoch die Sprache für Spanisch. Der Zustand des Zimmers und der Körper wurde von diesem Zeugen beschrieben, wie wir es gestern mitteilten.

Henri Duval, ein Nachbar, Silberschmied von Gewerbe, gibt an, bei der Gesellschaft gewesen zu sein, die zuerst das Haus betrat. Bestätigt im Allgemeinen die Zeugenaussage von Musèt. Sobald sie sich gewaltsam Eingang verschafft, schlossen sie wieder die Tür, um die Menge draußen zu halten, welche sich sehr rasch, ohngeachtet der späten Stunde, sammelte. Die schrille Stimme, so vermeint der Zeuge, war die eines Italieners. War sicher, daß es sich nicht um einen Franzosen handelte. Konnte nicht gewiß sagen, daß es eine Männerstimme war. Es möchte wohl auch die einer Frau gewesen sein. Ist nicht vertraut mit der italienischen Sprache. Konnte die Worte nicht unterscheiden, wurde jedoch vom Tonfall zu der Annahme bewogen, daß der Sprecher Italiener wäre. Kannte Madame L. und ihre Tochter. Hatte häufige Unterhaltungen mit beiden. War sicher, daß die schrille Stimme keiner der beiden Verstorbenen zugehörte.

--- *Odenheimer, restaurateur.* Der Zeuge erbot sich freiwillig zu einer Aussage. Da er kein Französisch spricht, wurde er vermittels eines Dolmetschers befragt. Ist in Amsterdam geboren. Ging zur Zeit der Schreie an dem Haus vorüber. Sie währten etliche Minuten lang – vermutlich zehn. Waren lang und laut – ganz furchtbar, und schrecklich anzuhören. Zeuge war einer von denen, die in das Gebäude eindrangen. Bekräftigt die vorstehende Aussage in jedem Betracht – mit Ausnahme einer Einzelheit. War sicher, daß die schrille Stimme die eines Mannes war – eines Franzosen. Konnte die geäußerten Worte nicht unterscheiden. Sie klangen laut und rasch – ungleichmäßig – anscheinend in Furcht ebenso als in Ärger gesprochen. Die Stimme war rauh – nicht so sehr schrill wie rauh. Konnte sie nicht eigentlich als schrill bezeichnen. Die barsche Stimme sagte wiederholt ›sacré‹, ›diable‹ und einmal ›mon Dieu‹.

Jules Mignaud, Bankier, von der Firma Mignaud et Fils, Rue Deloraine. Ist der ältere Mignaud. Madame L'Espanaye besaß einiges Vermögen. Hatte bei seinem Bankhaus im Frühjahr 18-- (acht Jahre zuvor) ein Konto eröffnet. Leistete häufige Einlagen in kleinen Summen. Hatte bis zum dritten Tag vor ihrem Tode noch nichts abgehoben, als sie in Person die Summe von 4.000 Franken holte. Dieser Betrag wurde in Gold ausgezahlt und ein Angestellter mit dem Gelde zu ihr nach Haus geschickt.

Adolphe Le Bon, Angestellter bei Mignaud et Fils, gibt an, daß er an dem in Rede stehenden Tage um Mittag Madame L'Espanaye mit den 4.000 Franken nach ihrer Wohnung begleitete; das Geld war in zwei Beuteln verpackt. Als die Tür geöffnet wurde, erschien Mademoiselle L. und nahm ihm den einen Beutel aus den Händen, während die alte Dame ihn von dem anderen befreite. Hierauf machte er eine Verbeugung und entfernte sich. Sah keinen Menschen auf der Straße um die Zeit. Es handelt sich um eine Seitengasse – sehr einsam.

William Bird, Schneider, gibt an, mit von der Gesellschaft gewesen zu sein, die in das Haus eindrang. Ist Engländer. Lebt seit zwei Jahren in Paris. War einer der ersten, welche die Treppe erstiegen. Vernahm die im Streit begriffenen Stimmen. Die barsche Stimme war die eines Franzosen. Konnte verschiedene Worte ausmachen, vermag sich jetzt jedoch nicht aller mehr zu erinnern. Hörte deutlich ›sacré‹ und ›mon Dieu‹. Es gab in dem Augenblick ein Geräusch wie von mehreren miteinander kämpfenden Personen – ein scharrendes und schlurfendes Geräusch. Die schrille Stimme war sehr laut – lauter als die barsche. Ist sicher, daß es nicht die Stimme eines Engländers war. Erschien ihm eher als die eines Deutschen. Hätte eine Frauenstimme sein können. Versteht kein Deutsch.

Vier der oben namentlich genannten Zeugen, deren Erinnerung sich bei nochmaliger Befragung belebte, gaben an, daß die Tür des Zimmers, in welchem der Körper von Mademoiselle L. gefunden wurde, von innen zugesperrt gewesen sei, als die Gesellschaft sie erreichte. Alles war vollkommen still – kein Stöhnen oder Laut sonst irgendwelcher Art. Beim gewaltsamen Öffnen der Tür war Niemand zu sehen. Die Fenster, sowohl des Hinter- als des Vorderzimmers, waren niedergelassen und fest von innen verklinkt. Eine Tür zwischen den beiden Räumen fand sich geschlossen, doch nicht abgesperrt. Die Tür, welche vom Vorderzimmer auf den Gang hinausführt, war abgeschlossen; der Schlüssel steckte innen. Ein kleiner Raum im vierten Stockwerk vorn, am Ende des Ganges, war offen, die Tür leicht angelehnt. Dieser Raum steckte voll von alten Betten, Kisten und so fort. Sie wurden mit Sorgfalt bei Seite gerückt und durchsucht. Im ganzen Haus blieb nicht ein Zoll, der nicht mit Sorgfalt durchsucht worden wäre. Schornsteinfeger wurden in den Kaminen auf und nieder geschickt. Das Haus ist vierstöckig und besitzt Dachstuben *(mansardes)*. Eine Falltür zum Dach war sehr sicher vernagelt – schien seit Jahren nicht geöffnet worden zu sein. Die Zeit, welche zwischen dem Vernehmen der streitenden Stimmen und dem Aufbrechen der Zimmertür verstrich, wurde von den Zeugen unterschiedlich angegeben. Einige legten sie auf kurze drei Minuten fest – andere auf ganze fünf. Die Tür ließ sich nur mit Schwierigkeit öffnen.

Alfonzo Garcio, Unternehmer, gibt an, daß er in der Rue Morgue wohnhaft ist. Spanier von Geburt. War bei der Gesellschaft, die das Haus betrat. Ging aber nicht mit nach oben. Ist nervös und fürchtete sich vor den Folgen der Aufregung. Hörte die streitenden Stimmen. Die barsche Stimme war die eines Franzosen. Konnte nicht unterscheiden, was gesprochen wurde. Die schrille Stimme gehörte einem Engländer – ist dessen sicher. Versteht die englische Sprache nicht, sondern urteilt nach dem Tonfall.

Alberto Montani, Konditor, gibt an, daß er unter den ersten war, welche die Treppe erstiegen. Vernahm die fraglichen Stimmen. Die barsche Stimme war die eines Franzosen. Unterschied mehrere Worte. Der Sprecher schien Jemandem Vorhaltungen zu machen. Konnte die Worte der schrillen Stimme nicht verstehen. Deren Tonfall rasch und ungleichmäßig. Hält sie für die Stimme eines Russen. Bekräftigt das allgemeine Zeugnis. Ist Italiener. Sprach noch nie mit einem Russen.

Verschiedene Zeugen sagten neuerlich aus, daß die Kamine sämtlicher Räume im vierten Stock zu eng wären, um ein menschliches Wesen hindurchzulassen. Unter den genannten ›Schornsteinfegern‹ wurden zylindrische Besen verstanden, wie sie von Kaminkehrern verwendet werden. Mit diesen Besen wurden sämtliche Abzüge im Hause nach oben und unten durchfegt. Es gibt keinen Hinterausgang, durch welchen Jemand hätte hinabgelangen können, während die Gesellschaft über die Treppe heraufkam. Der Körper von Mademoiselle L'Espanaye steckte so fest im Kamine, daß er nicht niedergeholt werden konnte, ehe nicht vier oder fünf Männer von der Gesellschaft ihre Anstrengungen vereinten.

Paul Dumas, Arzt, gibt an, um etwa Tagesanbruch zur Besichtigung der Leichname gerufen worden zu sein. Sie lagen zu diesem Zeitpunkt beide auf der Bettmatratze in dem Zimmer, in welchem Mademoiselle L. gefunden wurde. Der Körper der jungen Dame wies starke Quetschungen und Hautabschürfungen auf. Die Tatsache, daß er in den Kamin hinaufgestoßen worden, würde diese Erscheinungen hinreichend erklären. Die Kehle war in starkem Maße wund gescheuert. Gleich unter dem Kinn zeigten sich verschiedentliche tiefe Kratzer, zusammen mit einer Reihe bleigrauer Flekken, welche mit Entschiedenheit auf Fingerabdrücke zurückgehen. Das Gesicht hatte sich auf das fürchterlichste entfärbt, und die Augäpfel waren hervorgetreten. Die Zunge war teilweise durchbissen. Eine große Schramme wurde über der Magengrube entdeckt, hervorgerufen offenbar vom Druck eines Knies. Nach Meinung von M. Dumas war Mademoiselle L'Espanaye von einer oder mehreren unbekannten Personen erdrosselt worden. Der Leichnam der Mutter zeigte grauenvolle Verstümmelungen. Alle Knochen des rechten Beines und Arms waren mehr oder minder zerschmettert. Die linke *tibia* weitgehend zersplittert, insgleichen alle Rippen der linken Seite. Der ganze Körper war furchtbar entstellt und verfärbt. Es war nicht möglich zu entscheiden, wie die Verletzungen zugefügt worden seien. Ein schweres Holzscheit oder eine breite Eisenstange – ein Stuhl – jede große, schwere und stumpfe Waffe würde solche Wirkungen erzielt haben, wenn von den Händen eines sehr starken Mannes geführt. Unmöglich hätte eine Frau mit irgend nur einer Waffe dergleichen ausrichten können. Der Kopf der Verstorbenen war, als vom Zeugen in Augenschein genommen, gänzlich vom Rumpfe getrennt und ebenfalls in starkem Maß zerschmettert. Die Kehle war entschieden mit einem sehr scharfen Instrument durchschnitten worden – vermutlich mit einem Barbiermesser.

Alexandre Etienne, Chirurg, wurde mit M. Dumas zusammen gerufen, die Körper zu besehen. Bekräftigte das Zeugnis und die Meinungen von M. Dumas.

Nichts von weiterer Bedeutung wurde ans Licht gebracht, obwohl verschiedene andere Personen verhört wurden. Ein so geheimnisvoller und in all seinen Einzelheiten verwirrender Mord ist noch niemals je in Paris begangen worden – wenn tatsächlich überhaupt ein Mordfall vorliegt. Die Polizei befindet sich vollkommen ratlos – ein ungewöhnliches Vorkommen in Angelegenheiten von dieser Natur. Es ist indessen nicht der mindeste Schatten eines Anhalts sichtbar.«

Die Abendausgabe des Blattes konstatierte, daß im Quartier St. Roch nach wie vor die größte Aufregung anhalte – daß die oberwähnten Punkte nochmals sorgsam nachgeprüft und neuerliche Zeugenbefragungen vorgenommen seien, doch alles ohne Erfolg. Eine Nachschrift erwähnt jedoch, daß Adolphe Le Bon verhaftet und in das Gefängnis gebracht worden sei – obgleich außer den bereits mitgeteilten Tatsachen ihn nichts mit dem Verbrechen in Verbindung bringe.

Dupin schien ein ganz eigentümliches Interesse am Fortgang der Angelegenheit zu nehmen – zumindest schloß ich dies aus seinem Betragen, denn Bemerkungen machte er nicht dazu. Einzig nach der Ankündigung, Le Bon sei in Haft genommen worden, geschah es, daß er mich um meine Meinung über die Morde fragte.

Ich konnte nur mit ganz Paris darin einig gehen, sie für ein unlösbares Geheimnis zu erachten. Keinerlei mögliche Mittel wollten mir sichtbar werden, dem Mörder auf die Spur zu kommen.

»Nach den möglichen Mitteln«, sagte Dupin, »dürfen wir bei dem oberflächlichen Stande dieser Untersuchung nicht urteilen. Die Pariser Polizei, so hoch gepriesen für ihren Scharfsinn, ist schlau, doch weiter nichts. Es ist keine Methode in ihrem Vorgehen, jedenfalls keine, die über die gegenwärtigen Praktiken hinausginge. Sie prunkt recht ausgiebig mit ihren Maßnahmen; doch nicht selten sind diese den vorgegebenen Gegenständen so übel angemessen, daß es uns an Monsieur Jourdain gemahnt, der nach seiner *robe-de-chambre* rief, *pour mieux entendre la musique*. Die erzielten Ergebnisse der Herren sind nicht einmal selten überraschend, werden jedoch zumeist durch Fleiß und Betriebsamkeit erbracht. Wenn diese Mittel nichts ergeben, ist ihr ganzes System hinfällig. Vidocq zum Beispiel war ein guter Rater und ein beharrlicher Mann. Doch bei seinem Mangel an geschultem Denken ging er fortgesetzt in der Irre, und zwar eben aufgrund der verbohrten Beharrlichkeit seiner Nachforschungen. Er verstellte sich selbst den Blick, indem er sich zu nahe an der Sache hielt. Er mochte wohl ein oder zwei Punkte mit ungewöhnlicher Klarheit sehen, doch eben dabei verlor er notwendigerweise die Übersicht über das Ganze.

Das kann gar nicht ausbleiben, wenn man es allzu gründlich treibt. Die Wahrheit liegt nicht immer tief auf dem Grunde des Brunnens. Im Betracht der weit wichtigern Kenntnis glaube ich vielmehr, daß sie sich tatsächlich schlechthin an der Oberfläche befindet. Das Tiefe liegt in den Tälern, wo wir es suchen, und nicht auf den Bergeshöhen, wo man es wähnt. Die Formen und Quellen solcher Art Irrtum sind treffend in der Betrachtung der Himmelskörper vorgebildet. Einen Stern mit einem Blick zu streifen – ja eigentlich an ihm vorbeizusehen, ihn nur aus dem Augenwinkel anzuvisieren, indem man ihm nur die äußern Partien der *retina* zuwendet (die weit empfänglicher für schwache Lichteindrücke sind als die innern), – heißt den Stern genau wahrnehmen – heißt die beste Schätzung von seinem Schimmer zu gewinnen, einem Schimmer, welcher an Trübe grad in dem Maße zunimmt, in welchem wir unsere *volle* Sicht auf ihn wenden. Im letztern Falle treffen gewißlich eine größere Anzahl Strahlen auf das Auge, doch im erstern ist die Wahrnehmungsfähigkeit eine weitaus feinere. Bei ungebührlicher Gründlichkeit verwirren und schwächen wir das Denken; und durchaus wohl mag es geschehen, daß die Venus selbst vom Firmament verschwindet, richtet ein forschender Blick sich allzu gezielt, allzu konzentriert oder allzu direkt darauf.

Was nun diese Morde betrifft, so wollen wir uns selber auf einige Untersuchungen einlassen, ehe wir uns eine Meinung von ihnen bilden. Es wird ein reines Vergnügen für uns sein« (ich fand diesen Ausdruck, hier angewendet, einigermaßen sonderbar, sagte jedoch nichts), »und außerdem leistete mir Le Bon einst einen Dienst, für welchen ich nicht undankbar bin. Wir werden also gehen und uns das Grundstück einmal mit eignen Augen ansehen. Ich kenne G-----, den Polizeipräfekten, und werde keine Schwierigkeit haben, die notwendige Erlaubnis zu erlangen.«

Die Erlaubnis wurde erlangt, und wir begaben uns sogleich zur Rue Morgue. Diese ist eine jener elenden Durchfahrtsgassen, welche zwischen der Rue Richelieu und der Rue St. Roch verlaufen. Es war spät am Nachmittage, als wir sie erreichten; denn dieses Viertel liegt in großer Entfernung von dem, in welchem wir wohnten. Das Haus war rasch gefunden; noch immer nämlich blickten zahlreiche Personen zu den geschlossenen Läden mit müßiger Neugierde von der gegenüberliegenden Seite des Fahrdamms empor. Es war ein ganz gewöhnliches Pariser Haus mit einer Toreinfahrt, auf deren Seite sich ein verglastes Wächterhäuschen mit einem Schieber im Fenster befand, also eine *loge de concierge*. Ehe wir aber eintraten, gingen wir die Straße weiter hinauf, bogen in ein Gäßchen ein und gelangten, indem wir abermals abbogen, zum Hinterhof des Gebäudes – Dupin inspizierte derweil die ganze Nachbarschaft wie auch das Haus mit einer peinlich genauen Aufmerksamkeit, für welche ich keinerlei eigentlichen Gegenstand sah.

Nachdem wir den Weg sodann wieder zurückgelegt, kamen wir erneut zur vordern Front der Wohnung, wiesen unsere Beglaubigung vor und wurden von den aufsichtführenden Polizisten zugelassen. Wir stiegen die Treppe empor und gingen in das Zimmer, in welchem der Leichnam von Mademoiselle L'Espanaye gefunden worden und wo die beiden Verstorbenen jetzt noch lagen. Die Unordnung war im Zimmer, wie üblich, belassen worden. Ich erblickte nichts außer dem, was die ›Gazette des Tribunaux‹ mitgeteilt hatte. Dupin untersuchte schlechthin alles – die Körper der Opfer nicht ausgenommen. Dann gingen wir in die andern Zimmer und in den Hof, überall von einem *gendarme* begleitet. Die Untersuchung beschäftigte uns bis zum Eintritt der Dunkelheit, wo wir uns empfahlen. Auf dem Heimweg begab sich mein Gefährte für einen Augenblick in die Expedition einer der Tageszeitungen.

Ich habe gesagt, daß die Grillen meines Freundes mannigfaltig waren und daß *je les ménageais:* – für diesen Ausdruck gibt es keine treffende Entsprechung im Englischen. Jetzt gefiel es seiner Laune, jede Unterhaltung zum Thema des Mordes abzulehnen, bis etwa zum nächsten Mittag. Da fragte er mich plötzlich, ob ich irgendetwas *Besonderes* auf dem Schauplatz der Abscheulichkeit bemerkt hätte.

In der Betonung, die er dem Worte ›Besonderes‹ gab, lag etwas, das mich erschaudern ließ, ohne daß ich den Grund dafür hätte angeben können.

»Nein, Besonderes nicht«, sagte ich; »jedenfalls nichts weiter als das, was wir beide in der Zeitung mitgeteilt fanden.«

»Die ›Gazette‹«, erwiderte er, »hat, so fürchte ich, die außergewöhnliche Scheußlichkeit der Sache nicht erfaßt. Doch lassen wir die müßigen Meinungen dieses Blattes. Mir will es scheinen, als werde dies Geheimnis eben aus dem Grunde für unlösbar erachtet, welcher seine leichte Lösbarkeit nahelegen wollte – ich meine: weil es so gänzlich outrierte Züge trägt. Die Polizei läßt sich von der scheinbaren Abwesenheit eines Motivs verwirren – nicht für den Mord selbst, sondern für die Scheußlichkeit des Mordes. Auch ist sie irre geworden angesichts der scheinbaren Unmöglichkeit, die Stimmen, deren Streiten man vernahm, mit der Tatsache überein zu bringen, daß Niemand oberhalb der Treppe entdeckt wurde, außer der ermordeten Mademoiselle L'Espanaye, und daß es keine Möglichkeit zu entweichen gab, ohne daß die herannahende Gesellschaft es hätte bemerken müssen. Die wilde Unordnung im Zimmer; der Leichnam, mit dem Kopf nach unten in den Kamin hinaufgestoßen; die gräßliche Verstümmelung des Körpers der alten Dame; diese Erwägungen – zusammen mit den eben erwähnten und noch anderen mehr, welche ich nicht anzuführen brauche – haben hingereicht, die Kräfte der staatlichen Organe zu lähmen, indem sie ihren gepriesenen Scharfsinn auf vollkommen falsche Fährte brachten. Sie sind dem plumpen, doch weit verbreiteten Irrtum verfallen, das Ungewöhnliche mit dem Abstrusen zu verwechseln. Doch gerade anhand dieser Abweichungen vom platt Gewöhnlichen ertastet sich die Vernunft, wenn überhaupt, ihren Weg bei ihrer Suche nach der Wahrheit. Bei Nachforschungen, wie wir sie jetzt vornehmen, sollte gar nicht einmal so sehr gefragt werden »Was hat sich ereignet?«, als vielmehr »Was ist dabei geschehen, das sich noch nie zuvor ereignete?«. In der Tat steht die Leichtigkeit, mit welcher ich zur Lösung des Geheimnisses gelangen werde – oder bereits gelangt bin –, im direkten Verhältnis zu seiner anscheinenden Unlösbarkeit in den Augen der Polizei.«

Ich starrte den Sprecher in stummer Verwunderung an. »Ich erwarte jetzt«, fuhr er fort, indem er nach der Türe unserer Wohnung blickte – »ich erwarte jetzt eine Person, welche, obschon sie vielleicht nicht der Frevler selber dieser Metzeleien war, doch in irgend einer Weise in sie verwickelt gewesen sein muß. Daß diese Person am schlimmsten Teil des begangenen Verbrechens unschuldig ist, darf freilich angenommen werden. Ich hoffe, daß ich mit dieser Mutmaßung Recht habe; denn auf sie gründet sich meine Zuversicht, das Rätsel zur Gänze zu lösen. Ich erwarte den Mann hier – in diesem Zimmer – jeden Augenblick. Wohl mag es sein, daß er nicht kommt, das ist wahr; doch aller Wahrscheinlichkeit nach wird er kommen. Sollte dies eintreffen, so wird es notwendig sein, ihn festzuhalten. Hier sind Pistolen; wir wissen sie beide zu gebrauchen, sollte eine Veranlassung ihren Gebrauch erfordern.«

Ich nahm die Pistolen, kaum wissend, was ich tat; ja, ich glaubte nicht, was ich hörte, während Dupin fortfuhr – eigentlich ganz wie in einem Selbstgespräch begriffen. Ich habe bereits von seinem abstrakten Gebaren zu solchen Zeiten gesprochen. Sein Vortrag war an mich gerichtet; doch seine Stimme, obschon in keiner Weise laut, hatte jenen Tonfall, welcher gemeinhin angewendet wird, wenn man zu Jemandem über eine große Entfernung hin redet. Seine Augen, gänzlich ausdrucksleer, betrachteten einzig die Wand.

»Daß die streitenden Stimmen«, sagte er, »die von der Gesellschaft auf der Treppe vernommen wurden, nicht die der Frauen selber waren, wurde durch die Zeugenaussagen völlig erwiesen. Dies benimmt uns jeglichen Zweifel hinsichtlich der Frage, ob die alte Dame gar zuerst die Tochter getötet haben könnte, um anschließend Selbstmord zu begehen. In spreche von diesem Punkt in Hauptsache um der Methodik willen; denn die Kraft von Madame L'Espanaye wäre der Aufgabe, den Leichnam ihrer Tochter in den Kamin hinaufzustoßen, so wie er gefunden wurde, ausgesprochen unangemessen gewesen; und die Natur der Wunden an ihrer eigenen Person schließt den Gedanken an Selbstvernichtung vollkommen aus. Der Mord ist demnach von irgend dritten Personen begangen worden; und die Stimmen dieser Dritten waren es, deren Hadern man vernahm. Nun gestatten Sie mir noch einen Hinweis – nicht auf die gesamte Zeugenaussage hinsichtlich dieser Stimmen – sondern auf das, was daran *besonders auffällig* war. Fiel Ihnen irgend Besonderes daran auf?«

Ich machte die Bemerkung, daß alle Zeugen, indes sie überein stimmten, in der barschen Stimme die eines Franzosen zu vermuten, doch im Betracht der schrillen oder, wie eines der Individuen sie bezeichnet hatte, der rauhen Stimme sehr uneins gewesen seien.

»Das war die Aussage selbst«, sagte Dupin, »doch war es nicht das Besondere an der Aussage. Sie haben nichts Auffälliges bemerkt. Und doch *gab* es daran etwas, das man bemerken mußte. Die Zeugen stimmten, wie Sie richtig anmerken, hinsichtlich der barschen Stimme überein; hier war ihr Urteil einmütig. Jedoch im Betracht der schrillen Stimme ist das Besondere – nicht daß sie darin uneins waren – sondern daß, indem ein Italiener, ein Engländer, ein Spanier, ein Holländer und ein Franzose sie zu beschreiben suchten, ein Jeder von ihr als von der *eines Ausländers* sprach. Jeder ist sicher, es sei nicht die Stimme eines seiner Landsleute gewesen. Jeder vergleicht sie – aber nicht mit der Stimme irgend eines Individuums einer Nation, mit deren Sprache er vertraut ist, – sondern im Gegenteil: Der Franzose vermutet in ihr die Stimme eines Spaniers und ›würde wohl einige Worte unterschieden haben, *hätte er Kenntnis des Spanischen besessen*‹. Der Holländer behauptet, es sei die eines Franzosen gewesen; doch finden wir mitgeteilt, ›*da er kein Französisch spricht, wurde dieser Zeuge vermittels eines Dolmetschers befragt*‹. Der Engländer meint, es ist die Stimme eines Deutschen, und ›*versteht kein Deutsch*‹. Der Spanier ›ist sicher‹, daß es die eines Engländers war, urteilt jedoch insgesamt ›nach dem Tonfall, *da er die englische Sprache nicht versteht*‹. Der Italiener glaubt, es war ein Russe, aber er ›*sprach noch nie mit einem Russen*‹. Ein zweiter Franzose geht überdies mit dem ersten nicht einig und hält zuversichtlich dafür, die Stimme habe einem Italiener angehört; doch – ›*mit der italienischen Sprache nicht vertraut*‹ – läßt auch er sich, wie der Spanier, bloß ›vom Tonfall bewegen‹. Nun also, wie fremdartig ungewöhnlich muß jene Stimme wirklich gewesen sein, wenn sie derartige Zeugenaussagen hervorbringen konnte! – wenn gar in ihrem *Ton* selbst Bürger der fünf größten Länderteile Europas nichts Vertrautes wiederzuerkennen vermochten! Sie werden sagen, es möchte ja die Stimme eines Asiaten gewesen sein – eines Afrikaners. Nun finden sich weder Asiaten noch Afrikaner eben reichlich in Paris; doch ohne diesen Einwand abzuweisen, will ich Ihre Aufmerksamkeit bloß auf drei Punkte lenken: Die Stimme wurde von einem Zeugen ›eher rauh als schrill‹ genannt. Von zwei anderen wird sie als ›rasch und *ungleichmäßig*‹ dargestellt. Keine Worte – keine wortähnlichen Laute – wurden von auch nur einem der Zeugen als unterscheidbar erwähnt.

Ich weiß nicht«, fuhr Dupin fort, »wie weit ich bis hierher Ihr eigenes Verständnis habe beeindrucken können; doch zögere ich nicht zu sagen, daß legitime Deduktionen von diesem – also dem auf die barsche und die schrille Stimme bezüglichen – Teil der Zeugenaussage an sich bereits hinreichen, einen Verdacht zu erzeugen, welcher für den ganzen weitern Fortgang in der Untersuchung des Geheimnisses richtungweisend sein sollte. Ich sagte ›legitime Deduktionen‹; doch damit ist noch nicht zur Gänze ausgedrückt, was ich meine. Ich gedachte anzudeuten, daß die Deduktionen hier das *einzig* Taugliche sind und daß der Verdacht sich platterdings einzig aus ihnen ergibt. Wie dieser Verdacht lautet, will ich jedoch für jetzt noch nicht aussprechen. Ich wünsche Ihnen lediglich vor Augen zu bringen, daß er, für mich selbst, hinreichend zwingend war, um meinen Nachforschungen im Zimmer eine bestimmte Form – eine entschiedene Ausrichtung – zu geben.

Versetzen wir uns nunmehr, in Gedanken, selbst in jenes Zimmer. Was sollen wir hier zuerst suchen? Die Möglichkeiten zur Flucht, welche von den Mördern benützt wurden. Ich gehe wohl nicht zu weit, wenn ich sage, daß keiner von uns beiden an übernatürliche Ereignisse glaubt. Madame und Mademoiselle L'Espanaye wurden nicht von Geistern getötet. Kommen und Entkommen der Täter gingen im stofflichen Bereich vor sich. Also wie? Glücklicherweise gibt es nur ein Verfahren, diesen Punkt zu durchdenken, und dies Verfahren *muß* uns zu einem gültigen Schlusse führen. – Lassen Sie uns die Fluchtmöglichkeiten Schritt für Schritt durchgehen. Es ist klar, daß die Mörder in dem Zimmer waren, in welchem Mademoiselle L'Espanaye gefunden wurde, oder zumindest im angrenzenden Raum, als die Gesellschaft die Treppe emporkam. Folglich sind es ausschließlich diese beiden Räumlichkeiten, deren Ausgänge wir zu untersuchen haben. Die Polizei hat Böden, Decke und Wandmauerwerk nach allen Seiten freigelegt. Keine *geheimen* Ausgänge könnten ihrer Wachsamkeit entgangen sein. Doch ich traute nicht *ihren* Augen und überprüfte mit meinen eigenen. Es gab tatsächlich *keinerlei* geheime Auswege. Beide Türen, die von den Zimmern auf den Gang hinausführen, waren fest verschlossen; die Schlüssel steckten innen. Wenden wir uns den Kaminen zu. Diese, obschon von üblicher Weite in einigen acht oder zehn Fuß Höhe über den Feuerstellen, lassen in ihrem weitern Verlauf nicht einmal den Körper einer großen Katze durch. Da die Unmöglichkeit einer Flucht mit den bereits besprochenen Mitteln somit absolut feststeht, sind wir nunmehr einzig auf die Fenster gewiesen. Durch die im Vorderzimmer konnte Niemand entkommen, ohne das Aufmerken der Menge auf der Straße zu erregen. Die Mörder *müssen* demnach durch die des Hinterzimmers entflohen sein. Nun, da wir zu diesem Schluß auf so unzweideutige Weise gelangt sind, stünde es uns nicht an, ihn – als Denker – etwa auf Grund seiner anscheinenden

Unmöglichkeit abzuweisen. Es verbleibt uns einzig darzutun, daß diese anscheinende ›Unmöglichkeit‹ in Wahrheit gar nicht so unmöglich ist.

Zwei Fenster hat das Zimmer. Eines davon ist nicht von Mobiliar verstellt und gänzlich sichtbar. Der untere Teil des andern ist dem Blick durch das Kopfteil der plumpen Bettstatt entzogen, welche dicht daran gerückt steht. Das erstere wurde fest von innen verschlossen gefunden. Es widerstand der äußersten Kraft Jener, die es hochzuschieben sich anstrengten. In seinem Rahmen zeigte sich linker Hand ein weites Bohrloch, in das hineingetrieben – fast bis zum Kopf – man einen sehr starken Nagel fand. Bei der Untersuchung des anderen Fensters wurde ein ähnlicher Nagel festgestellt, ähnlich hineingetrieben; und ein kräftiger Versuch, den Flügelrahmen hochzuschieben, versagte auch hier. Die Polizei gab sich nun vollkommen damit zufrieden, daß eine Flucht nach dieser Seite nicht stattgefunden habe. Und eben darum erachtete man es für einen überflüssigen Aufwand, die Nägel zu entfernen und die Fenster zu öffnen.

Meine eigene Untersuchung war nun doch einiges genauer, und zwar aus dem Grunde, den ich eben anführte – hier nämlich, so wußte ich, lag der Punkt, an welchem sich sämtliche scheinbaren Unmöglichkeiten widerlegen lassen *mußten.*

Meine Erwägungen nahmen – *a posteriori* – folgenden Fortgang: Die Mörder entkamen durch eines dieser Fenster. Wenn dem so war, konnten sie die Schieberahmen nicht wieder von innen befestigt haben, wie sie vorgefunden wurden: – eine Überlegung, welche – da sehr naheliegend – dem Forschungsdrang der Polizei auf diesem Feld sogleich ein Ende setzte. Doch die Rahmen waren nun einmal verriegelt, sie *mußten* demnach die Kraft besessen haben, dies selber vorzunehmen. Diesem Schlusse war nicht zu entrinnen. Ich ging nun zu dem nicht verstellten Fenster, entfernte mit einiger Schwierigkeit den Nagel und versuchte den Schieberahmen zu heben. Er widerstand allen meinen Anstrengungen, wie ich im voraus erwartet hatte. Es mußte also, das war mir nunmehr klar, eine verborgene Feder geben; und dies bekräftigte zwingend meine Überzeugung, daß meine Voraussetzungen immerhin zutreffend waren, wie geheimnisvoll auch die Umstände betreffs des Nagels noch schienen. Sorgfältige Nachsuche brachte alsbald die verborgene Feder ans Licht. Ich drückte darauf und verzichtete, befriedigt von meiner Entdeckung, den Rahmen emporzuschieben.

Nun brachte ich den Nagel wieder an seinen Ort und betrachtete ihn aufmerksam. Eine Person, welche durch dieses Fenster entwich, mochte es wieder geschlossen haben, und die Feder wäre eingeschnappt – doch der Nagel hätte sich nicht wieder an seine Stelle bringen lassen. Der Schluß war klar, und wieder engte sich das Feld meiner Nachforschungen ein. Die Mörder *mußten* durch das andere Fenster entkommen sein. Nahm ich nun an, daß die Federn bei beiden die gleichen seien, wie es wahrscheinlich war, so *mußte* sich an den Nägeln ein Unterschied feststellen lassen – oder zumindest an der Weise ihrer Befestigung. Indem ich nun auf die Polster der Bettstatt stieg, nahm ich das zweite Fenster über das Kopfende weg sorgfältig in Augenschein. Kaum ließ ich meine Hand hinter der Bettstatt niedergleiten, so entdeckte ich auch schon die Feder – die, wie ich vermutet hatte, völlig artgleich mit ihrer Nachbarin war – und drückte sie. Nunmehr musterte ich den Nagel. Er war so stark wie der andere und anscheinend in gleicher Weise eingesetzt – bis fast zum Kopf hineingetrieben.

Sie werden sagen wollen, daß mich dies doch wohl verblüffte; doch wenn Sie das meinen, müssen Sie die Natur meiner induktiven Schlüsse mißverstanden haben. Um einen Sportsausdruck zu gebrauchen: ich war noch nicht einmal ›ins Aus‹ geraten. Nicht einen Augenblick lang war die Spur verloren gegangen. In keinem Glied der Kette gab es eine brüchige Stelle. Ich war dem Geheimnis bis zum letzten Endpunkt nachgegangen, – und dieser Endpunkt war *der Nagel*. Ich sagte bereits, daß er in jedem Betracht die Erscheinung seines Kameraden am anderen Fenster hatte; doch diese Tatsache war von absoluter Nichtigkeit (so schlüssig

wichtig sie auch scheinen mochte), verglichen mit der Überlegung, daß hier, an diesem Punkt, der Faden endete. ›Da
kann etwas nicht stimmen‹, sagte ich mir, ›mit diesem Nagel.‹ Ich berührte ihn; – und der Kopf mit etwa einem Vier-
telzoll des Stiftes glitt mir in die Finger. Der Rest des Stiftes
steckte in dem Bohrloch, wo er abgebrochen war. Der Bruch
war alt (denn die Ränder zeigten sich von Rost überzogen)
und anscheinend durch den Schlag eines Hammers verursacht worden, welcher die Kopfpartie des Nagels teilweise in
den untern Schieberahmen eingegraben hatte. Ich setzte nun
diese Kopfpartie sorgsam wieder in die Bohrung zurück, aus
der ich sie genommen, und die Ähnlichkeit mit einem ganzen Nagel war vollkommen – der Bruch unsichtbar. Indem
ich sodann die Feder drückte, schob ich sanft und allmählich
das Fenster ein paar Zoll in die Höhe; der Nagelkopf ging
mit und blieb dabei sicher in seiner Lage. Ich schloß das
Fenster, und wieder war die Ähnlichkeit mit einem ganzen
Nagel vollkommen.

So weit nun hatte das Rätsel alles Rätselhafte verloren. Der
Mörder war durch das Fenster über dem Bett entkommen.
Nachdem es nach seinem Entweichen dann von selber nie-
dergefallen (oder auch vielleicht mit Fleiß geschlossen wor-
den), ward es von der Feder arretiert; und es war der Halt
durch diese Feder, welchen die Polizei fälschlich für den des
Nagels verstanden hatte, – um danach sogleich jede weitere
Erforschung für überflüssig zu erachten.

Die nächste Frage richtet sich auf die Art des Abstiegs.
Hinsichtlich dieses Punktes hatte ich bereits bei unserem
gemeinsamen Gang um das Haus befriedigende Gewißheit
erhalten. Ungefähr fünfeinhalb Fuß von dem fraglichen Fenster entfernt geht eine Blitzableitung nieder. Von deren Ge-
stänge aus das Fenster selbst zu erreichen, wäre nun freilich
für Jedermann unmöglich gewesen, vom Einsteigen gar nicht
zu reden. Ich bemerkte jedoch, daß die Läden des vierten
Stockwerks von jener besondern Art waren, welche von Pariser Zimmerleuten *ferrades* genannt wird – sie wird heutzu-
tage nur noch selten verwendet, findet sich aber häufig bei

ältern Anwesen zu Lyon und Bordeaux. Diese *ferrades* haben die Gestalt einer gewöhnlichen Türe (einer einteiligen, nicht einer Flügeltüre), nur daß die obere Hälfte vergittert oder aus offenem Lattenwerk ist – und mithin einen hervorragenden Halt für die Hände bietet. Im vorliegenden Fall sind diese Läden volle dreieinhalb Fuß breit. Als wir sie vom Hinterhof des Hauses aus sahen, standen sie beide etwa halb offen – das heißt, sie standen im rechten Winkel von der Mauer ab. Es läßt sich denken, daß die Polizei, ebenso als ich selbst, die Rückseite des Gebäudes untersuchte; doch wenn dem so war, so hat sie zwar wohl einen Blick auf diese *ferrades* in Richtung ihrer Breite gewendet (das muß sie sogar getan haben), aber dabei gewiß nicht diese große Breite selbst erkannt – oder jedenfalls verabsäumt, sie gebührend in Betracht zu ziehen. In der Tat – nachdem sie sich einmal damit beschieden hatte, es könnte nach hier heraus kein Entkommen möglich gewesen sein, lag es nahe, daß sie hier nur eine sehr kursorische Nachforschung betreiben würde. Gleichwohl war es mir klar, daß der zu dem Fenster am Kopfende des Bettes gehörige Laden, wurde er nur voll gegen die Wand zurückgeschlagen, bis auf zwei Fuß an die Blitzableitung heranreichen müßte. Gleicherweise lag auf der Hand, daß – bei sehr ungewöhnlichem Aufwand von Tatkraft und Mut – ein Eindringen durch das Fenster von der Stange aus eben so hätte ins Werk gesetzt werden mögen. – War ein Räuber erst einmal bis auf eine Entfernung von zweieinhalb Fuß herangekommen (wir nehmen nun an, daß der Laden bis zur Wand umgeschlagen war), so mochte er mit einem sichern Griff das Gitterwerk erreicht haben. Wenn er sodann seinen Halt an der Stange fahren ließ, indem er seine Füße fest gegen die Wand stemmte und sich rüstig davon abstieß, so konnte er den Laden wie zum Schließen herumwerfen und, wenn wir uns das Fenster als zur Zeit offen denken, sich selber sogar in das Zimmer hineinschwingen.

Ich möchte Sie besonders darauf hinweisen, daß ich einen *sehr* ungewöhnlichen Aufwand von Tatkraft als das Erfordernis zum Erfolg bei einem so gewagten und schwierigen Kunststück genannt habe. Mein Plan ist, Ihnen zuerst darzutun, daß die Sache durchaus hat bewerkstelligt werden können: – zweitens jedoch, und das vor allem, möchte ich Ihr Verständnis für den *ganz außerordentlichen* – ja, fast übernatürlichen Charakter jener Beweglichkeit wecken, mit welcher sie nur bewerkstelligt werden konnte.

Zweifellos werden Sie, in Anwendung der Gerichtssprache, sagen, ich sollte, um ›meinen Fall durchzubringen‹, das in dieser Angelegenheit erforderliche Geschick eher niedriger ansetzen, als auf seiner vollen Würdigung bestehen. Das mag die Praxis von Rechtsverfahren sein, ist aber nicht Gepflogenheit der Vernunft. Mein letzter Zweck richtet sich einzig auf die Wahrheit. Meine unmittelbare Absicht ist, Sie dahin zu bringen, jenes *sehr ungewöhnliche* Geschick, von dem ich soeben sprach, jene Gewandtheit und Tatkraft mit jener *sehr sonderbaren* schrillen (oder rauhen) und *ungleichmäßigen* Stimme zu konfrontieren, über deren Nationalität sich keine zwei Personen einig werden konnten und in deren Äußerungen sich keine Silbengliederung entdecken ließ.«

Bei diesen Worten glitt mir ein undeutlicher und nurmehr halb gestalteter Begriff von dem durch den Sinn, was Dupin meinte. Es war, als stünde ich an der Schwelle des Begreifens, ohne jedoch die Kraft dazu zu haben, – wie sich ja Menschen zu Zeiten am Gestade der Erinnerung finden, ohne letztlich dieser Erinnerung fähig zu sein. Mein Freund fuhr in seinem Vortrage fort. »Wie Sie wohl sehen«, sagte er, »habe ich die Frage von der Weise des Entkommens auf die des Eindringens verlagert. Ich gedachte damit einfach zu verstehen zu geben, daß beides auf die selbe Art bewerkstelligt worden sei, am selben Punkte. Kehren wir nunmehr zum Innern des Zimmers zurück. Verschaffen wir uns einen Überblick über die Erscheinungen hier. Die Schubladen der Kommode, so wurde gesagt, seien geplündert worden, obwohl noch viele Kleidungsstücke darin verblieben waren. Der Schluß ist hier absurd. Man hat einfach geraten – und das auch noch sehr töricht – nichts weiter. Wieso wollen wir wissen, daß die Artikel, welche in den Laden gefunden wurden, nicht alles waren, was diese Laden ursprünglich enthielten? Madame L'Espanaye und ihre Tochter führten ein überaus zurückgezogenes Leben – sahen keinerlei Gesellschaft – gingen selten aus – hatten also wenig Verwendung für besonders abwechslungsreiche Kleidung. Die gefundenen Stücke waren zumindest von ebenso guter Qualität wie jegliches Andere im Besitz der Damen; das darf man wohl annehmen. Wenn ein Dieb etwas genommen hat – warum nahm er dann nicht das Beste – warum nahm er nicht Alles? Kurz gesagt: warum ließ er viertausend Franken in Gold liegen, nur um sich mit einem Bündel Zeug zu belasten? Das Gold *blieb* liegen. Nahezu die gesamte, von Monsieur Mignaud, dem Bankier, erwähnte Summe wurde, in Beuteln, auf dem Fußboden entdeckt. Deshalb wünsche ich, daß Sie aus Ihren Gedanken die irrige Vorstellung vom Motiv entfernen, welche im Hirn der Polizei von eben jenem Teil der Zeugenaussage erweckt wurde, die von Geld spricht, abgeliefert an der Haustür. Koinzidenzen, zehnmal so merkwürdig wie diese (Ablieferung des Geldes – und nach drei Tagen prompter Mord an den Empfängern), begegnen uns allen zu jeder Stunde unseres Lebens, ohne uns auch nur augenblickliche Nachdenklichkeit abzugewinnen. Koinzidenzen allgemein sind große steinerne Hindernisse im Wege, über die grad jene Klasse Denker immer wieder begierig stolpert, die mit Fleiß nichts aus der Wahrscheinlichkeits-Theorie lernen will – jener Anschauung also, welcher die erhabensten Gegenstände menschlichen Forschens die erhabenste Aufklärung verdanken. Wäre im vorliegenden Fall das Gold verschwunden gewesen, so würde die Tatsache seiner Lieferung drei Tage zuvor sehr wohl einiges mehr als eine bloße Koinzidenz darstellen. Die vorgebrachte Deutung des Motives wäre dann bekräftigt. Doch bei den wirklichen Umständen des Falles, wollten wir Gold nun einmal als Motiv für dieses Verbrechen annehmen, müßten wir uns den Täter platterdings als einen Idioten vorstellen, wankelmütig und unentschlossen genug, uns sein Gold *und* sein Motiv zugleich preiszugeben.

Fassen wir nun die Metzelei selbst ins Auge – wobei wir unbeirrt die Punkte im Sinn behalten wollen, auf die ich Ihre Aufmerksamkeit lenkte: jene eigenartige Stimme, jene ungewöhnliche Tatkraft und Geschicklichkeit, und jenes verblüffende Ermangeln eines Motives bei einem so einzigartig scheußlichen Mord wie diesem. Da haben wir eine Frau, die mit Fingerkraft erdrosselt und, den Kopf nach unten, in einen Kamin hinaufgestoßen wurde. Gewöhnliche Mörder bedienen sich keiner solchen Verfahrensweise. Schon gar nicht gehen Sie dann derart mit den Ermordeten um. In der Art, den Leichnam in den Kamin hinaufzustoßen, liegt etwas *überaus Outriertes,* das werden Sie mir zugeben, – etwas, das alles in allem mit unsern üblichen Begriffen von menschlicher Verhaltensweise nicht überein zu stimmen ist, selbst wenn wir uns unter den Tätern die verderbtesten Menschen vorstellen. Denken Sie weiter, wie groß die Kraft gewesen sein muß, welche den Körper so gewalttätig durch eine solche Öffnung *hinauf* treiben konnte, daß die vereinigte Anstrengung von mehreren Personen sich kaum als hinreichend erwies, ihn wieder *nieder*zubringen!

Wenden wir uns nun noch anderen Anzeichen dafür zu, daß hier eine höchst wunderbare Körperkraft in Anwendung kam. Auf dem Kamin lagen dicke Strähnen – sehr dicke Strähnen – von grauem menschlichen Haar. Sie waren mit den Wurzeln ausgerissen. Es wird Ihnen kaum unbekannt sein, welch große Kraft notwendig wäre, auf solche Weise auch nur zwanzig oder dreißig Haare in eins vom Kopf zu reißen. Sie sahen die fraglichen Locken ebenso wie ich selbst. Ihre Wurzeln waren (ein scheußlicher Anblick!) mit kleinen Klümpchen vom Fleisch der Kopfhaut verklebt – ein gewisses Zeichen für die übel gewaltige Kraft, welche aufgewendet wurde, wohl eine halbe Million Haare auf einmal mit den Wurzeln auszureißen. Die Kehle der alten Dame war nicht einfach nur durchschnitten, sondern der Kopf absolut vom Rumpf getrennt: das Instrument dabei war bloß ein Barbiermesser. Beachten Sie doch bitte auch die *brutale* Wildheit dieser Taten. Von den Quetschungen am Körper von Madame L'Espanaye rede ich gar nicht. Monsieur Dumas und sein ehrenwerter Beistand Monsieur Etienne haben sich dahin geäußert, daß sie mit irgendeinem stumpfen Instrument beigebracht worden seien; und so weit haben diese Herren durchaus Recht. Das stumpfe Instrument war nämlich ganz offenbar das Steinpflaster im Hofe, auf welches das Opfer vom Fenster über der Bettstatt hinabstürzte. Diese Erklärung, so simpel sie jetzt auch scheinen mag, entging der Polizei aus dem selben Grunde, der sie auch die Breite der Fensterläden übersehen ließ – durch die Sache mit den Nägeln war nämlich ihr Wahrnehmungsvermögen hermetisch gegen die Möglichkeit blockiert, die Fenster könnten überhaupt geöffnet worden sein.

Wenn Sie nun, zusätzlich zu all diesen Dingen, die wunderliche Unordnung im Zimmer noch gebührend durchdacht haben, so sind wir weit genug gekommen, um uns ein geschlossenes Bild zu machen: erstaunliche Gewandtheit, übermenschliche Stärke, brutale Wildheit, eine Metzelei ohne Motiv, eine *grotesquerie* in einer Greueltat, der aber auch alles Menschliche fremd ist, und eine Stimme, deren Tonfall die Ohren von Menschen vieler Nationen fremdländisch anmutete und die aller bestimmten oder faßlichen Silbenbildung entbehrte. Was hat sich mithin daraus ergeben? Welchen Eindruck vermochte ich in Ihrer Phantasie zu wecken?« Ich spürte, wie es mich eiskalt überlief, als Dupin mir diese Frage stellte. »Ein Wahnsinniger«, sagte ich, »hat diese Tat begangen – irgend ein rasender Irrer, welcher aus einer nahe gelegnen *Maison de Santé* entwich.«

»In gewisser Hinsicht«, entgegnete er, »ist Ihr Gedanke nicht übel. Aber die Stimmen von Wahnsinnigen sind, und sei es bei ihren allerwildesten Anfällen, noch niemals jener sonderbaren Stimme ähnlich befunden worden, die auf der Treppe vernommen ward. Auch Irre gehören ja irgend einer Nation an, und ihre Sprache, mögen die Worte auch ohne Zusammenhang sein, weist doch stets zusammenhängende

Silbengruppen auf. Überdies ist das Haar eines Wahnsinnigen nicht so beschaffen wie das, welches ich nun hier in
meiner Hand halte. Ich entwand diesen kleinen Büschel den
starr verkrampften Fingern von Madame L'Espanaye. Nun
sagen Sie mir, was Sie daraus machen können.«

»Dupin?« rief ich aus, vollkommen entmutigt; »dies Haar
ist höchst ungewöhnlich – das ist *kein menschliches* Haar!«

»Ich habe auch keineswegs behauptet, daß es das sei«,
sagte er; »doch ehe wir diesen Punkt entscheiden, wollen Sie
bitte einen Blick auf die kleine Skizze wenden, welche ich
hier auf dieses Papier gezeichnet habe. Es ist eine Faksimile-
Wiedergabe dessen, was in einem Teile der Zeugenaussage
als ›dunkle Quetschungen und tiefe Eindrücke von Fingernägeln‹ an der Kehle von Mademoiselle L'Espanaye beschrieben wurde – und in einem andern (von Messrs. Dumas
und Etienne) als ›eine Reihe bleigrauer Flecken, welche mit
Entschiedenheit auf Fingerabdrücke zurückgehen‹.«

»Sie werden erkennen«, fuhr mein Freund fort, indem er
das Papier vor uns auf den Tisch breitete, »daß diese Zeichnung das Bild eines harten und festen Griffs vermittelt. Kein
Entrinnen war da möglich. Jeder Finger hat – möglicherweise bis zum Tod des Opfers – die fürchterliche Würge-
kraft beibehalten, mit welcher er sich am Beginne eingrub.
Versuchen Sie nun einmal, all Ihre Finger zu gleicher Zeit in
die betreffenden Eindrücke zu legen, wie sie Ihnen vor Augen sind.«

Ich machte vergeblich den Versuch.

»Vielleicht verfahren wir bei unserer Probe nicht in rechter Weise«, sagte er da. »Das Papier liegt auf einer glatten
Fläche ausgebreitet; doch die menschliche Kehle hat zylindrische Gestalt. Hier ist ein Holzscheit, dessen Umfang etwa
dem der Kehle entspricht. Wickeln Sie die Zeichnung einmal
darum und wiederholen Sie das Experiment.«

Ich tat dies; doch die Schwierigkeit war nun gar noch
augenfälliger als zuvor.

»Dies«, sagte ich, »ist nicht der Abdruck einer menschlichen Hand.«

»So lesen Sie denn«, erwiderte Dupin, »hier diesen Abschnitt bei Cuvier.«

Es handelte sich um einen sehr genauen anatomischen und allgemein beschreibenden Bericht über den großen lohfarbenen Orang-Utan der Ostindischen Inseln. Die riesige Statur, die übel gewaltige Stärke und Gewandtheit, die wilde Grausamkeit und die nachahmenden Neigungen dieser Säugetiere sind hinreichend allgemein bekannt. Mit einem Mal begriff ich voll die Greuel dieser Mordtat.

»Die Beschreibung der Finger«, sagte ich, nachdem ich zu Ende gelesen hatte, »stimmt exakt mit dieser Zeichnung überein. Ich sehe, daß kein anderes Tier als nur ein Orang-Utan der hier erwähnten Gattung die Vertiefungen hätte verursachen können, wie Sie sie aufgezeichnet haben. Insgleichen ist dieser Büschel braungelben Haars in der Art identisch mit dem der bei Cuvier beschriebenen Bestie. Doch vielleicht begreife ich die Einzelheiten dieses furchtbaren Geheimnisses immer noch nicht gänzlich. Es wurden übrigens doch *zwei* im Streit begriffene Stimmen vernommen, und eine davon war fraglos die eines Franzosen.«

»Gewiß; und Sie werden sich eines Ausdrucks entsinnen, welcher von allen Zeugen fast einmütig dieser Stimme zugeschrieben wurde, – des Ausdrucks ›*mon Dieu!*‹ Und zwar ist er von einem der Zeugen (Montani, dem Konditor) unter diesen Umständen als ein Ausruf der Ermahnung oder des Vorwurfs völlig angemessen charakterisiert worden. Auf diese beiden Worte habe ich mithin in der Hauptsache meine Hoffnungen gegründet, das Rätsel voll zu lösen. Ein Franzose hatte Kenntnis von dem Morde. Es ist möglich – ja, es ist tatsächlich weit mehr noch als bloß möglich –, daß er selber der Teilnahme an den blutigen Handlungen, welche sich zutrugen, nicht schuldig war. Der Orang-Utan mag ihm entsprungen sein. Darauf ist er ihm vielleicht bis zu dem Zimmer gefolgt; doch unter den erregenden Umständen, welche sich ergaben, konnte er ihn keinesfalls wieder einfangen. Das Tier läuft immer noch frei herum. Ich will diesen Vermutungen nicht weiter nachhängen – denn mehr als Vermutungen darf ich sie billigerweise nicht nennen –, da die Schatten der Gedanken, auf welche sie gegründet sind, kaum ausreichende Tiefe haben, um meinem eignen Intellekt annehmbar zu sein, und ich schon gar nicht Anspruch erheben könnte, sie dem Verständnis eines Andern begreiflich zu machen. Wir wollen sie demnach Vermutungen nennen und von ihnen als solchen reden. Wenn der fragliche Franzose wirklich, wie ich annehmen möchte, unschuldig an dieser Greueltat ist, so wird diese Anzeige, welche ich gestern abend auf unserem Heimweg beim Bureau von ›Le Monde‹ einreichte (einem vorzüglich den Interessen der Seefahrt gewidmetem Blatte, welches auch viel bei Seeleuten gefragt ist) ihn veranlassen, uns hier in unserer Wohnung aufzusuchen.«

Er reichte mir ein Zeitungsblatt, und ich las das Folgende:

EINGEFANGEN. – *Im Bois de Boulogne, früh am Morgen des **** (am Morgen des Mordes) *ein sehr großer, braungelber Orang-Utan der Gattung Borneo. Eigner (der als Seemann, zu einem Malteser Schiffe gehörig, ermittelt wurde) kann das Tier bei zufriedenstellender Identifizierung und gegen Ausgleich einiger weniger Auslagen zurückerhalten, welche aus Gefangennahme und Unterhalt desselben entstanden. Anfragen bei Nr. *** Rue ---, Faubourg St. Germain, au troisième.*

»Wie war es Ihnen nur möglich«, fragte ich, »zu wissen, daß der Mann Matrose ist und zu einem Malteser Schiffe gehört?«

»Ich *wußte* es keineswegs«, sagte Dupin, »ich bin auch dessen durchaus nicht *sicher*. Hier jedoch ist ein kleines Ende Band, welches seiner Form und seinem schmierigen Aussehen nach ganz augenscheinlich dazu verwendet worden ist, das Haar zu einer jener langen *queues* zu binden, wie sie von Seeleuten so gern getragen werden. Mehr noch – dieser Knoten ist von der Art, wie ihn außer Matrosen nur wenige binden können, und für die Malteser eigentümlich. Ich las das Band am Fuße der Blitzableitung auf. Einer der beiden Verstorbenen konnte es nicht gehört haben. Selbst wenn ich nun am Ende irrte, indem ich von diesem Bande ableitete, daß der Franzose Seemann auf einem Malteser Schiffe sei, so kann doch, was ich in meiner Anzeige sagte, keinen Schaden getan haben. Wenn ich im Irrtum bin, so wird er nur annehmen, ich sei durch irgend einen Umstand fehlgeleitet worden, den zu untersuchen ihm viel zu beschwerlich sein wird. Doch habe ich Recht, so ist ein bedeutsamer Punkt gewonnen. Als unmittelbarer, wenn auch unschuldiger, Zeuge des Mordes wird der Franzose natürlich zögern, auf die Anzeige zu antworten – den Orang-Utan zurückzuverlangen. Er wird folgende Erwägung anstellen: – ›Ich bin unschuldig; ich bin arm; mein Orang-Utan ist von großem Werte – für Einen in meinen Umständen ein wahrer Reichtum – was soll ich ihn durch leeren Argwohn vor Gefahr verlieren? Hier habe ich ihn, ich muß nur zugreifen. Er ist im Bois de Boulogne gefunden worden – weit entfernt vom Schauplatz jener Metzelei. Wie sollte es zum Verdachte kommen, es könnte ein unvernünftiges Vieh die Tat begangen haben? Die Polizei sitzt fest – sie hat versagt, auch nur den leisesten Anhalt zu beschaffen. Sollte sie dem Tiere ja doch auf die Spur kommen, so würde es immer noch unmöglich zu beweisen sein, daß ich von dem Morde Kenntnis hatte, und kaum möchte es gelingen, mich gar aufgrund dieser Kenntnis in eine Schuld zu verwickeln. Und vor allem – ich *bin* ja erkannt worden. Der Verfasser der Anzeige bezeichnet mich als den Eigner des Tieres. Ich bin nicht sicher, bis zu welchem Maße seine Kenntnis über mich reicht. Sollte ich versäumen, ein Eigentum von so großem Werte geltend zu machen, von dem bekannt ist, daß ich es besitze, so werde ich zumindest das Tier einem Verdacht aussetzen. Es kann mir nicht gelegen sein, auf mich oder das Tier irgend Aufmerksamkeit zu lenken. Ich werde auf die Anzeige antworten, den Orang-Utan zurückerhalten und ihn sicher verwahren, bis der Wind in dieser Sache sich gelegt hat.‹«

In diesem Augenblick vernahmen wir einen Schritt auf der Treppe. »Halten Sie Ihre Pistolen bereit«, sagte Dupin, »doch wollen Sie weder Gebrauch davon machen noch sie überhaupt zeigen, ehe Sie einen Wink von mir empfangen.«

Die Vordertür des Hauses war offen gelassen worden; ohne zu läuten, war der Besucher eingetreten und rückte nun einige Schritte auf der Treppe vor. Dann jedoch schien er zu zögern. Bald hörten wir ihn wieder hinabsteigen. Dupin bewegte sich rasch zur Tür, als wir ihn wieder heraufkommen hörten. Diesmal wandte er sich nicht wieder um, sondern näherte sich mit Entschiedenheit und pochte an die Tür unseres Zimmers.

»Treten Sie ein«, sagte Dupin in frischem und herzlichem Tone. Ein Mann kam herein. Er war Matrose, ganz offenbar, – eine hochgewachsene, stämmige, muskulös wirkende Person mit ausgesprochen verwegnem Gesichtsausdruck, der insgesamt durchaus für ihn einnehmen konnte. Sein Gesicht, in starkem Maße von der Sonne verbrannt, war mehr als halb verdeckt von Backenbart und *mustachio*. Er hatte einen ungeheuern Eichenknüttel bei sich, schien aber ansonsten unbewaffnet. Unbeholfen verbeugte er sich und bot uns einen ›guten Abend‹, in einem Französisch, dessen Akzent zwar an Neufchatel denken ließ, das jedoch noch hinreichend erkennbar Pariser Ursprungs war.

»Nehmen Sie Platz, mein Freund«, sagte Dupin. »Ich darf annehmen, Sie sind des Orang-Utans wegen gekommen. Auf mein Wort, fast möchte ich Sie um seinen Besitz beneiden; ein bemerkenswert schönes und fraglos sehr wertvolles Tier. Für wie alt halten Sie es?«

Der Matrose holte tief Atem, mit der Miene eines Menschen, dem eine unerträgliche Last von der Seele genommen ist, und erwiderte dann in zuversichtlichem Ton: »Das kann ich nicht sagen – aber mehr als vier oder fünf Jahre kann er nicht alt sein. Haben Sie ihn hier?«

»O nein; hier mangelte es uns an der notwendigen Einrichtung. Er befindet sich in einem Pflegestall in der Rue Dubourg, ganz in der Nähe. Sie können ihn morgen früh bekommen. Natürlich sind Sie vorbereitet, sich als Eigentümer auszuweisen?«

»Bestimmt bin ich das, mein Herr.«

»Es wird mir schwerfallen, mich von ihm zu trennen«, sagte Dupin.

»Natürlich sollen Sie sich all den Beschwerlichkeiten nicht umsonst unterzogen haben, mein Herr«, sagte der Mann. »Das konnte ich nicht erwarten. Zahle Ihnen bereitwillig eine Belohnung für das Auffinden des Tieres – das heißt natürlich, in vernünftigen Grenzen.«

»Nun«, erwiderte mein Freund, »das läßt sich bestimmt hören. Lassen Sie mich nachdenken! – was sollte ich bekommen? Oh! Ich will es Ihnen sagen. Meine Belohnung soll in Folgendem bestehen. Sie werden mir, soweit in Ihrer Macht, alle Informationen über die Morde in der Rue Morgue geben.«

Dupin sprach diese letzten Worte in sehr gedämpftem Ton und sehr gemächlich. Ganz ebenso gemächlich begab er sich zur Türe, verschloß sie und steckte den Schlüssel in die Tasche. Dann zog er eine Pistole aus dem Rock und legte sie ohne die mindeste Erregung auf den Tisch.

Das Gesicht des Matrosen lief rot an, als kämpfe er mit dem Ersticken. Er sprang auf die Füße und packte seinen Knüttel; doch im nächsten Augenblicke fiel er in seinen Sitz zurück, heftig zitternd und im Gesichte bleich wie der leibhaftige Tod. Er sprach nicht ein Wort. Ich bedauerte ihn aus tiefstem Herzensgrunde.

»Mein Freund«, sagte Dupin in freundlichem Ton, »Sie erregen sich ganz unnötigerweise, wirklich. Wir haben nichts im Sinn, das Ihr Schade sein sollte. Ich verpfände Ihnen das Wort eines Ehrenmannes und eines Franzosen, daß wir nichts Unrechtes mit Ihnen vorhaben. Ich weiß sehr wohl, daß Sie unschuldig sind an den Greueltaten in der Rue Morgue. Nur wäre es unnützlich zu leugnen, daß Sie in gewissem Maße darein verwickelt sind. Aus allem, was ich bereits sagte, müssen Sie erkannt haben, daß ich mich über diese Angelegenheit zu unterrichten verstanden habe – mit Mitteln, auf welche Sie nicht einmal im Traum verfallen wären. Nun steht die Sache so. Sie haben nichts getan, was Sie hätten vermeiden können, – gewiß nichts, was eine schuldhafte Handlung bilden würde. Sie machten sich nicht einmal des Raubes schuldig, wo Sie ungestraft hätten rauben können. Sie haben nichts zu verbergen. Sie haben keinerlei Grund zur Verschwiegenheit. Andererseits verpflichtet Sie Ihr ganzes Ehrgefühl zu bekennen, was Sie wissen. Ein unschuldiger Mensch sitzt gegenwärtig im Gefängnis, schwer beschuldigt des Verbrechens, dessen Frevler Sie angeben können.«

Der Matrose hatte seine Geistesgegenwart weitgehend wiedergewonnen, während Dupin diese Worte äußerte; doch die ursprüngliche Verwegenheit seines Betragens war ganz dahin.

»So helfe mir Gott«, sagte er nach einer kurzen Pause, »ich werde Ihnen alles erzählen, was ich über diese Angelegenheit weiß; – doch erwarte ich nicht, daß Sie mir auch nur die Hälfte davon glauben – tatsächlich wäre ich ein Narr, wenn ich das meinte. Doch ich *bin* unschuldig, und ich will meine Seele erleichtern, müßte ich auch dafür sterben.«

Was er nun berichtete, war im wesentlichen das Folgende. Er hatte kürzlich eine Fahrt nach dem Indischen Archipel gemacht. Eine Gesellschaft, welcher er angehörte, landete auf Borneo und begab sich auf eine Vergnügungsexkursion in das Innere. Er selber und ein Gefährte hatten den Orang-Utan gefangen. Da der Gefährte starb, fiel das Tier an ihn, als sein ausschließliches Eigentum. Nach großen Mühen, verursacht von der unbezähmlichen Wildheit seines Gefangenen während der Heimreise, gelang es ihm am Ende, das Tier sicher in seiner eignen Wohnung in Paris unterzubringen, wo er es, die unwillkommene Neugierde der Nachbarn nicht auf sich zu lenken, sorgfältig unter Verschluß hielt, bis zur Zeit, wo es sich von einer Fußwunde erholt haben würde, die es von einem Splitter an Bord des Schiffes empfangen.

Bei seiner Heimkehr von einer Seemannslustbarkeit in der Nacht oder vielmehr am Morgen des Mordes traf er das Tier in seinem eignen Schlafzimmer an, in das es von dem angren-

zenden Gelasse, wo es nach allem Ermessen sicher eingesperrt gewesen, gedrungen war. Ein Barbiermesser in der
Hand und völlig eingeseift, saß es vor einem Spiegel und
versuchte sich in der Tätigkeit des Rasierens, bei welcher es
ohne Zweifel früher schon seinen Herrn durch das Schlüsselloch der Kammer beobachtet hatte. Entsetzt vom Anblick
einer so gefährlichen Waffe im Besitz eines so grausam wilden Tieres, das zudem noch wohl damit umzugehen wußte,
war der Mann für einige Augenblicke ratlos, was er tun
sollte. Allerdings war er gewöhnt, die Kreatur, selbst bei
ihrem grimmigsten Wüten, vermittels einer Peitsche zur
Ruhe zu bringen, und hierzu nahm er nunmehr seine Zuflucht. Bei ihrem Anblick jedoch entsprang der Orang-Utan
mit einemmal durch die Kammertür, die Treppe hinunter
und von dort durch ein unglücklicherweise offenes Fenster
auf die Straße.

Der Franzose folgte in Verzweiflung; während der Affe,
das Messer immer noch in der Hand, zuweilen anhielt, um
zurückzublicken und seinem Verfolger mit allerlei Gebärden
zu winken, bis dieser ihn fast wieder erreicht hatte. Dann
machte er sich erneut davon. In dieser Weise dauerte die
Jagd eine längere Zeit fort. Die Straßen lagen gänzlich still,
da es nahezu drei Uhr morgens war. Als nun der Flüchtling
durch eine Gasse an der Rückseite der Rue Morgue rannte,
wurde seine Aufmerksamkeit von einem Licht angezogen,
welches von Madame L'Espanayes Zimmer, im vierten
Stockwerk des Hauses, durch das offene Fenster herüber-
schimmerte. Auf das Gebäude zueilend, entdeckte das Tier
die Blitzableitung, kletterte mit schier unfaßlicher Behendig-
keit daran empor, packte den Laden, welcher vollends gegen
die Mauer zurückgeschlagen war, und schwang sich mit seiner Hilfe direkt auf das Kopfteil des Bettes. Das ganze
Kunststück brauchte nicht eine Minute. Den Laden stieß der
Orang-Utan wieder auf, als er in den Raum eindrang.

Der Matrose hatte dies alles in der Zwischenzeit mit
durchaus gemischten Empfindungen angesehen. Er hegte
stark die Hoffnung, das unvernünftige Tier nun wieder ein-

zufangen, denn kaum wohl konnte es aus der Falle, in welche es sich gewagt, anders wieder entweichen als an der Ableitung, wo man ihm in den Weg treten mochte, sobald es nur herniederkam. Auf der andern Seite bestand mancherlei Grund zu besorgen, was es in dem Hause anrichten mochte. Diese letztere Überlegung nötigte den Mann, dem Flüchtling noch weiter zu folgen. Ein Blitzableiter läßt sich ohne Schwierigkeit erklimmen, schon gar von einem Seemann; doch als er in Höhe des Fensters angelangt war, welches weit zu seiner Linken lag, war sein Weg auch schon zu Ende; eben noch vermochte er sich so weit hinüberzubeugen, daß er einen Blick ins Innere des Zimmers tun konnte. Bei diesem Anblick verlor er im Übermaß des Entsetzens fast den Halt. Denn eben jetzt geschah es, daß jene schauerlichen Schreie durch die Nacht gellten, welche die Anwohner der Rue Morgue aus dem Schlummer gerissen hatten. Madame l'Espanaye und ihre Tochter waren, in ihre Nachtgewänder gekleidet, offenbar im Begriff gestanden, einige Papiere in der bereits erwähnten eisernen Kassette zu ordnen, welche in die Mitte des Zimmers gerückt worden war. Sie stand offen, und ihr Inhalt lag daneben auf dem Boden. Die Opfer mußten mit dem Rücken zum Fenster gesessen haben; und nach der Zeit zu urteilen, die zwischen dem Eindringen des Tieres und den Schreien verstrich, wurde es wohl nicht unmittelbar bemerkt. Das Anschlagen des Ladens war natürlicher Weise dem Winde zugeschrieben worden.

Als der Matrose hineinblickte, hatte das riesige Tier Madame L'Espanaye beim Haar ergriffen (welches aufgelöst war, da sie beschäftigt gewesen, es zu kämmen) und schwang das Barbiermesser über ihrem Gesicht, in Nachahmung der Bewegungen eines Barbiers. Die Tochter lag bewegungslos hingestreckt; sie war ohnmächtig geworden. Das Schreien und Sträuben der alten Dame (während dessen ihr das Haar vom Kopfe gerissen wurde) hatte die Wirkung, die mutmaßlich friedlichen Absichten des Orang-Utan in solche wilden Grimms zu verwandeln. Mit einem entschiedenen Schwunge seines muskulösen Arms trennte er ihr den Kopf fast vom

Rumpfe. Der Anblick des Blutes nun entflammte seine Wut bis zur Raserei. Die Zähne fletschend und mit Blitze sprühenden Augen warf er sich auf den Körper des Mädchens und grub seine gräßlichen Krallen in ihren Hals; und diesen Griff lockerte er nicht, bis sie entseelt war. In diesem Augenblick fielen seine wild wandernden Blicke auf das Kopfende des Bettes, über welchem das Gesicht seines Herrn, starr vor Entsetzen, eben erschienen war. Das Rasen des Tieres, das zweifellos noch die furchtbare Peitsche im Sinn trug, verkehrte sich augenblicklich in Furcht. Im Bewußtsein, Strafe verdient zu haben, schien es begierig, seine blutigen Taten zu verbergen, und sprang in heftig furchtsamer Erregung im Raum umher, indem es die Einrichtung niederriß und dabei zerbrach und das Pfühl von der Bettstatt zerrte. Zum Schlusse packte es erst den Leichnam der Tochter und stieß ihn in der Weise, wie er vorgefunden worden, hinauf in den Kamin; dann den der alten Dame, welchen er mit dem Kopf voran unmittelbar aus dem Fenster schleuderte.

Als der Affe mit seiner verstümmelten Bürde dem Fenster nahte, schrak der Matrose entsetzt zu der Ableitung zurück, und eher gleitend als kletternd zu Boden gekommen, eilte er augenblicklich nach Hause – voller Furcht vor den Folgen der Metzelei und in seinem Entsetzen nur zu gern bereit, alle Sorge um das Geschick des Orang-Utan hinter sich zu lassen. Die von der Gesellschaft auf der Treppe vernommenen Worte waren des Franzosen entsetzte und furchtsame Ausrufe, vermischt mit dem boshaften Keifen des Untiers.

Ich habe kaum noch etwas anzufügen. Der Orang-Utan muß aus dem Zimmer über die Ableitung entkommen sein, kurz ehe die Tür erbrochen wurde. Das Fenster muß er, indem er sich hinausschwang, geschlossen haben. In der Folge ward er von dem Eigentümer selber wieder eingefangen, der beim *Jardin des Plantes* eine sehr hohe Summe für ihn erhielt. Le Bon wurde auf unsere Erzählung der Umstände (nebst einigen Erläuterungen durch Dupin) beim Bureau des Polizeipräfekten augenblicklich auf freien Fuß gelassen. Dieser Beamte, obschon meinem Freunde wohl gewogen, konnte seinen Verdruß über die Wendung, welche die Angelegenheit genommen, nicht gänzlich verbergen und fühlte sich bemüßigt, zu ein oder zwei Malen spöttische Bemerkungen zu machen, wie schicklich und angenehm es doch wäre, wollten gewisse Personen sich um ihre eigenen Geschäfte besorgen.

»Lassen wir ihn reden«, sagte Dupin, der es nicht für nötig befunden hatte, eine Antwort zu geben. »Lassen wir ihn plaudern; es wird sein Gewissen erleichtern. Ich bin befriedigt, ihn in seinem eignen Reich besiegt zu haben. Gleichviel – daß er bei der Lösung dieses Geheimnisses versagte, ist mitnichten das Wunder, für welches er es hält; denn in Wahrheit ist unser Freund der Präfekt um einiges zu schlau, um tief und gründlich zu sein. Seiner Weisheit mangelt es an stützender *Ausdauer*. Sie ist ganz Kopf und nicht Körper – wie die Bilder der Göttin Laverna, – oder bestenfalls ganz Kopf und Schultern, wie ein Dorsch. Aber im ganzen ist er doch eine gute Kreatur. Ich mag ihn vorzüglich auf Grund einer schier meisterlichen rhetorischen Kunstfertigkeit, mit welcher er sich denn auch seinen Ruf als Geistesriese erworben hat. Ich meine die ihm eigentümliche Weise, *de nier ce qui est, et d'expliquer ce qui n'est pas*«.«

DAS GEHEIMNIS UM MARIE ROGÊT[1]

EINE FORTSETZUNG ZU DEN ›MORDEN IN DER RUE MORGUE‹

> Es gibt eine Reihe idealischer Begebenhei-
> ten, die der Wirklichkeit parallel läuft. Sel-
> ten fallen sie zusammen. Menschen und
> Zufälle modifizieren gewöhnlich die idea-
> lische Begebenheit, so daß sie unvollkom-
> men erscheint, und ihre Folgen gleichfalls
> unvollkommen sind. So bei der Reforma-
> tion; statt des Protestantismus kam das
> Luthertum hervor.
>
> *Novalis, ›Moral-Ansichten‹*

Nur wenige Menschen gibt es, selbst unter den ruhigsten
Denkern, die nicht gelegentlich ein vager, doch Schrecken
weckender Halbglaube an das Übernatürliche durchschauert
hat, wenn ihnen Koinzidenzen von so offensichtlichem
Wundercharakter begegneten, daß der Verstand sie einfach

[1] Beim Erstabdruck der *Marie Rogêt* wurden die im folgenden beigefüg-
ten Fußnoten für unnötig gehalten; doch da nun seit der Tragödie, auf welcher die Erzählung basiert, mehrere Jahre verstrichen sind, ist es wohl angeraten, sie mitzuteilen und darüberhinaus ein paar Worte zur Erläuterung des
allgemeinen Plans zu sagen. Ein junges Mädchen, *Mary Cecilia Rogers,*
wurde in der Nähe New Yorks ermordet; und obschon ihr Tod eine heftige
und langdauernde Aufregung hervorrief, waren die ihn umgebenden Rätsel
zur Zeit, da die vorliegende Arbeit niedergeschrieben und publiziert wurde
(November 1842), immer noch ungelöst geblieben. Hierin ist der Autor –
unter dem Vorgeben, das Geschick einer Pariser *grisette* zu erzählen – in
peinlicher Detailtreue den wesentlichen Tatsachen des wirklichen Mordfalles
Mary Rogers gefolgt, indessen nur unwesentliche Nebensächlichkeiten eine
freie Anpassung erfuhren. So ist die gesamte Beweisführung der Roman-
handlung auf die wahren Begebnisse anwendbar, und Ziel der Untersuchung
war: die Wahrheit zu finden.

Das *Geheimnis um Marie Rogêt* wurde fern vom Schauplatz der Greueltat
abgefaßt, und der Autor konnte sich dabei einzig aus den Zeitungen unterrichten. So entging ihm vieles, was er sich hätte zunutze machen können,
wäre er an Ort und Stelle gewesen, um die Lokalverhältnisse in Augenschein
zu nehmen. Doch mag hier die Bemerkung nicht ganz unangebracht sein,
daß die Geständnisse von *zwei* Personen (deren eine die Madame Deluc der
Erzählung ist), abgelegt zu verschiedenen Zeiten und lange nach der Veröffentlichung, nicht nur die allgemeine Schlußfolgerung vollauf bestätigen,
sondern auch sämtliche hypothetischen Haupteinzelheiten, aus denen sich
diese Schlußfolgerung aufbaute.

nicht mehr als ein Zusammenkommen bloßer Zufälle zu akzeptieren bereit war. Solche Empfindungen – denn die Semi-Gläubigkeit, von der ich rede, besitzt in keinem Fall die Vollkraft des *Gedankens* – solche Empfindungen lassen sich selten gänzlich unterdrücken, es sei denn, man beruft sich auf die Lehre vom Zufall oder, wie der technische Ausdruck lautet, die Wahrscheinlichkeitsrechnung. Nun ist diese Rechnung ihrem Wesen nach pure Mathematik; und so haben wir hier den anomalen Fall, daß die allerexaktesten Begriffe, welche die Wissenschaft bietet, ausgerechnet auf den verschwommensten und am wenigsten greifbaren Bereich der Spekulation Anwendung finden.

Die außerordentlichen Einzelheiten, die ich nun publik zu machen aufgerufen bin, bilden, so wird man sehen, was die zeitliche Folge betrifft, die primäre Phase einer Reihe von kaum faßlichen Koinzidenzen, deren sekundäre oder Schlußphase alle Leser in dem Morde an Mary Cecilia Rogers, der jüngst zu New York geschah, wiedererkennen werden.

Als ich mich vor etwa einem Jahre in einer Arbeit des Titels *Die Morde in der Rue Morgue* bemühte, einige sehr bemerkenswerte Züge im geistigen Charakter meines Freundes, des Chevaliers C. Auguste Dupin, abzuschildern, hätte ich nicht gedacht, daß ich das Thema jemals wieder aufgreifen würde. Diese Charakterbeschreibung bildete meinen Plan; und dieser Plan fand im Zuge der seltsamen Umstände, welche Dupins Idiosynkrasie ins Licht rückten, volle Erfüllung. Wohl hätte ich noch weitere Beispiele anführen können, aber noch deutlicher wäre der Beweis auch damit nicht mehr zu erbringen gewesen. Nun haben mich jedoch kürzliche Begebnisse, in ihrer überraschenden Entwicklung, dazu aufgescheucht, noch einige fürdere Einzelheiten mitzuteilen, die freilich etwas vom gewaltsam erzwungenen Geständnis an sich tragen werden. Doch angesichts dessen, was ich jüngst vernahm, wäre es tatsächlich einigermaßen befremdlich, wollte ich weiterhin das in Schweigen hüllen, was mir vor langer Zeit schon zu Ohren und Augen kam.

Als der tragische Fall um den Tod der Madame L'Espanaye und ihrer Tochter abgeschlossen war, wandte der Chevalier seine Aufmerksamkeit augenblicklich von der Affäre ab und verfiel wieder in seine alten Gewohnheiten mürrischer Träumerei. Allzeit zu Abstraktion geneigt, schloß ich mich bereitwillig seinen Grillen an; und indem wir weiterhin unsere Zimmer im Faubourg Saint Germain bewohnten, ließen wir die Zukunft den Winden und schlummerten gelassen in der Gegenwart, die wirre Alltagswelt, die uns umgab, in Träume spinnend.

Doch diese Träume blieben nicht immer gänzlich ungestört. Man wird es wohl begreiflich finden, daß die Rolle, die mein Freund in dem Drama an der Rue Morgue gespielt hatte, auf die Phantasie der Pariser Polizei nicht ohne Eindruck geblieben war. Bei ihren Emissären war der Name Dupin zum festen Begriff geworden. Da der einfache Charakter jener induktiven Schlüsse, mit deren Hilfe er das Geheimnis enthüllt hatte, außer mir keinem anderen Menschen und nicht einmal dem Präfekten erklärt worden war, ist es natürlich nicht überraschend, daß man die Affäre für kaum weniger denn ein Wunder ansah, beziehungsweise daß des Chevaliers analytische Fähigkeiten ihm den Ruf erwarben, mit Intuition begabt zu sein. Seine Offenheit hätte ihn gewiß veranlaßt, einem jeden, der ihn daraufhin angesprochen, ein solches Vorurteil auszureden; doch sein indolentes Temperament ließ keinerlei weitere Erörterung eines Gegenstandes zu, der längst sein Interesse für ihn verloren hatte. So geschah es denn, daß die gesamte staatliche Ordnungsmacht zu ihm wie einem Leitsterne aufblickte; und der Fälle waren nicht wenige, in denen die Präfektur den Versuch unternahm, sich seiner Dienste zu versichern. Einer der bemerkenswertesten hiervon war der des Mordes an einem jungen Mädchen namens Marie Rogêt.

Das Ereignis trug sich etwa zwei Jahre nach der Bluttat in der Rue Morgue zu. Marie, deren Tauf- und Zuname aufgrund ihrer Ähnlichkeit mit denen des unglücklichen ›Zigarrenmädchens‹ sogleich werden aufmerken lassen, war die einzige Tochter der Witwe Estelle Rogêt. Der Vater war schon während ihrer Kindheit gestorben, und seit der Zeit seines Todes bis etwa achtzehn Monate vor der Mordtat, die den Gegenstand unserer Erzählung bildet, hatten Mutter und Tochter zusammen in der Rue Pavée Sainte Andrée[1] gewohnt, wo Madame mit dem Beistande Maries eine Pension unterhielt. So liefen die Dinge dahin, bis die Tochter ihr zweiundzwanzigstes Jahr erreicht hatte und ihre große Schönheit die Aufmerksamkeit eines Parfümhändlers an sich zog, der einen der Läden im Erdgeschoß des Palais Royal innehatte und dessen Kundschaft hauptsächlich aus den desperaten Abenteurern bestand, die jene Gegend unsicher machten. Monsieur Le Blanc[2] war es nicht entgangen, daß es seiner Parfümerie Vorteil bringen mußte, wenn ein so schönes Mädchen darin bediente; und seine freizügigen Vorschläge wurden von Marie mit Eifer, von Madame freilich erst nach einigem Zögern angenommen.

Die Erwartungen des Ladenbesitzers gingen in Erfüllung, und bald hatten die Reize der munteren *grisette* seine Räume stadtbekannt gemacht. Ein Jahr lang ungefähr war sie bei ihm in der Stellung gewesen, als ihre Bewunderer durch ihr plötzliches Verschwinden aus dem Laden in Bestürzung versetzt wurden. Monsieur Le Blanc war außerstande, ihre Abwesenheit zu erklären, und Madame Rogêt verging schier vor Angst und Schrecken. Die Tageszeitungen griffen sofort die Sache auf, und eben schon stand die Polizei im Begriffe, ernstliche Nachforschungen anzustellen, als eines schönen Morgens, nachdem grad eine Woche verstrichen, Marie bei guter Gesundheit, doch mit einem von Kummer verdüsterten Gesicht, wieder hinter ihrem üblichen Ladentisch in der Parfümerie in Erscheinung trat. Natürlich wurde augenblicklich alle Nachsuche, soweit sie nicht privaten Charakters war, eingestellt. Monsieur Le Blanc beteuerte wie zuvor seine gänzliche Ahnungslosigkeit. Marie aber antwortete im

[1] Nassau Street.
[2] Anderson.

Vereine mit Madame auf alle Fragen, sie habe die letzte Woche im Haus einer Verwandtschaft auf dem Lande verbracht. So verlief die Affäre bald im Sande und geriet allgemein in Vergessenheit; denn das Mädchen verließ bald endgültig die Parfümerie, sichtlich um all der zudringlichen Neugierde ledig zu werden, und suchte Zuflucht im Hause der Mutter in der Rue Pavée Sainte Andrée.

Es geschah wohl fünf Monate nach dieser Heimkehr, daß ihre Freunde zum zweitenmal durch ihr plötzliches Verschwinden in Aufregung versetzt wurden. Drei Tage vergingen, ohne daß man das mindeste von ihr hörte. Am vierten aber fand man ihren Leichnam in der Seine[1] treiben – nahe dem Ufer, welches dem Viertel der Rue Sainte Andrée gegenüber liegt, und an einer Stelle, die gar nicht so weit von der einsamen Gegend der Barrière du Roule[2] entfernt ist.

Die Scheußlichkeit dieses Mordes (denn daß hier ein Mordfall vorlag, wurde augenblicklich offenbar), die Jugend und Schönheit des Opfers, das zuvor stadtbekannt gewesen, wirkten zusammen und erzeugten eine heftige Erregung in den Gemütern der empfindsamen Pariser. Ich wüßte keinen ähnlichen Vorfall zu nennen, der eine so allgemeine und so heftige Wirkung hervorgebracht hätte. Mehrere Wochen lang vergaß man über der Erörterung dieses einen, alles in sich aufsaugenden Themas selbst die wichtigsten politischen Gegenstände des Tags. Der Präfekt unternahm ungewöhnliche Anstrengungen; und natürlich wurden sämtliche Kräfte der Pariser Polizei bis zum Letzten aufgeboten.

Anfangs, als der Leichnam entdeckt wurde, war man nicht der Meinung, daß der Mörder der unmittelbar gegen ihn in Gang gebrachten Nachforschung länger als höchstens ein paar Tage würde entgehen können. So geschah es nicht vor Ablauf einer ganzen Woche, daß man es für notwendig erachtete, eine Belohnung auszusetzen; und selbst da noch wurde diese Belohnung auf tausend Francs beschränkt. Inzwischen ging die Spurensuche nach Kräften voran, wenn

[1] Der Hudson.
[2] Weehawken.

55

auch nicht immer mit Verstand, und zahlreiche Personen wurden ergebnislos vernommen; indessen die fortdauernde Unmöglichkeit, nur irgend Licht in das Geheimnis zu bringen, die Volkserregung höchstlich steigerte. Am Ende des zehnten Tages hielt man es für angeraten, die ursprünglich ausgesetzte Summe zu verdoppeln; und als schließlich auch die zweite Woche verstrichen war, ohne zu irgendwelchen Entdeckungen zu führen, und das Vorurteil, das in Paris immer gegen die Polizei besteht, sich in mehreren ernsten *émeutes* Luft gemacht hatte, nahm es der Präfekt denn auf sich, die Summe von zwanzigtausend Francs »für die Überführung des Meuchelmörders« auszusetzen – beziehungsweise, falls sich ergeben sollte, daß mehr als einer in die Tat verwickelt war, »für die Überführung eines der Meuchelmörder«. In der Proklamation, die diese Belohnung in Aussicht stellte, wurde auch jedem etwaigen Komplizen, der gegen seinen Genossen Zeugnis ablegen würde, volle Straffreiheit versprochen; und überall, wo diese Bekanntmachung erschien, war noch das private Plakat eines Bürgerkomitees beigefügt, das zusätzlich zu der vom Präfekten verheißenen Summe noch weitere zehntausend Francs in Aussicht stellte. Die gesamte Belohnung belief sich also auf nicht weniger denn dreißigtausend Francs, was man für einen außerordentlichen Aufwand ansehen darf, erwägt man die bescheidene gesellschaftliche Stellung des Mädchens und die Tatsache, daß Greuel wie der beschriebene in großen Städten doch ziemlich häufig geschehen.

Nun zweifelte niemand mehr, daß sich das dunkle Geheimnis dieser Mordtat unmittelbar lichten würde. Doch obschon in ein oder zwei Fällen Verhaftungen erfolgten, die Aufklärung versprachen, wurde doch nichts ans Licht gebracht, was den Verdacht hätte rechtfertigen können; und so wurden die Betreffenden alsbald wieder auf freien Fuß gesetzt. Es mag wohl sonderbar erscheinen, aber auch die dritte Woche nach der Entdeckung des Leichnams verstrich, und verstrich, ohne die mindeste Erhellung zu bringen, ehe auch nur ein Gerücht von den Ereignissen, welche die öf-

fentlichen Gefühle so in Wallung gebracht hatten, Dupins
und meine Ohren erreichte. Vertieft in Untersuchungen, die
unsere ganze Aufmerksamkeit in Anspruch nahmen, hatte
seit fast einem Monat keiner von uns mehr das Haus verlassen, noch einen Besucher empfangen, noch auf die politischen Leitartikel in einer der Tageszeitungen mehr als nur
einen flüchtigen Blick geworfen. Die erste Nachricht von
dem Morde ward uns von G--- in eigener Person über-
bracht. Am frühen Nachmittag des dreizehnten Juli 18--
machte er uns einen Besuch und blieb bis spät in der Nacht
bei uns. Er war gereizt von der Erfolglosigkeit all seiner
Anstrengungen, die Mörder aufzuspüren. Sein Ruf – so sagte
er mit typischem Pariser Gebaren – stehe auf dem Spiele.
Selbst seine persönliche Ehre sei betroffen. Das Auge der
Öffentlichkeit ruhe auf ihm; und es gebe tatsächlich kein
Opfer, das er nicht willig für die Entwirrung des Geheimnisses bringen würde. Er beschloß seine einigermaßen komische Rede mit einem Kompliment über etwas, das er Dupins
Taktgefühl zu nennen beliebte, und machte ihm einen direkten und wahrhaftig freizügigen Vorschlag, den des nähern zu
enthüllen ich mich nicht berechtigt fühle, der aber zum eigentlichen Gegenstand meiner Erzählung auch nicht weiter
in Beziehung steht.

Das Kompliment wies mein Freund zurück, so gut er's
vermochte, den Vorschlag aber nahm er augenblicklich an,
obwohl dessen Vorteile ausgesprochen provisorisch waren.
Nachdem nun dieser Punkt geregelt war, stürzte sich der
Präfekt alsbald in breite Darlegungen seiner eigenen Ansichten, in die er lange Kommentare über die Zeugenaussagen
mengte; welche letzteren noch nicht in unserm Besitze waren. Er hielt uns einen ausgedehnten und ohne Zweifel ge-
scheiten Vortrag; indessen ich nur gelegentlich einen kurzen
Einwurf riskierte und die Nacht schläfrig träge dahinschlich.
Dupin, der unerschütterlich in seinem gewohnten Armstuhl
saß, war die Verkörperung achtungsvoller Aufmerksamkeit.
Er trug während der ganzen Zusammenkunft eine Brille;
und ein gelegentlicher Blick hinter ihre grünen Gläser reichte

hin, mich zu überzeugen, daß er sich während der ganzen sieben oder acht bleiern-füßig vorüberschleichenden Stunden, welche der Abgang des Präfekten auf sich warten ließ, einem stillen, doch darum nicht weniger gesunden Schlafe widmete.

Am Morgen verschaffte ich uns bei der Präfektur eine volle Übersicht sämtlicher bisher ans Licht gebrachten Zeugenaussagen sowie bei den verschiedenen Zeitungsbüros ein Exemplar jeder Ausgabe, von der ersten bis zur letzten, in der irgendeine entscheidende Nachricht zu dieser traurigen Angelegenheit veröffentlicht worden war. Befreit von allem, was eindeutig widerlegt wurde, ergab sich aus der Masse der Darstellungen das folgende Bild:

Marie Rogêt verließ die Wohnung ihrer Mutter in der Rue Pavée Sainte Andrée am Sonntag morgen, dem zweiundzwanzigsten Juni 18--, gegen neun Uhr. Beim Fortgehen machte sie einem Monsieur Jacques St. Eustache[1], und zwar ihm allein, die Bemerkung, sie habe die Absicht, den Tag bei einer Tante zu verbringen, die in der Rue des Drômes wohnte. Die Rue des Drômes ist eine kurze und enge, aber recht belebte Fahrstraße unweit der Flußufer und etwa zwei Meilen, gerechnet nach dem nächstmöglichen Wege, von der Pension der Madame Rogêt entfernt. St. Eustache war der anverlobte Bewerber Maries und logierte in der Pension, wo er auch seine Mahlzeiten einnahm. Er hatte seine Verlobte bei Dämmerung abholen und sie nach Hause geleiten sollen. Am Nachmittag jedoch setzte ein heftiger Regen ein; und in der Annahme, sie werde bei ihrer Tante bleiben wollen (wie sie es zuvor schon unter ähnlichen Umständen getan hatte), hielt er es nicht für notwendig, sein Versprechen zu halten. Als dann die Nacht hereinbrach, hörte man Madame Rogêt (die eine kränkelnde alte Dame war, siebzig Jahre alt) der Befürchtung Ausdruck geben, sie werde »Marie wohl niemals wiedersehen«; doch fand diese Bemerkung um die Zeit nur wenig Beachtung.

---

[1] Payne.

Am Montag erhielt man die Gewißheit, daß sich das Mädchen überhaupt nicht in der Rue des Drômes eingefunden hatte; und als der Tag ohne ein Lebenszeichen von ihr vorüberging, wurde an verschiedenen Punkten in der Stadt und Umgebung eine säumige Suche in Gang gebracht. Doch erst am vierten Tage nach ihrem Verschwinden erlangte man die Gewißheit über ihr Schicksal. An diesem Tage nämlich (Mittwoch, dem fünfundzwanzigsten Juni) wurde ein Monsieur Beauvais[1], der zusammen mit einem Freunde in der Nähe der Barrière du Roule, am Seine-Ufer, das der Rue Pavée Sainte Andrée gegenüber liegt, nach Marie gesucht hatte, benachrichtigt, es sei soeben eine Leiche an Land gezogen worden – von einigen Fischern, welche sie im Flusse treibend gefunden. Als Beauvais sich den Körper ansah, identifizierte er ihn nach einigem Zögern als den des Parfümladenmädchens. Sein Freund erkannte dieses auf der Stelle.

Das Gesicht war mit dunklem Blute überzogen, von dem einiges aus dem Mund geflossen war. Schaum, wie er sich bei den Leichnamen bloß Ertrunkener zeigt, war nicht zu sehen. Irgendeine Entfärbung im Zellengewebe ließ sich nicht feststellen. An der Kehle befanden sich Quetschungen und Fingerabdrücke. Die Arme waren über der Brust gebeugt und waren starr. Die rechte Hand war geballt; die linke teilweise offen. Am linken Handgelenk befanden sich zwei rundumlaufende Hautabschürfungen, anscheinend die Wirkung von Stricken oder einem Strick, der mehrfach herumgeschlungen gewesen. Ein Teil des rechten Handgelenks war gleichfalls stark abgeschürft, wie auch der Rücken über seine ganze Länge hin, besonders aber an den Schulterblättern. Wohl hatten die Fischer den Körper, als sie ihn ans Ufer brachten, an einem Strick festgebunden, doch war keine der Wundstellen von diesem verursacht worden. Das Halsfleisch zeigte sich stark geschwollen. Schnitte oder Quetschungen, welche als die Wirkung von Schlägen hätten gelten können, waren nicht ersichtlich. Ein Stück Spitze fand man so dicht um den

---

[1] Crommelin.

Hals geschlungen, daß es dem Blick verborgen blieb; es war vollständig im Fleische begraben und mit einem Knoten festgezogen, der genau unter dem linken Ohr lag. Dies allein hätte hingereicht, den Tod herbeizuführen. Das ärztliche Zeugnis erwähnte mit Nachdruck den tugendhaften Charakter der Verstorbenen. Es sei ihr, so hieß es, schändlich Gewalt geschehen. Der Leichnam war, als man ihn auffand, noch in einem Zustande, der für Freunde keinerlei Schwierigkeiten hätte bieten dürfen, ihn zu identifizieren. Die Bekleidung war vielfach zerrissen und auch sonst ganz in Unordnung. Im Oberkleide war ein Streifen von etwa einem Fuß Breite vom unteren Saum bis zur Hüfte aufwärts aus-, doch nicht abgerissen worden. Diesen Streifen hatte man dreimal um die Taille geschlungen und auf dem Rücken durch eine Art Verknotung gesichert. Die Wäsche unmittelbar unter dem Kleide war von feinem Nesseltuch; und hieraus hatte man einen achtzehn Zoll breiten Streifen vollständig ausgerissen – und zwar sehr gleichmäßig und mit großer Sorgfalt. Ihn fand man lose um den Hals gewunden und mit einem festen Knoten gesichert. Über diesem Nesseltuchstreifen und dem aus Spitze waren noch die Bänder eines Hutes festgeknüpft; der Hut hing daran. Der Knoten, mit welchem die Hutbänder zusammengebunden waren, stammte nicht von Damenhand, sondern war ein Schleifen- oder Seemannsknoten.

Nach der Identifizierung ward der Leichnam nicht, wie üblich, nach der Morgue gebracht (denn diese Formalität war überflüssig), sondern in aller Eile nicht weit von der Stelle, wo man ihn an Land gezogen, bestattet. Durch die Bemühungen Beauvais' wurde die Angelegenheit eifrig vertuscht, soweit es angehen wollte; und mehrere Tage gingen hin, ehe die Öffentlichkeit sich regte. Eine Wochenzeitschrift aber griff schließlich die Sache auf[1]; der Leichnam wurde exhumiert und eine neuerliche Untersuchung angeordnet; doch nichts kam ans Licht, was nicht bereits bekannt

[1] Der New Yorker ›Mercury‹.

gewesen wäre. Die Kleidungsstücke wurden nun jedoch der Mutter und Freunden der Verstorbenen vorgelegt und voll als jene identifiziert, die das Mädchen bei seinem Weggang von Hause getragen.

Unterweil wuchs die Erregung stündlich an. Mehrere Personen wurden arretiert und wieder entlassen. Im besondern fiel auf St. Eustache Verdacht; und anfänglich wußte er auch keine verständige Auskunft über seinen Verbleib an dem Sonntage zu geben, an welchem Marie ihr Heim verließ. Späterhin jedoch unterbreitete er Monsieur G---- eidliche Zeugnisse, die in befriedigender Weise für jede Stunde des in Frage stehenden Tages Rechenschaft ablegten. Als weitere Zeit verging und keine Entdeckung erfolgte, machten wohl tausend einander widersprechende Gerüchte die Runde, und die Journalisten ergingen sich nicht faul in allerlei Mutmaßungen. Unter diesen fand der eine Einfall die meiste Beachtung, daß nämlich Marie Rogêt noch immer am Leben sei – daß der in der Seine gefundene Leichnam der einer andern Unglücklichen wäre. Es wird angebracht sein, daß ich dem Leser einige Passagen unterbreite, in welchen die erwähnte Vermutung Ausdruck findet. Diese Passagen sind getreue Übersetzungen aus *L'Etoile*[1], einem im allgemeinen mit viel Geschick redigierten Blatte.

»Mademoiselle Rogêt verließ das Haus ihrer Mutter morgens am Sonntag, dem zweiundzwanzigsten Juni 18--, mit der vorgeblichen Absicht, ihre Tante oder irgendeine andere Verwandtschaft in der Rue des Drômes besuchen zu gehen. Von dieser Stunde an hat niemand nachweislich wieder etwas von ihr gesehen. Keinerlei Spur oder Kunde von ihr liegt vor ... Auch hat sich bislang noch niemand, wer es auch sei, gemeldet, der sie an jenem Tage, nachdem sie aus der Türe der mütterlichen Wohnung getreten, überhaupt noch wieder gesehen hätte ... Wennschon wir nun auch keinerlei Beweis besitzen, daß Marie Rogêt am Sonntag, dem zweiundzwan-

[1] Der New Yorker ›Brother Jonathan‹, herausgegeben von H. Hastings Weld.

zigsten Juni, nach neun Uhr noch unter den Lebenden
weilte, so steht doch eines mit Gewißheit fest: *bis* zu dieser
Stunde *war* sie am Leben. Am Mittwoch mittag gegen zwölf
ward nun ein weiblicher Körper entdeckt, der am Ufer der
Barrière du Roule vorbeitrieb. Das war, selbst wenn wir
einmal annehmen, Marie Rogêt sei innerhalb von drei Stunden, nachdem sie ihrer Mutter Haus verlassen, in den Fluß
geworfen worden, erst drei Tage nach der Zeit, wo sie ihr
Heim verließ, – auf die Stunde genau drei Tage. Aber es wäre
ganz närrisch anzunehmen, daß der Mord, wenn überhaupt
ein Mord an ihrem Leibe begangen ward, hätte rasch genug
zu Ende gebracht werden können, um ihre Mörder in den
Stand zu setzen, den Körper noch vor Mitternacht in den
Fluß zu werfen. Wer sich so scheußlicher Verbrechen schuldig macht, sucht die Dunkelheit eher denn das Licht ... So
sehen wir denn: wenn der im Flusse gefundene Körper wirklich der von Marie Rogêt war, so konnte er lediglich zweieinhalb – oder äußersten Falles drei – Tage im Wasser gelegen haben. Alle Erfahrung hat gezeigt, daß es bei Ertrunkenen – oder bei Leichen, die unmittelbar nach gewaltsamem
Tode in das Wasser geworfen wurden, – sechs bis zehn Tage
braucht, bis die Verwesung weit genug fortgeschritten ist,
um sie wieder an die Wasseroberfläche zu bringen. Selbst wo
eine Kanone über einem Leichnam abgefeuert wird und dieser empor kommt, noch ehe er fünf oder sechs Tage drunten
gelegen, sinkt er wieder unter, wenn man ihn sich selbst
überläßt. Nun fragen wir: was hätte in diesem Fall ein Ab-
weichen von der regulären Ordnung der Natur verursachen
sollen? ... Wenn der Körper in seinem verstümmelten Zustande bis Dienstag nacht am Ufer gelegen hätte, so würde
man dort am Ufer irgendeine Spur der Mörder finden. Es ist
auch zweifelhaft, ob der Körper überhaupt so bald wieder
hochgekommen wäre, selbst wenn man ihn erst zwei Tage
nach dem Tode hineingeworfen hätte. Und ferner ist es
überaus unwahrscheinlich, daß Schurken, die einen Mord
wie den hier angenommenen begangen, den Körper ohne
jedes Gewicht, das ihn zum Sinken gebracht hätte, sollten ins

Wasser geworfen haben, wo sich dergleichen Vorsichtsmaßregel doch so leicht hätte treffen lassen.«

Der Redakteur trägt dann des weitern seine These vor, der
Leichnam müsse »nicht drei Tage bloß, sondern – wenigstens – fünfmal drei Tage« im Wasser gelegen haben, sei er
doch schon so weit in Zersetzung übergegangen gewesen,
daß Beauvais große Schwierigkeit gehabt, ihn zu identifizieren. Dieser letztere Punkt ward jedoch in vollem Umfang
widerlegt. Ich fahre mit der Übersetzung fort:

»Welches also sind die Tatsachen, auf welche hin M. Beauvais behauptet, daß er keinen Zweifel hege, der Körper sei
der von Marie Rogêt? Er hat den Kleiderärmel aufgeschlitzt
und sagt, er habe Kennzeichen gefunden, die ihn als Beweise
ihrer Identität befriedigten. Die Öffentlichkeit nahm allgemein an, daß diese Kennzeichen in irgendwelchen Narben
bestanden hätten. Er rieb den Arm ab und fand *Haar* darauf
– ein Beweis, der nach unserer Meinung so unbestimmt und
vage ist, wie man ihn sich nur denken kann, und so wenig
zwingend, wie es die Tatsache wäre, daß man überhaupt
einen Arm in dem Ärmel fand. M. Beauvais kehrte in jener
Nacht nicht zurück, sondern sandte – es war am Mittwoch
abend um sieben Uhr – eine Nachricht an Madame Rogêt,
daß die Untersuchungen nach dem Verbleib ihrer Tochter
nach wie vor ihren Fortgang nähmen. Wenn wir gelten lassen, daß Madame Rogêt aufgrund ihres Alters und Kummers
nicht imstande war, hinüber zu gehen (was schon ein reichli-
ches Zugeständnis wäre), so hätte doch gewißlich irgendje-
mand dasein müssen, der es der Mühe für wert gehalten
hätte, hinzugehen und der Untersuchung beizuwohnen,
wäre man wirklich der Ansicht gewesen, den Körper Maries
gefunden zu haben. Aber niemand ging hin. In der Rue
Pavée Sainte Andrée verlautete nicht das mindeste über die
Angelegenheit, das auch nur den übrigen Hausbewohnern
zu Ohren gekommen wäre. M. St. Eustache, der Liebhaber
und zukünftige Gatte Maries, der im Hause ihrer Mutter
logierte, gibt an, er habe erst am nächsten Morgen erfahren,
daß der Körper seiner Verlobten gefunden worden sei, als

nämlich M. Beauvais zu ihm ins Zimmer trat und ihm davon erzählte. Bei einer Nachricht wie dieser berührt es uns doch eigentümlich, wie überaus kühl sie aufgenommen wurde.«

In dieser Weise mühte sich das Journal, den Eindruck zu wecken, es habe auf Seiten von Maries Verwandten eine Gleichgültigkeit bestanden, die einfach unvereinbar sei mit der Annahme, daß diese Verwandten von der Identität des Fundes überzeugt seien. Die Insinuationen liefen darauf hinaus, daß Marie sich mit dem stillschweigenden Einverständnis ihrer Freunde aus der Stadt begeben habe, – und zwar aus Gründen, die durchaus gegen ihre Mädchentugenden zeugten; und daß diese Freunde bei der Entdeckung eines Leichnams in der Seine, der dem Mädchen in etwa ähnelte, rasch die Gelegenheit benützt hätten, der Öffentlichkeit vorzumachen, man glaube an Maries Tod. Aber *L'Etoile* war wieder einmal voreilig gewesen. Es wurde mit Entschiedenheit bewiesen, daß die vermeintliche Gleichgültigkeit überhaupt nicht bestand; daß die alte Dame vielmehr überaus schwach und so erschüttert war, daß sie nicht der mindesten Verpflichtung nachzukommen vermochte; und daß St. Eustache, weit entfernt davon, die Nachricht kühl aufzunehmen, vor Kummer fast um den Verstand kam und sich so rasend gebärdete, daß M. Beauvais einen Freund und Verwandten bewog, auf ihn achtzugeben und zu verhindern, daß er etwa der Untersuchung beiwohne, wenn die Leiche wieder ausgegraben wurde. Und obgleich *L'Etoile* darüberhinaus noch die Feststellung brachte, der Leichnam sei auf öffentliche Kosten wiederbestattet worden, die Familie habe ein vorteilhaftes Angebot privaten Begräbnisses entschieden zurückgewiesen, und kein Mitglied der Verwandtschaft habe der Zeremonie beigewohnt; – obgleich, sagte ich, dies alles von *L'Etoile* zur Förderung der Auffassung, die das Blatt durchzusetzen beabsichtigte, behauptet wurde, ward doch jeder Punkt zur Genüge widerlegt. In einer folgenden Nummer unternahm die Zeitung einen Versuch, auf Beauvais selbst Verdacht zu werfen. Der Redakteur sagt:

»Nun gewinnt die Sache ja ein anderes Gesicht. Es wird

uns mitgeteilt, M. Beauvais habe gelegentlich einmal, als er eben ausgehen wollte, gegenüber einer Madame B--- –, die gerade im Haus der Madame Rogêt weilte, geäußert, man erwarte dort einen *gendarme*, und sie – Madame B--- – dürfe diesem nicht das mindeste sagen, bis er zurückkehre, sondern müsse ihm die Sache überlassen ... Wie die Dinge gegenwärtig stehen, scheint M. Beauvais die ganze Angelegenheit in seinem Kopfe eingesperrt zu haben. Nicht ein einziger Schritt kann ohne M. Beauvais getan werden, denn welchen Weg man immer geht, stets stößt man auf ihn ... Aus irgendeinem Grunde beschloß er, niemand außer ihm solle mit den Vorgängen das mindeste zu schaffen haben, und die männlichen Verwandten hat er, laut deren eigener Aussage, auf höchst merkwürdige Weise sich aus dem Wege zu drängen gewußt. Auch scheint es ihm stark widerstrebt zu haben, den Verwandten die Besichtigung des Leichnams zu gestatten.«

Durch die folgende Tatsache fand der solcherart auf Beauvais geworfene Verdacht noch weitere Nahrung. Ein Besucher, der in seiner Abwesenheit und wenige Tage vor des Mädchens Verschwinden zu seinem Büro gekommen war, hatte im Schlüsselloch der Tür eine *Rose* bemerkt und auf einer Schiefertafel, die daneben zurhand hing, den Namen ›Marie‹ aufgeschrieben gefunden.

Soweit wir aus den Zeitungen zu schließen vermögen, ging der allgemeine Eindruck augenscheinlich dahin, daß Marie das Opfer einer ganzen *Bande* von Verbrechern geworden sei – daß diese sie über den Fluß geschleppt, mißhandelt und sodann ermordet hätten.

Le Commerciel[1] jedoch, ein Blatt von umfassendem Einfluß, war eifrig bemüht, diese Volksmeinung zu bekämpfen. Ich zitiere einen oder zwei Abschnitte aus seinen Spalten:

»Wir sind überzeugt, daß die Nachforschungen bislang insofern der falschen Fährte gefolgt sind, als sie sich auf die Barrière du Roule richteten. Es ist unmöglich, daß eine Per-

[1] Das New Yorker ›Journal of Commerce‹.

son, die Tausenden so wohlbekannt war wie diese junge Frau, durch ganze drei Stadtteile gegangen sein sollte, ohne daß sie auch nur einer gesehen hätte; und hätte sie jemand gesehen, so würde er sich gewiß daran erinnern, denn sie interessierte alle, die sie kannten. Auch ging sie zu einer Zeit aus, wo die Straßen voll von Menschen waren ... Es ist also unmöglich, daß sie zur Barrière du Roule oder zur Rue des Drômes gegangen sein sollte, ohne von einem Dutzend Personen erkannt zu werden; doch niemand hat sich gemeldet, der sie außerhalb des mütterlichen Hauses gesehen hätte, und es gibt nicht den mindesten Beweis dafür, daß sie überhaupt ausging, – abgesehen von dem Zeugnis, das sich auf diesbezüglich von ihr geäußerte *Absichten* bezieht. Ihr Kleid war zerrissen, ein Fetzen um sie geschlungen und verknotet; auf diese Weise konnte man den Körper tragen wie ein Paket. Wenn der Mord an der Barrière du Roule begangen worden wäre, so hätte keinerlei Notwendigkeit für irgendeine solche Maßnahme bestanden. Die Tatsache, daß der Leichnam in der Nähe der Barrière im Wasser trieb, beweist noch lange nicht, daß er auch dort hineingeworfen worden sei ... Aus einem der Unterröcke des unglücklichen Mädchens wurde ein Stück von zwei Fuß Länge und einem Fuß Breite herausgerissen und ihr unter dem Kinn her um den Hinterkopf gebunden, vermutlich um Schreie zu verhindern. Das konnten nur Burschen tun, die kein Taschentuch besaßen.«

Einen Tag oder zwei vor dem Besuche des Präfekten bei uns war der Polizei jedoch eine wichtige Information zugegangen, die zumindest den Hauptteil der Argumentation des *Commerciel* über den Haufen zu werfen schien. Zwei kleine Knaben, Söhne einer Madame Deluc, durchstreiften die Waldungen in der Nähe der Barrière du Roule und drangen dabei zufällig in ein dichtes Dickicht, worin drei oder vier große Steine lagen, die eine Art Sitz mit Lehne und Fußbank bildeten. Auf dem obern Steine lag ein weißer Unterrock; auf dem zweiten ein seidenes Umschlagtuch. Auch ein Sonnenschirm, Handschuhe und ein Taschentuch wurden hier gefunden. Das Taschentuch trug den Namen ›Marie Rogêt‹. Kleidungsfetzen wurden an den Brombeersträuchern rundum entdeckt. Der Erdboden war zertrampelt, die Buschzweige waren zerknickt, und alles wies darauf, daß hier ein Kampf stattgefunden habe. Zwischen dem Dickicht und dem Flusse waren die Einhegungen niedergetreten, und der Boden zeigte eindeutige Spuren einer schweren Last, die darauf entlanggeschleift worden war.

Eine Wochenzeitschrift, *Le Soleil*[1], brachte die folgenden Kommentare zu dieser Entdeckung – Kommentare, die bloß ein Echo der allgemeinen Pariser Presse-Stimmung waren:

»Die Gegenstände haben ganz offenbar sämtlich wenigstens drei oder vier Wochen dort gelegen; sie waren alle durch Regeneinwirkung stark vermodert und klebten vor Moder zusammen. Das Gras war ringsum aufgesprossen und hatte einige Sachen bereits überwuchert. Der Seidenbezug des Sonnenschirms war aus kräftigem Material, doch hatten sich die Gewebefäden innen bereits verfilzt. Der obere Teil, wo der Schirm zusammengeklappt und gefaltet worden war, zeigte sich gänzlich vermodert und verrottet und zerriß, als er geöffnet wurde ... Die Stücke ihres Kleides, welche von den Dornenbüschen ausgerissen worden, waren etwa drei Zoll breit und sechs Zoll lang. Eines davon war der Saum des Kleides, und er wies Flickstellen auf; das andere Stück stammte aus der Schoßpartie des Kleides, nicht vom Saum. Beide sahen wie abgerissene Streifen aus und hingen an den Dornen des Busches wohl einen Fuß über dem Boden ... Es kann daher kein Zweifel sein, daß man den Ort dieser entsetzlichen Bluttat entdeckt hat.« Auf diese Entdeckung hin kam neues Beweismaterial ans Licht. Madame Deluc gab an, daß sie unweit des Flußufers, gegenüber der Barrière du Roule, eine Straßenschenke betreibe. Die Gegend liegt einsam – in ganz besonderm Maße. Sie ist gewöhnlich sonntags das Ausflugsziel von allerlei Lumpengesindel aus der Stadt,

---

[1] Die ›Saturday Evening Post‹ in Philadelphia, herausgegeben von C. I. Peterson.

das in Booten über den Fluß setzt. An dem fraglichen Sonntage nun, gegen drei Uhr nachmittags, kam ein junges Mädchen in Begleitung eines jungen Mannes von dunkler Gesichtsfarbe bei der Schenke an. Beide blieben hier einige Zeit. Als sie fortgingen, schlugen sie den Weg zu einigen dichten Wäldern in der Umgebung ein. Madame Deluc wurde auf das Kleid aufmerksam, welches das Mädchen trug, denn es ähnelte einem, das eine verstorbene Verwandte getragen. Besonders ein Umschlagtuch wurde bemerkt. Bald nach dem Fortgang des Paares trat eine Bande von Radaubrüdern auf den Plan, führte sich recht lärmend auf, aß und trank, ohne zu zahlen, folgte dann dem Weg, den der junge Mann und das Mädchen genommen, kehrte bei Dämmerung zur Schenke zurück und setzte wie in großer Hast wieder über den Fluß.

Es war bald nach Dunkelheit an diesem selben Abende, daß Madame Deluc wie auch ihr ältester Sohn in der Umgebung der Schenke die Schreie eines weiblichen Wesens vernahmen. Die Schreie waren heftig, doch kurz. Madame Deluc erkannte nicht nur das Umschlagtuch wieder, das in dem Dickicht gefunden worden, sondern auch das Kleid, das man an dem Leichnam entdeckt hatte. Ein Omnibus-Kutscher, Valence[1], gab nun ebenfalls zu Protokoll, daß er Marie Rogêt an dem fraglichen Sonntage in Gesellschaft eines jungen Mannes von dunkler Gesichtsfarbe habe mit einer Fähre über den Fluß setzen sehen. Er, Valence, kannte Marie und hatte sich in ihrer Identität gewißlich nicht getäuscht. Die in dem Dickicht gefundenen Gegenstände wurden von Maries Verwandten restlos identifiziert.

Die Einzelheiten der Beweise und Auskünfte, die ich auf Anregung von Dupin solcherart aus den Zeitungen zusammentrug, enthielten nur noch einen weiteren Punkt – doch dieser Punkt war allem Anschein nach von umfassender Bedeutung. Unmittelbar nämlich nach der oben beschriebenen Entdeckung der Kleidungsstücke fand man in der Nähe der

---

[1] Adam.

Stelle, in der nunmehr alle den Schauplatz der Bluttat vermuteten, den leblosen oder nahezu leblosen Körper von St. Eustache, Maries Verlobtem. Eine Phiole mit der Aufschrift ›Laudanum‹ lag entleert neben ihm. Sein Atem bewies, daß er das Gift eingenommen hatte. Er starb, ohne noch einmal zu sprechen. An seinem Leibe fand man einen Brief, der kurz von seiner Liebe zu Marie sprach und seinem Entschlusse, sich das Leben zu nehmen.

»Ich brauche Ihnen wohl kaum zu sagen«, meinte Dupin, als er mit der Durchsicht meiner Notizen zu Ende gekommen war, »daß dieser Fall weit verwickelter ist als jener in der Rue Morgue; von dem er in einer bedeutsamen Hinsicht abweicht. Hier liegt ein bei aller Gräßlichkeit doch *gewöhnliches* Verbrechen vor. Nichts ist daran, was besonders *outré* wäre. Es wird Ihnen aufgefallen sein, daß man aus diesem Grunde das Geheimnis mit Leichtigkeit zu lösen gedachte, indessen man es vielmehr – aus dem nämlichen Grunde – für schwer lösbar hätte halten sollen. So erachtete man es zuerst einmal für gänzlich unnotwendig, eine Belohnung auszusetzen. Die Schergen des Präfekten vermochten durchaus sogleich zu begreifen, wie und wann eine solche Bluttat *möglicherweise* begangen werden *könnte*. Sie waren imstande, sich in ihrer Phantasie den Hergang – viele Möglichkeiten des Hergangs – und ein Motiv – viele Motive – auszumalen; und weil es nicht von der Hand zu weisen war, daß eine dieser zahlreichen Möglichkeiten von Hergang und Motiv hier tatsächlich vorliegen *konnte,* haben sie's flugs für bewiesen genommen, daß eine davon hier vorliegen *müßte.* Doch die Leichtigkeit, mit der man zu diesen variabeln Einfällen gelangte, und das ausgesprochen Plausible, das ein jeder an sich hatte, wären besser als Hinweis auf die Schwierigkeiten verstanden worden, die sich der Aufklärung des Falles in den Weg stellen mußten, denn als Indizien für eine leichte Lösbarkeit. Ich habe darum seinerzeit einmal die Bemerkung getan, daß die Vernunft sich, wenn überhaupt, ihren Weg bei ihrer Suche nach der Wahrheit gerade anhand der Abweichungen vom platt Gewöhnlichen ertastet, und daß in Fällen wie dem vorliegenden gar nicht einmal so sehr gefragt werden sollte ›Was hat sich ereignet?‹ als vielmehr ›Was ist dabei geschehen, das sich noch nie zuvor ereignete?‹ Bei den Untersuchungen im Hause von Madame L'Espanaye[1] waren -----'s Beamte entmutigt und verwirrt von dem ausgesprochen *Ungewöhnlichen* des Falls, und gerade dieses hätte einem wohlgeregelten Verstande das sicherste Omen des Erfolgs bedeutet; indessen derselbe Verstand angesichts des ganz gewöhnlichen Charakters all der Tatsachen, die sich dem Auge im Fall des Parfümerie-Mädchens boten, schier hätte verzweifeln können, – wo wiederum die Beamten der Präfektur nichts als leichtes Spiel zu haben glaubten.

Im Falle der Madame L'Espanaye und ihrer Tochter bestand von allem Anfang unserer Untersuchung an nicht der mindeste Zweifel, daß ein Mord begangen worden sei. Der Gedanke an Selbstmord entfiel von vornherein. Auch hier können wir uns gleich zu Beginn jede derartige Vermutung aus dem Kopfe schlagen. Der an der Barrière du Roule aufgefischte Körper wurde unter Umständen gefunden, die uns keinen Raum lassen, in diesem wichtigen Punkt auch nur zu schwanken. Nun ist aber gemunkelt worden, der entdeckte Leichnam sei nicht der von Marie Rogêt, und für die Überführung ihres Mörders oder ihrer Mörder wurde ja die Belohnung ausgesetzt, auf die hin – einzig auf die hin – wir unser Übereinkommen mit dem Präfekten trafen. Wir beide kennen diesen edlen Herrn recht wohl. Es empfiehlt sich durchaus nicht, ihm allzu sehr zu trauen. Ob wir nun bei unseren Untersuchungen von dem gefundenen Körper ausgehen, einem Mörder nachzuspüren und am Ende doch entdecken, daß dieser Körper der eines anderen Individuums als Marie ist; oder ob wir zugrunde legen, daß Marie noch am Leben sei, und sie dann finden, aber eben am Leben finden, nicht ermordet; – in beiden Fällen vergeuden wir bloß unsere Mühe; denn es ist ja Monsieur G -----, mit dem wir es zu tun haben. So ist es denn schon um unser selbst, wenn

---

[1] Siehe ›Die Morde in der Rue Morgue‹.

nicht um der Gerechtigkeit willen unerläßlich, daß wir zuallererst einmal hinsichtlich der Identität der Leiche mit der vermißten Marie Rogêt zu einer Entscheidung kommen.

Für die Öffentlichkeit haben die Argumente von *L'Etoile* Gewicht gehabt; und daß besagtes Journal selbst von ihrer Bedeutung überzeugt ist, geht schon aus der Art und Weise hervor, in welcher es einen seiner Aufsätze zum Thema beginnt – »Verschiedene Tageszeitungen«, sagt es, »sprechen von dem *schlüssigen und beweiskräftigen* Artikel in unserer Montagsausgabe.« Für mich freilich beweist dieser Artikel schlüssig kaum mehr als den Eifer des Verfassers. Wir wollen doch nicht vergessen, daß es unseren Zeitungen viel weniger darum geht, die Sache der Wahrheit zu fördern, als vielmehr darum, eine Sensation zu schaffen – Aufsehen und Eindruck zu machen. Für das erstere tun sie nur dann etwas, wenn das letztere mit dabei herausspringt. Das Blatt, das einfach in die allgemeine Meinung einstimmt (so wohlbegründet diese Meinung sein mag), erntet bei der Masse keinen Glauben. Die Mehrheit der Leute betrachtet als tiefsinnig nur den, der sich in *scharfen Widerspruch* zur allgemeinen Ansicht stellt. In der Logik nicht weniger als in der Literatur erfreut sich das *Epigramm* der unmittelbarsten und allgemeinsten Schätzung. In beiden Bereichen aber hat es das allergeringste Verdienst.

Ich will damit sagen, daß es das Gemisch aus Epigramm und Melodrama eher war denn etwa wirkliche Plausibilität, was *L'Etoile* die Vorstellung eingab, Marie Rogêt sei immer noch am Leben, und diesem Einfall beim Publikum eine günstige Aufnahme sicherte. Untersuchen wir doch einmal die Hauptpunkte der Argumentation des Journals, indem wir uns bemühen, der Zusammenhangslosigkeit zu entgehen, mit welcher sie ursprünglich vorgetragen wurden.

Das erste Anliegen des Schreibers ist, anhand der Kürze der Zeit, die zwischen Maries Verschwinden und der Entdeckung des im Wasser treibenden Leichnams lag, aufzuzeigen, daß dieser Leichnam nicht derjenige Maries sein könne. Einer solchen Überlegung muß mithin sogleich auch daran liegen, die erwähnte Zwischenzeit so weit als eben möglich zu reduzieren. In der Hast, dieses Ziel zu erreichen, stellt der Schreiber überaus voreilig eine bloße Annahme an den Beginn seiner Argumentation. ›Es wäre ganz närrisch‹, sagt er, ›anzunehmen, daß der Mord, wenn überhaupt ein Mord an ihrem Leibe begangen ward, hätte rasch genug zu Ende gebracht werden können, um ihre Mörder in den Stand zu setzen, den Körper noch vor Mitternacht in den Fluß zu werfen.‹ Da fragen wir denn sogleich und ganz selbstverständlich: *wieso?* Wieso wäre es närrisch anzunehmen, daß der Mord *innerhalb von fünf Minuten,* nachdem Marie ihrer Mutter Haus verlassen, begangen worden sei? Wieso wäre es närrisch anzunehmen, daß der Mord zu irgendeiner bestimmten Tageszeit begangen worden sei? Es hat doch Morde stets zu allen Stunden gegeben. Hätte aber die Tat in irgendeinem Augenblick am Sonntag zwischen neun Uhr morgens und einem Viertel vor Mitternacht stattgefunden, so wäre durchaus noch Zeit genug gewesen, ›den Körper vor Mitternacht in den Fluß zu werfen‹. Diese Annahme läuft denn genau darauf hinaus, daß der Mord überhaupt nicht am Sonntag begangen worden sei, – und wenn wir *L'Etoile* das durchgehen lassen, so können wir ihm gleich jede beliebige Freiheit zugestehen. Der Abschnitt, der mit den Worten ›Es wäre ganz närrisch anzunehmen, daß der Mord etc.‹ beginnt, *könnte* – und das ist immerhin vorstellbar, mag er auch in *L'Etoile* stehen, wie er steht – im Hirn des Verfassers tatsächlich folgendermaßen gelautet haben: ›Es wäre ganz närrisch anzunehmen, daß der Mord, wenn überhaupt ein Mord an ihrem Leibe begangen ward, hätte rasch genug begangen werden können, um ihre Mörder in den Stand zu setzen, den Körper noch vor Mitternacht in den Fluß zu werfen; es wäre ganz närrisch, sagen wir, dies alles anzunehmen *und* zu gleicher Zeit zu vermuten (wie wir's zu tun entschlossen sind), daß der Körper *nicht nach* Mitternacht hineingeworfen worden sei‹ – ein Satz, der an sich schon hinreichend inkonsequent ist, doch immer noch nicht ganz so unsinnig wie der gedruckte.

Wäre es lediglich meine Absicht«, fuhr Dupin fort, »gegen diese Passage in *L'Etoile's* Argumentation Beweise vorzubringen, so könnte ich es gut und gern bei dem bisherigen bewenden lassen. Doch nicht *L'Etoile* ist es, mit dem wir es zu tun haben, sondern die Wahrheit. Der fragliche Satz hat so, wie er dasteht, nur eine einzige Bedeutung; und diese Bedeutung habe ich klar herausgestellt. Es ist aber wesentlich, daß wir hinter den bloßen Worten nach dem Gedanken spüren, den diese Worte ganz offensichtlich zum Ausdruck bringen sollten, wenn ihnen das dann auch mißriet. Es war die Absicht der Journalisten, darzulegen, es sei, zu welcher Tages- oder Nachtzeit am Sonntag dieser Mord auch begangen wurde, doch unwahrscheinlich, daß die Täter es gewagt haben sollten, die Leiche noch vor Mitternacht zum Fluß zu tragen. Und hierin liegt nun wirklich die Annahme, gegen die ich mich beschwere. Es wird da einfach angenommen, daß der Mord in einer Gegend und unter Umständen begangen worden sei, die es notwendig machten, die Leiche zum Fluß *zu tragen*. Nun, die Mordtat hätte doch auch am Flußstrande stattfinden können oder auf dem Flusse selbst; und an welche Tages- oder Nachtzeit man sich nun hielt, um den Leichnam ins Wasser zu werfen, in jedem Fall wäre es die nächstliegende und unmittelbarste Methode der Entledigung gewesen. Verstehen Sie bitte richtig: ich bringe das hier nicht vor, weil es etwa mit meiner eigenen Meinung übereinstimmte; ich bringe überhaupt keine Vermutungen vor. Mein Vorgehen hat bislang keinerlei Bezug zu den *Tatsachen* des Falles. Ich möchte Sie bloß vor der ganzen Grundeinstellung warnen, die aus *L'Etoile's* Patentlösungen spricht, indem ich Ihre Aufmerksamkeit darauf lenke, wie ausgesprochen einseitig schon die Prämissen betrachtet werden.

Nachdem das Journal auf diese Weise eine Grenze abgesteckt hat, die zu seinen eigenen vorgefaßten Ansichten paßt, indem es einfach annahm, der Körper Maries habe – wenn er es wäre – nur sehr kurze Zeit im Wasser liegen können, fährt es in seiner Darstellung fort:

›Alle Erfahrung hat gezeigt, daß es bei Ertrunkenen – oder

bei Leichen, die unmittelbar nach gewaltsamem Tode in das Wasser geworfen wurden, – sechs bis zehn Tage braucht, bis die Verwesung weit genug fortgeschritten ist, um sie wieder an die Oberfläche zu bringen. Selbst wo eine Kanone über einem Leichnam abgefeuert wird und dieser empor kommt, noch ehe er fünf oder sechs Tage drunten gelegen, sinkt er wieder unter, wenn man ihn sich selbst überläßt.‹

Diese Versicherungen sind stillschweigend von sämtlichen Blättern in Paris hingenommen worden, mit Ausnahme von *Le Moniteur*[1]. Dies letztere Blatt bemüht sich, nur jene eine Stelle in dem Abschnitt zu bestreiten, in der von ›Ertrunkenen‹ die Rede ist, und zitiert dazu einige fünf oder sechs Fälle, in denen die Körper von bekanntermaßen Ertrunkenen schon nach kürzerer Zeit, als *L'Etoile* so hartnäckig behauptet, an der Oberfläche treibend gefunden wurden. Aber es ist etwas überaus Unphilosophisches an diesem Versuch des *Moniteur,* die allgemeine Behauptung von *L'Etoile* durch Zitierung einiger besonderer Fälle zu widerlegen, die dieser Behauptung widersprechen. Selbst wenn es möglich gewesen wäre, ganze fünfzig statt nur fünf Beispiele dafür anzuführen, daß Ertrunkene bereits nach zwei oder drei Tagen wieder emporgetaucht seien, so hätte man füglich auch in diesen fünfzig Beispielen immer noch nur Ausnahmen von *L'Etoile's* Regel sehen dürfen, solange die Regel selbst nicht widerlegt war. Läßt man aber die Regel gelten (und sie bestreitet *Le Moniteur* ja nicht, wenn er sich bloß auf ihre Ausnahmen versteift), so muß man sich damit abfinden, daß *L'Etoile's* Argumentation ihre volle Kraft behält; denn diese Argumentation erhebt ja keinen Anspruch, mehr in Frage zu stellen als die *Wahrscheinlichkeit,* daß der Körper in weniger als drei Tagen wieder an die Oberfläche gekommen sei; und dieser fragliche Punkt wird so lange die Position von *L'Etoile* bestärken, als die so kindisch angeführten Gegenbeispiele nicht eine hinreichende Anzahl bilden, um eine entgegengesetzte Regel aufzustellen.

[1] Der New Yorker ›Commercial Advertiser‹, herausgegeben von Oberst Stone.

Sie werden sofort sehen, daß alle Argumentation zu diesem Kapitel – wenn überhaupt gegen etwas – dann gegen die Regel selbst angehen sollte; und zu diesem Zweck wollen wir nun einmal grundsätzlich die *Berechtigung* der Regel untersuchen. Im allgemeinen ist der menschliche Körper weder viel leichter noch viel schwerer als das Wasser der Seine; das soll heißen, das spezifische Gewicht des menschlichen Körpers in seiner natürlichen Kondition entspricht etwa dem des Volumens Süßwasser, das er verdrängt. Die Körper von fetten und fleischigen Personen mit dünnen Knochen, und allgemein von Frauen, sind leichter als von mageren und grobknochigen und von Männern; und das spezifische Gewicht von Flußwasser unterliegt in gewissem Maße auch dem Einfluß der Gezeiten vom Meere her. Doch selbst wenn wir diese Gezeiten aus dem Spiele lassen, läßt sich sagen, daß auch in Süßwasser nur *sehr* wenige menschliche Körper *von selbst* untersinken. Fast jedem, welcher in einen Fluß fällt, ist es gegeben, sich an der Oberfläche zu halten, wenn er das spezifische Gewicht des Wassers leidlich mit seinem eigenen zum Ausgleich kommen läßt, – das soll heißen, wenn er seinen ganzen Körper bis auf einen geringstmöglichen Rest untertauchen läßt. Die richtige Lage für einen, der nicht schwimmen kann, ist die aufrechte Haltung des Fußgängers an Land, wobei der Kopf gänzlich zurückgeworfen und so weit eingetaucht ist, daß einzig Mund und Nüstern noch über Wasser liegen. Unter solchen Umständen wird man finden, daß man sich ohne Schwierigkeit und ohne Anstrengung an der Oberfläche halten kann. Es ist jedoch ersichtlich, daß in einem Fall, wo zwei Gewichte, nämlich das des Körpers und das der von ihm verdrängten Wassermasse, sich so haargenau im Gleichgewicht befinden, schon eine Kleinigkeit dem einen davon ein Übergewicht verschaffen kann. Ein Arm zum Beispiel, aus dem Wasser in die Höhe gestreckt und somit seines Haltes beraubt, stellt ein zusätzliches Gewicht dar, das bereits hinreicht, den ganzen Kopf unter Wasser zu drücken, indessen der zufällige Beistand des kleinsten Stückchens Bauholz uns in den Stand setzt, den

Kopf so weit zu heben, daß wir Umschau halten können. Nun ist es so, daß jeder, der des Schwimmens ungewohnt, unweigerlich die Arme emporwirft und den Versuch macht, den Kopf in seiner gewöhnlichen senkrechten Lage zu halten. Ergebnis ist, daß Mund und Nüstern untertauchen und bei den Anstrengungen, dort und dann zu atmen, Wasser in die Lungen dringt. Vieles gerät auch in den Magen, und der ganze Körper wird schwerer um die Gewichtsdifferenz zwischen der Luft, die diese Höhlungen ursprünglich füllte, und der Flüssigkeit, welche sie nun verdrängt. Diese Differenz – das darf als allgemeine Regel gelten – reicht aus, einen Körper zum Sinken zu bringen; sie reicht freilich nicht aus im Falle von Individuen mit zartem Knochenbau und einer abnormen Masse von schlaffem Fleisch oder Fett. Solche Menschen treiben selbst nach dem Ertrinken an der Oberfläche.

Nehmen wir nun an, der Leichnam sei auf den Grund des Flusses niedergesunken, so wird er dort bleiben, bis aus irgendwelcher Ursache sein spezifisches Gewicht wieder geringer wird als das der von ihm verdrängten Wassermasse. Diese Wirkung tritt durch Zersetzung oder dergleichen ein. Ergebnis der Zersetzung ist die Bildung von Gas, welches das Zellengewebe und alle Hohlräume aufquellen läßt und jenes *gedunsene* Aussehen erzeugt, dessen Anblick so schrecklich ist. Wenn dies Aufquellen so weit fortgeschritten ist, daß die Raumfülle des Leichnams wesentlich zugenommen hat, ohne daß aber Masse oder Gewicht entsprechend mit zunahmen, so wird sein spezifisches Gewicht geringer als das des verdrängten Wassers, und er dringt alsbald empor an die Oberfläche. Freilich wird der Verwesungsprozeß von zahllosen Umständen modifiziert – wird beschleunigt oder gehemmt von zahllosen Agentien; von Hitze oder Kälte der Jahreszeit zum Beispiel, von Mineralgehalt oder Reinheit des Wassers, von dessen Tiefe oder Seichtigkeit, Strömung oder Stagnation, von der Körperbeschaffenheit des Toten, seiner Gesundheit oder Krankheit vor dem Tode, und so weiter. Es liegt mithin auf der Hand, daß wir in keinem Fall mit auch nur annähernder Genauigkeit den Zeitpunkt bestimmen können, an welchem der Leichnam durch Zersetzung wieder emporsteigen muß. Unter gewissen Bedingungen kann dies Ergebnis innerhalb einer Stunde eintreten; unter anderen wieder findet es möglicherweise überhaupt nicht statt. Es gibt chemische Extrakte, durch welche der Leib *für immer* vor Zerfall bewahrt werden kann; einer davon ist das Bichlorid des Quecksilbers. Doch von der Verwesung einmal ganz abgesehen, kann im Magen – und das geschieht sehr häufig – durch Gärung vegetabilischer Stoffe (oder in anderen Hohlräumen aus anderen Ursachen) eine Gasbildung entstehen, die ausreicht, den Körper so aufzutreiben, daß er an die Oberfläche kommt. Die Wirkung, welche durch Abfeuern einer Kanone erzielt wird, beruht auf simpler Erschütterung. Sie kann den Leichnam entweder aus dem weichen Schlamm oder Schlick lösen, in den er eingebettet ist, und ihm so das Aufsteigen ermöglichen, falls andere Wirkenskräfte bereits vorgearbeitet haben: oder sie verringert die Festigkeit einiger faulender Teile des Zellengewebes, wodurch die Höhlenwandungen sich unter dem Einflusse des Gases weiter auszudehnen vermögen.

Nachdem wir nun die gesamte Philosophie dieses Themas vor uns ausgearbeitet haben, können wir leicht mit ihrer Hilfe *L'Etoile's* Behauptung überprüfen. ›Alle Erfahrung‹, so sagt dieses Blatt, ›hat gezeigt, daß es bei Ertrunkenen – oder bei Leichen, die unmittelbar nach gewaltsamem Tode in das Wasser geworfen wurden, – sechs bis zehn Tage braucht, bis die Verwesung weit genug fortgeschritten ist, um sie wieder an die Oberfläche zu bringen. Selbst wo eine Kanone über einem Leichnam abgefeuert wird und dieser empor kommt, noch ehe er fünf oder sechs Tage drunten gelegen, sinkt er wieder unter, wenn man ihn sich selbst überläßt‹.

Dieser gesamte Abschnitt muß nun als ein wirres Gewirk aus Inkonsequenz und Zusammenhangslosigkeit erscheinen. ›Alle Erfahrung‹ zeigt eben mitnichten, daß es bei ›Ertrunkenen‹ sechs bis zehn Tage brauche, bis die Verwesung weit genug fortgeschritten sei, um sie wieder an die Oberfläche zu bringen. Sowohl Wissenschaft als Erfahrung zeigen vielmehr, daß der Zeitpunkt ihres Heraufkommens unbestimmt ist und notwendigerweise sein muß. Wenn überdem ein Körper durch Abfeuern einer Kanone an die Oberfläche gestiegen ist, so sinkt er eben keineswegs ›wieder unter, wenn man ihn sich selbst überläßt‹, nicht eher jedenfalls, als die Zersetzung so weit fortgeschritten ist, daß sie dem angesammelten Gase ermöglicht, zu entweichen. Doch ich möchte Ihr Augenmerk auf die Unterscheidung lenken, die hier zwischen ›Ertrunkenen‹ und ›Leichen, die unmittelbar nach gewaltsamem Tode in das Wasser geworfen wurden‹ gemacht wird. Obschon der Schreiber den Unterschied ausdrücklich gelten läßt, ordnet er beides doch derselben Kategorie zu. Ich habe aufgezeigt, wie es dazu kommt, daß der Körper eines ertrinkenden Menschen spezifisch schwerer wird als sein Wasservolumen, und daß er überhaupt nicht untersinken würde, wäre nicht sein Ringen, bei dem er die Arme weit aus dem Wasser emporstreckt, und sein Luftschnappen unter der Oberfläche – ein Unterfangen, das nun auch noch Wasser in die Lungenräume dringen läßt, welche ursprünglich mit Luft angefüllt waren. Aber dies Ringen und dies Luftschnappen entfällt ja nun bei ›Leichen, die unmittelbar nach gewaltsamem Tode in das Wasser geworfen wurden‹. Mithin würde in diesem Falle *der Körper grundsätzlich überhaupt nicht untersinken* – eine Tatsache, welche *L'Etoile* ganz offensichtlich unbekannt geblieben ist. Erst wenn die Verwesung sehr weit fortgeschritten wäre – wenn sich das Fleisch bereits in starkem Maße von den Knochen gelöst hätte – dann allerdings, doch *erst dann,* würde der Leichnam unserm Blick entschwinden.

Und was haben wir nunmehr von der Argumentation zu halten, daß der gefundene Körper deswegen nicht der Marie Rogêt's sein könne, weil erst drei Tage verstrichen waren, als man diesen Körper im Wasser treibend fand? Als weiblicher Leichnam ist er, falls Ertrinken die Todesursache war, möglicherweise gar nie untergesunken; beziehungsweise wenn er versank, hätte er durchaus innerhalb von vierundzwanzig Stunden oder weniger wieder erscheinen können. Doch kein Mensch nimmt an, sie sei ertrunken; und wenn sie also starb, ehe sie in den Fluß geworfen wurde, so hätte man sie praktisch jederzeit danach an der Wasserfläche treibend finden mögen.

›Aber‹, sagt nun *L'Etoile*, ›wenn der Körper in seinem verstümmelten Zustande bis Dienstag nacht am Ufer gelegen hätte, so würde man dort am Ufer irgendeine Spur der Mörder finden.‹ Hier fällt es im ersten Augenblick schwer, die Absicht des Schreibers zu erkennen. Er meint etwas vorwegzunehmen, was seiner Vorstellung nach ein Einwand gegen seine Theorie wäre – nämlich: daß der Körper erst zwei Tage an Land gelegen habe und dort ziemlich rasch verwest sei – rascher, als wenn er im Wasser gelegen hätte. Es wird angenommen, daß er in diesem Falle immerhin am Mittwoch bereits hätte an der Oberfläche erscheinen *können* und daß dies einzig unter solchen Umständen möglich wäre. Der Schreiber hat es demgemäß nur zu eilig aufzuzeigen, daß die Leiche nicht an Land gelegen habe; denn wäre das der Fall gewesen, ›so würde man dort am Ufer irgendeine Spur der Mörder finden‹. Ich nehme an, Ihr Lächeln gilt diesem *sequitur*. Sie können nicht begreifen, wieso der Leichnam es durch bloßes längeres Anlandliegen fertiggebracht haben sollte, die Spuren der Mörder zu vermehren. Auch ich vermag's nicht einzusehen. »›Und ferner‹, fährt unser Blatt nun fort, ›ist es überaus unwahrscheinlich, daß Schurken, die einen Mord wie den hier angenommenen begangen, den Körper ohne jedes Gewicht, das ihn zum Sinken gebracht hätte, sollten ins Wasser geworfen haben, wo sich dergleichen Vorsichtsmaßregel doch so leicht hätte treffen lassen.‹ Betrachten Sie doch einmal diese lachhafte Gedankenwirrnis! Niemand – nicht einmal *L'Etoile* – bestreitet, daß an *dem gefundenen Körper* ein Mord begangen wurde. Zu augenfällig sind die Zeichen roher Gewalt. Nun hat unser Denker hier bloß die Absicht zu zeigen, daß dieser Körper nicht der Maries sei. Er wünscht zu beweisen, daß *Marie* nicht ermordet wurde, – nicht aber, daß die Leiche es nicht sei. Doch seine Bemerkung eben beweist einzig den letzteren Punkt. Hier ist eine Leiche, an der keinerlei Senkgewicht befestigt wurde. Mörder, die sie hineinwarfen, hätten nicht versäumt, ein solches Gewicht an ihr zu befestigen. Folglich wurde sie nicht von Mördern hineingestoßen. Dies ist alles, was bewiesen wird – wenn überhaupt hier etwas bewiesen wird. Die Frage der Identität ist nicht einmal angeschnitten, und *L'Etoile* hat sich die ganze große Mühe lediglich gemacht, um wegzudisputieren, was sie grad einen Augenblick zuvor anerkannt hatte. ›Wir sind vollkommen überzeugt‹, sagt sie, ›daß der gefundene Körper der einer ermordeten weiblichen Person ist.‹

Dies ist übrigens nicht der einzige Fall, selbst in dieser Abteilung des Themas nicht, wo unser Denker unwissentlich wider sich selber zeugt. Sein offenbares Anliegen, so habe ich bereits gesagt, ging dahin, die Zeit, die zwischen Maries Verschwinden und der Entdeckung des Leichnams verstrich, so weit als möglich zu reduzieren. Dennoch aber beruft er sich hartnäckig darauf, daß kein Mensch das Mädchen mehr erblickte, nachdem es das mütterliche Haus verlassen. ›Wir besitzen keinerlei Beweis‹, sagt er, ›daß Marie Rogêt am Sonntag, dem zweiundzwanzigsten Juni, nach neun Uhr noch unter den Lebenden weilte‹. Da seine Argumentation offensichtlich einseitig ist, hätte er wenigstens diese Sache außeracht lassen sollen; denn hätte sich ergeben, daß doch jemand Marie, sagen wir am Montag oder am Dienstag, nach ihrem Verschwinden gesehen, so wäre dadurch das in Rede stehende Zeitintervall erheblich reduziert worden und mithin, nach seiner eigenen Schlußfolgerung, auch die Wahrscheinlichkeit, daß die Leiche diejenige der *grisette* sei. Es ist nichtsdestoweniger belustigend zu bemerken, daß *L'Etoile* auf diesem Punkte beharrt, in der festen Überzeugung, er sei ihrer allgemeinen Argumentation förderlich.

Lesen Sie nun nochmals jenen Abschnitt dieser Argumentation durch, der sich auf die Identifizierung des Leichnams durch Beauvais bezieht. Was das *Haar* auf dem Arm betrifft, so ist *L'Etoile* da offensichtlich recht unredlich gewesen. M. Beauvais ist ja kein Idiot, er hat also nie und nimmer bei der Identifizierung der Leiche nur vorbringen können, daß *Haar* auf ihrem Arm gewesen sei. Das dürfte ja wohl für *alle* Arme zutreffen. Die *Allgemeinheit* der Ausdrucksweise *L'Etoile's* hat die Aussage des Zeugen einfach verdreht. Er muß von irgendeiner *Besonderheit* gesprochen haben, die er an diesem Haar fand. Das muß eine Besonderheit der Farbe, der Menge, der Länge oder der Lage gewesen sein.

›Ihr Fuß‹, sagt das Journal, ›war klein – nun, das sind tausende von Füßen. Ihr Strumpfband ist keinerlei Beweis – ebensowenig ihr Schuh – denn Schuhe und Strumpfbänder werden packenweise verkauft. Dasselbe darf man von den Blumen an ihrem Hute sagen. Eine Sache, auf welcher M. Beauvais hartnäckig besteht, ist die, daß die Schließe an dem gefundenen Strumpfbande versetzt worden war, um es enger zu machen. Das besagt aber nichts; denn die meisten Frauen finden es schicklich, ein Paar Strumpfbänder mit heim zu nehmen und sie dort den Gliedmaßen, die sie umschließen sollen, entsprechend anzupassen; anstatt sie gleich beim Kaufe in dem Laden auszuprobieren.‹ Hier fällt es wirklich schwer, sich vorzustellen, daß der Schreiber das ernst gemeint habe. Hätte M. Beauvais bei seiner Suche nach dem Körper Maries einen Leichnam entdeckt, dessen allgemeine Gestalt und Erscheinung dem vermißten Mädchen entsprach, so wäre er (von der Kleidungsfrage einmal ganz abgesehen) durchaus berechtigt gewesen, sich die Meinung zu bilden, seine Suche habe Erfolg gehabt. Wenn er nun zusätzlich zum Punkte der allgemeinen Gestalt und Form noch eine Eigentümlichkeit der Behaarung auf dem Arme fand, die er an der lebenden Marie bemerkt hatte, so mochte dies seine Meinung mit Fug noch weiter bestärken; und das Wachsen solcher Gewißheit dürfte recht wohl im Verhältnis zur Eigentümlichkeit oder Ungewöhnlichkeit des Behaarungsindizes gestanden haben. Wenn nun die Füße Maries klein waren und die der Leiche waren es auch, so wüchse die

Wahrscheinlichkeit, daß der Körper derjenige Maries sei, nicht bloß in arithmetischem, sondern in höchstlich geometrischem oder akkumulativem Verhältnis. Fügen Sie all diesem noch Schuhe hinzu, wie Marie sie am Tage ihres Verschwindens anerkanntermaßen getragen, so vergrößern Sie – mögen diese Schuhe auch immer ›packenweise verkauft‹ werden – die Wahrscheinlichkeit bis zu einem an Gewißheit grenzenden Maße. Was an und für sich kein Identitäts-Beweis wäre, wird durch sein Zusammenwirken mit anderen Kennzeichen im höchsten Grade beweiskräftig. Nun fehlt eigentlich nur noch, daß die Blumen am Hut mit jenen übereinstimmten, die das vermißte Mädchen trug, und wir brauchten nichts weiter zu suchen. Selbst wenn nur *eine* Blume dem genügte, brauchten wir nichts weiter zu suchen – wie denn erst bei zweien, dreien oder mehr?! Jede weitere vervielfacht die Beweissicherheit: addiert nicht nur Beweis zu Beweis, sondern multipliziert mit hunderten und tausenden. Lassen Sie uns nun an der Verstorbenen noch Strumpfbänder entdecken, wie die Lebende sie benutzte, so wäre es fast töricht, noch weiter zu gehen. Doch diese Strumpfbänder wurden, so fand man, durch Versetzen der Schließe verengt, und zwar genau in der Weise, wie Marie ihre eigenen verengt hatte, kurz bevor sie ihr Haus verließ. Da wäre es nun doch Wahnsinn oder aber Heuchelei, noch länger zu zweifeln. Was *L'Etoile* bezüglich dieser Verkürzung der Strumpfbänder sagt, nämlich daß sie häufig und ganz üblicherweise vorkomme, zeigt weiter nichts, als wie weit sich das Blatt in seinen Irrtum verbohrt hat. Die elastische Natur des Strumpfbandes demonstriert für sich schon das *Ungewöhnliche* der Verkürzung. Was darauf eingerichtet ist, sich selber anzupassen, bedarf notwendigerweise nur selten zusätzlicher Anpassung. Es muß im striktesten Sinne des Wortes ein Zufall gewesen sein, der Marie dazu nötigte, die beschriebene Verengung an ihren Strumpfbändern vorzunehmen. Sie allein schon hätten ihre Identität umfassend erwiesen. Aber nun ist es ja nicht nur so, daß man die Strumpfbänder des vermißten Mädchens an dem Leichnam fand, oder ihre

Schuhe, oder ihren Hut, oder die Blumen an ihrem Hut, oder die Form ihrer Füße, oder ein besonderes Kennzeichen auf dem Arm, oder ihre allgemeine Gestalt und Erscheinung, – es steht vielmehr so, daß die Leiche diese Erkennungszeichen *alle zusammen* aufwies. Könnte man für sicher nehmen, daß der Herausgeber von *L'Etoile wirklich* noch zweifelte nach diesen Beweisen, so bedürfte es in seinem Falle gewiß nicht extra noch einer Kommission *de lunatico inquirendo*. Er fand es besonders scharfsinnig, das Geschwätz der Advokaten nachzuahmen, die sich meistenteils damit begnügen, die steifen Vorschriften der Gerichte herunterzuleiern. Ich möchte bei dieser Gelegenheit doch bemerken, daß sehr vieles von dem, was ein Gericht als Beweis ablehnt, für den Intellekt den allerbesten Beweis darstellt. Denn das Gericht, das sich bei der Beweisführung nach den allgemeinen Grundsätzen richtet – den anerkannten und schwarz auf weiß *verbuchten* Grundsätzen –, ist wenig geneigt, bei besonderen Anlässen von diesen Grundsätzen abzuweichen. Und das standhafte Festhalten am Prinzip, verbunden mit rigoroser Mißachtung der diesem widerstreitenden Ausnahme, ist ja auch wohl ein sicherer Weg, bei der Wahrheitsfindung ein Maximum zu erzielen – auf große Zeiträume hin jedenfalls. *En masse* hat die Praxis mithin durchaus etwas wissenschaftlich Weises für sich; doch nicht minder gewiß ist, daß im individuellen Falle ungeheure Irrtümer aus ihr erwachsen[1].

Was nun die auf Beauvais abgeschossenen Verdächtigungen betrifft, so werden Sie wohl bereit sein, darauf nicht einen Atemzug zu verschwenden. Sie haben bereits den

---

[1] »Eine Theorie, welche sich auf die spezifischen Eigenschaften eines Gegenstands gründet, vereitelt, daß sie diesen nach etwelchen Zweckbegriffen beurteilt; und wer bei einem Fall auf die Ursachen sieht, hört auf, ihn nach seinen Ergebnissen einzuschätzen. So zeigt die Jurisprudenz einer jeden Nation, daß das Gesetz immer dann aufhört, Gerechtigkeit zu sein, wenn es zur Wissenschaft und zum System wird. Die Irrtümer, in welche ein blinder *Prinzipienkult* das gemeine Recht führt, lassen sich daran ersehen, wie oft die Gesetzgebung gezwungen war, das Billigkeitsrecht wiederherzustellen, das ihrem Schema verloren gegangen.« – LANDOR.

wahren Charakter dieses guten Mannes ergründet. Er ist ein *Wichtigtuer*, der allerlei Wolken im Kopf hat und wenig Witz. Wer so veranlagt ist, wird sich bei Gelegenheit einer *wirklichen* Aufregung leicht so benehmen, daß er sich in den Augen der Überschlauen und der Übelgesinnten selber verdächtig erscheinen läßt. M. Beauvais hatte (wie es aus Ihren Notizen hervorgeht) einige persönliche Unterredungen mit dem Herausgeber von *L'Etoile* und erboste diesen, indem er die Meinung zu äußern wagte, der gefundene Leichnam sei – ungeachtet der Theorie des Herausgebers – schlicht und einfach derjenige Maries. ›Hartnäckig bleibt er bei seiner Behauptung‹, sagt das Blatt, ›der Leichnam sei derjenige Maries, ohne jedoch – von den Einzelheiten abgesehen, die wir kommentierten – auch nur einen Umstand nennen zu können, der andere zu überzeugen vermöchte.‹ Ohne daß wir wieder auf die Tatsache zurückkommen wollen, daß sich ein stärkerer Beweis, ›der andere zu überzeugen vermöchte‹, überhaupt nicht hätte anführen lassen, sei doch immerhin bemerkt, daß es sich sehr wohl verstehen ließe, wenn ein Mann in einem Falle dieser Art von etwas fest überzeugt wäre, ohne dabei imstande zu sein, auch nur einen einzigen, für eine andere Partei verbindlichen Grund seiner Überzeugung vorzubringen. Nichts ist unbestimmter als die Eindrücke, mit denen sich individuelle Identität verbindet. Jedermann erkennt seinen Nachbarn wieder, doch trifft es sich selten, daß einer dann auch imstande ist, *einen Grund* für dieses Wiedererkennen anzugeben. Der Herausgeber von *L'Etoile* hatte keinerlei Recht, sich bei M. Beauvais' argument- und gedankenloser Überzeugung zu erbosen.

»Die verdächtigen Umstände, mit denen dem guten Manne so zugesetzt wird, passen – so wird man finden – weit besser zu meiner Hypothese, daß wir es hier mit einem etwas *wirren Wichtigtuer* zu schaffen haben, denn zu den versteckten Anschuldigungen unseres Denkers in der Redaktion. Machen wir uns einmal die nachsichtigere Interpretation zu eigen, so wird es uns kaum Schwierigkeit bereiten, die Rose im Schlüsselloch zu verstehen; das ›Marie‹ auf der

Schiefertafel; die Behauptung, er habe ›die männlichen Verwandten sich aus dem Wege zu drängen gewußt‹; sein ›Widerstreben, den Verwandten die Besichtigung des Leichnams zu gestatten‹; seine Warnung gegenüber Madame B----, sich mit dem erwarteten *gendarme* auf keinerlei Unterhaltung einzulassen, bis er (Beauvais) zurückkehre; und endlich seinen offenbaren Entschluß, ›niemand außer ihm solle mit den Vorgängen das mindeste zu schaffen haben‹. Es scheint mir außer Frage zu stehen, daß Beauvais sich gleichfalls um Marie bewarb; daß sie mit ihm kokettierte; und daß er ehrgeizig bestrebt war, als ihr ganz intimer Freund und Vertrauter zu gelten. Ich werde zu diesem Punkte nichts weiter sagen; und da das vorliegende Beweismaterial die Behauptung von *L'Etoile* bezüglich der *Gleichgültigkeit* aufseiten der Mutter und der andern Verwandten voll widerlegt – einer Gleichgültigkeit, die unvereinbar wäre mit ihrer angenommenen Überzeugung, daß der Leichnam der des Parfümerie-Mädchens sei, – werden wir nunmehr weitergehen, ganz als sei die *Frage der Identität* zu unserer vollkommenen Zufriedenheit geklärt.«

»Und was«, fragte ich hier, »halten sie von den Ansichten des *Commerciel?*«

»Daß sie im wesentlichen weit mehr Beachtung verdienen als alles, was sonst zum Thema verbreitet worden ist. Die aus den Prämissen hergeleiteten Schlüsse sind wissenschaftlich einwandfrei und scharfsinnig; freilich gründen sich die Prämissen in wenigstens zwei Fällen auf unzureichende Beobachtung. *Le Commerciel* möchte zu verstehen geben, Marie sei nicht weit von ihrer Mutter Haus von irgendeiner Bande schändlicher Raufbolde aufgegriffen worden. ›Es ist unmöglich‹, sagt er mit Nachdruck, ›daß eine Person, die Tausenden wo wohlbekannt war wie diese junge Frau, durch ganze drei Stadtteile gegangen sein sollte, ohne daß sie auch nur einer gesehen hätte.‹ Das ist der Gedanke eines Mannes, der lange in Paris ansässig ist – der im öffentlichen Leben steht – und dessen Stadtgänge sich meistens auf die Bezirke der öffentlichen Gebäude beschränkten. Ihm ist bewußt, daß er selten von seinem eigenen Bureau aus auch nur ein Dutzend Häuserblocks weit gehen kann, ohne erkannt und angesprochen zu werden. Und da er etwa weiß, wie viele Menschen er selber kennt und wie viele ihn kennen, vergleicht er dieses sein Bekanntsein mit dem des Parfümerie-Mädchens, findet keinen besonderen Unterschied zwischen beidem und gelangt alsbald zu dem Schlusse, daß sie bei ihren Gängen in gleichem Maße auf Bekannte hätte treffen müssen wie er bei seinen. Dies könnte aber nur dann der Fall sein, wenn ihre Gänge von dem selben unveränderlichen und methodischen Charakter gewesen wären und durch die nämliche, durchaus begrenzte *species* Gegend geführt hätten wie seine eigenen. Er macht seine Wege in regelmäßigen Abständen innerhalb eines ganz bestimmten Umkreises, und dabei mangelt es ihm nicht an Begegnungen mit Leuten, die schon um des gemeinsamen Interesses willen, welches seine und ihre Beschäftigungen haben, seiner Person Beachtung schenken. Die Gänge Maries aber dürften im allgemeinen doch sprunghafter gewesen sein. In diesem besonderen Falle versteht es sich als höchst wahrscheinlich, daß sie erst recht einen Weg wählte, der noch weiter als nur durchschnittlich von den ihr gewohnten abwich. Die Parallele, welche *Le Commerciel* unserer Vorstellung nach im Auge gehabt haben muß, ließe sich nur dann halten, wenn die beiden Personen die ganze Stadt durchquert hätten. In diesem Fall, und unter der Voraussetzung noch, daß beider Bekanntenkreis gleich groß wäre, würden auch die Chancen gleich groß sein, daß beide eine gleich große Anzahl von Begegnungen hätten. Ich für meinen Teil halte es nicht nur für möglich, sondern schon für mehr als wahrscheinlich, daß Marie – und zwar zu jeder beliebigen Zeit – einen der vielen Wege zwischen ihrer eigenen Wohnung und der ihrer Tante zurückgelegt haben kann, ohne auch nur einen einzigen Menschen zu treffen, den sie kannte oder dem sie bekannt war. Wollen wir diese Frage im vollen und rechten Lichte sehen, so müssen wir uns nachhaltig vor Augen stellen, welch großes Mißverhältnis besteht zwischen den persönlichen Bekanntschaften selbst der berühmtesten Persönlichkeit von Paris und der gesamten Pariser Bevölkerung selbst.

Doch wieviel Beweiskraft das Argument des *Commerciel* auch immer noch entwickeln mag, entscheidend geschwächt wird es doch, wenn wir *die Stunde* in Erwägung ziehen, da Marie das Haus verließ. ›Sie ging zu einer Zeit aus‹, sagt *Le Commerciel,* ›wo die Straßen voll von Menschen waren.‹ Aber mitnichten! Es war um neun Uhr morgens. Nun sind die Straßen an jedem Tage der Woche *außer am Sonntag* um neun Uhr morgens ein einziges Menschengewimmel – das ist wohl wahr. Aber am Sonntag um neun befindet sich die Bevölkerung in den Häusern und *bereitet sich auf den Kirchgang vor.* Keinem beobachtenden Menschen kann entgangen sein, wie verlassen die Stadt von etwa acht bis zehn Uhr morgens an jedem Sabbat daliegt. Zwischen zehn und elf dann wimmeln die Straßen wieder, in der Frühe aber, zur genannten Zeit, ist alles leer.

Es gibt noch einen weiteren Punkt, wo vonseiten des *Commerciel* mangelhafte Beobachtung vorzuliegen scheint. ›Aus einem der Unterröcke des unglücklichen Mädchens‹, so heißt es da, ›wurde ein Stück von zwei Fuß Länge und einem Fuß Breite herausgerissen und ihr unter dem Kinn her um den Hinterkopf gebunden, vermutlich um Schreie zu verhindern. Das konnten nur Burschen tun, die kein Taschentuch besaßen.‹ Ob dieser Einfall wohlbegründet ist oder nicht, werden wir hernach herauszubekommen bemüht sein; für jetzt wollen wir nur das eine festhalten, daß der Herausgeber bei dem Ausdruck ›Burschen, die kein Taschentuch besaßen‹, offensichtlich die niedrigste Sorte Lumpen im Auge hatte. Nun sind aber dies gerade Leute, bei denen man immer Taschentücher finden wird, selbst wenn sie nicht einmal Hemden tragen. Sie müssen doch selber schon Gelegenheit gehabt haben zu bemerken, wie absolut unentbehrlich dem eingefleischten Vagabunden in den letzten Jahren das Taschentuch geworden ist.«

»Und was sollen wir von dem Artikel in *Le Soleil* denken?« fragte ich.

»Daß es ein wahrer Jammer ist, daß sein Verfasser nicht als Papagei geboren wurde – in welchem Falle er das berühmteste Exemplar seiner Art gewesen wäre. Er hat einfach nur die individuellen Einzelheiten der bereits veröffentlichten Meinung nachgeplappert, indem er sie sich mit lobenswertem Fleiß aus diesem Blatte und aus jenem zusammensuchte. ›Die Gegenstände‹, sagt er, ›haben ganz offenbar sämtlich wenigstens drei oder vier Wochen dort gelegen, und es kann *kein Zweifel* sein, daß man den Ort dieser entsetzlichen Bluttat entdeckt hat.‹ Die Tatsachen, die *Le Soleil* hier wiederholt, sind allerdings weit davon entfernt, mir meine Zweifel in dieser Sache zu vertreiben, und wir wollen ihnen anschließend in Verbindung mit einer anderen Abteilung des Themas eine genauere Untersuchung widmen.

Gegenwärtig haben wir uns mit anderen Untersuchungen zu befassen. Es kann Ihnen nicht entgangen sein, mit welcher extremen Nachlässigkeit der Leichnam examiniert wurde. Gewiß, die Frage der Identität war rasch entschieden – oder hätte es doch sein sollen; aber es gab ja noch andere Punkte zu ermitteln. War der Körper in irgendwelcher Hinsicht *ausgeplündert* worden? Hatte die Verstorbene irgendwelche Schmuckgegenstände an sich gehabt, als sie das Haus verließ? – und wenn ja, waren diese noch vorhanden, als man ihre Leiche fand? Das sind doch wichtige Fragen, die von der Beweisaufnahme überhaupt nicht berührt wurden; und es gibt noch andere von gleicher Bedeutung, denen man bislang keinerlei Beachtung schenkte. Wir müssen zusehen, daß wir uns hier durch persönliches Nachprüfen Genüge tun. Auch der Fall von St. Eustache muß erneut untersucht werden. Ich habe diesen Menschen zwar nicht in Verdacht; doch wollen wir ganz methodisch vorgehen. Wir werden also nachprüfen, ob die eidlichen Aussagen, die er bezüglich seines Aufenthalts am Sonntag tat, sich über jeden Zweifel hinaus erhärten lassen. Aussagen dieser Art enthalten nur zu leicht eine absichtliche Täuschung. Sollte jedoch alles daran in Ordnung sein, so kann St. Eustache bei unseren Nachforschungen ausscheiden. Sein Selbstmord ist, so sehr er auch den Verdacht unterstreichen würde, fände sich Betrug in den Aussagen, ohne solchen Betrug in keiner Weise rätselhaft, noch müßte er uns veranlassen, von der geraden Linie unserer Analyse abzuweichen.

Im folgenden wollen wir nun, so schlage ich vor, den Zentralbereich dieser Tragödie einmal verlassen und unsere Aufmerksamkeit auf ihre Randgebiete konzentrieren. Nicht der geringste Irrtum entsteht gewöhnlich bei Untersuchungen wie dieser daraus, daß man sie allzu ausschließlich auf das Unmittelbare und Nächstliegende richtet, unter gänzlicher Mißachtung der Nebenumstände. Es ist die üble Praxis der Gerichte, Beweisführung und Verhör streng im Rahmen dessen zu halten, was dem Anschein nach unmittelbare Relevanz besitzt. Doch die Erfahrung hat gezeigt, und wahre Philosophie wird es stets beweisen, daß ein großer, vielleicht der überwiegende Teil der Wahrheit aus dem scheinbar Irrelevanten gewonnen wird. Im Geiste, wenn nicht gar nach dem Buchstaben dieses Prinzips, hat sich die moderne Wissenschaft entschlossen, mit *dem Unvorhergesehenen zu rechnen*. Aber vielleicht verstehen Sie mich nicht. Die Geschichte der menschlichen Erkenntnis hat ununterbrochen gezeigt, daß wir gerade den nebensächlichen, zufällig anfallenden Ereignissen die allermeisten und wertvollsten Entdeckungen verdanken, so daß es schließlich einfach zur Notwendigkeit wurde, für die Zukunft hieraus eine Nutzanwendung zu ziehen und Erfindungen, die aus dem Ungefähr kommen können und außerhalb des Bereichs gewöhnlicher Erwartung liegen, die breiteste Berücksichtigung finden zu lassen. Es ist nicht länger mehr philosophisch, das zugrunde zu legen, was vom Sichtvermögen einer früheren Zeit begrenzt wurde. Der *Zufall* ist als ein Teil des Unterbaus anerkannt worden. Wir machen ihn zum Gegenstand absoluter Berechnung. Wir unterwerfen das Unvorhergesehene und Ungeahnte den mathematischen Formeln der Wissenschaft.

Ich wiederhole, – es ist schon mehr als eine Tatsache, daß

der überwiegende Teil aller Wahrheit aus den Nebendingen gewonnen worden ist; und es geschieht nur in Übereinstimmung mit dem Geiste des in dieser Tatsache enthaltenen Prinzips, daß ich im gegenwärtigen Falle von dem abgetretenen und bislang unfruchtbaren Boden des Ereignisses selbst zu den gleichzeitigen Umständen überwechsle, die es umgeben. Während nun Sie sich um die Überprüfung der Zeugenaussagen kümmern, werde ich mir noch einmal die Zeitungen vornehmen, und zwar etwas allgemeiner, als Sie es taten. Bisher haben wir nur das Feld unserer Nachforschung erkundet, doch müßte es wirklich sonderbar zugehen, würde uns nicht eine umfassende Durchsicht der öffentlichen Blätter, wie ich sie vorhabe, doch noch auf einige winzige Punkte bringen, welche unserm Forschen nun auch eine *Richtung* weisen könnten.«

Ich folgte Dupins Anregung und machte mich an eine gewissenhafte Überprüfung der Zeugenaussagen. Ergebnis war die feste Überzeugung, daß sie stichhaltig seien und daß man folglich St. Eustache zu Unrecht im Verdacht gehabt habe. Inzwischen beschäftigte mein Freund sich mit der Durchsicht der verschiedenen Zeitungen, und zwar mit einer, so wollte mir scheinen, ganz und gar ziellosen Genauigkeit. Nachdem darüber eine Woche vergangen war, legte er mir die folgenden Auszüge vor:

»Vor etwa dreieinhalb Jahren entstand schon einmal einige Verwirrung, die mit der gegenwärtigen viel Ähnlichkeit hat, durch das Verschwinden dieser selben Marie Rogêt aus der *parfumerie* von Monsieur Le Blanc im Palais Royal. Nach Ablauf einer Woche jedoch erschien das Mädchen wieder an seinem gewohnten *comptoir,* so wohl wie immer, mit Ausnahme einer leichten Blässe, die man bislang an ihr nicht gekannt hatte. Monsieur Le Blanc und die Mutter gaben die Auskunft, sie sei lediglich bei einer Freundin auf dem Lande zu Besuch gewesen; und die ganze Angelegenheit wurde eilig vertuscht. Wir nehmen an, daß die gegenwärtige Abwesenheit des Mädchens einen mutwilligen Streich der nämlichen Natur darstellt und daß wir Marie nach Verlauf einer

Woche oder vielleicht eines Monats wieder unter uns haben werden.« – *Abendblatt*, Montag, 23. Juni[1].

»Eine Abendzeitung vom gestrigen Tage nimmt Bezug auf ein früheres geheimnisvolles Verschwinden von Mademoiselle Rogêt. Es ist nun wohlbekannt, daß diese während der Woche ihrer Abwesenheit von Le Blanc's *parfumerie* in Gesellschaft eines jungen Marineoffiziers war, der als großer Verführer weit bekannt ist. Ein Streit, so wird vermutet, führte, von der Vorsehung geschickt, zu ihrer Rückkehr nach Hause. Wir haben den Namen des in Rede stehenden Lothario, der gegenwärtig in Paris stationiert ist, sehen aber aus naheliegenden Gründen davon ab, ihn öffentlich zu nennen.« – *Le Mercure*, Dienstag morgen, 24. Juni[2].

»Eine Gewalttat von scheußlichstem Charakter wurde vorgestern in der Nähe unserer Stadt verübt. Ein Herr, welcher sich in Begleitung von Frau und Tochter befand, engagierte in der Dämmerung die Dienste von sechs jungen Männern, die müßig in Ufernähe auf der Seine herumruderten, und ließ sich von ihnen über den Fluß setzen. Als sie die gegenüberliegende Seite erreicht hatten, stiegen die drei Passagiere aus, und eben hatten sie sich so weit entfernt, daß sie das Boot nicht mehr sahen, als die Tochter entdeckte, daß sie ihren Sonnenschirm darin zurückgelassen hatte. Sie kehrte um, ward von der Bande ergriffen, hinaus auf den Strom geschafft, geknebelt, auf das brutalste behandelt und schließlich nicht weit von der Stelle, wo sie ursprünglich mit ihren Eltern das Boot betreten hatte, an Land gesetzt. Die Schurken sind für den Augenblick entkommen, doch ist die Polizei auf ihrer Spur, und einige von ihnen werden bald ergriffen sein.« – *Morgenblatt* 25. Juni[3].

»Wir haben ein oder zwei Mitteilungen empfangen, welche darauf abzielen, die Schuld an dem jüngst begangenen Verbrechen Mennais[4] anzulasten; da dieser Herr aber bei

[1] Der New Yorker ›Express‹.
[2] Der New Yorker ›Herald‹.
[3] Der New Yorker ›Courier and Inquirer‹.
[4] Mennais gehörte zu denen, die ursprünglich verdächtigt und verhaftet wurden; man ließ ihn jedoch aus Mangel an Beweisen wieder frei.

gerichtlicher Untersuchung voll entlastet wurde und die Argumente unserer verschiedenen Korrespondenten mehr Eifer als Denkschärfe bezeugen, halten wir es nicht für angebracht, sie publik zu machen.« – *Morgenblatt*, 28. Juni[1].

»Uns sind, aus offenbar verschiedenen Quellen, mehrere in forschem Ton gehaltene Zuschriften zugegangen, welche so weit gehen, es für eine sichere Tatsache hinzustellen, daß die unglückliche Marie Rogêt das Opfer einer der zahllosen Gesindelbanden geworden sei, welche an Sonntagen die Umgegend der Stadt beunruhigen. Unsere eigene Meinung erklärt sich entschieden für diese Annahme. Wir werden bemüht sein, einigen dieser Argumente demnächst in unseren Spalten Raum zu geben.« – *Abendblatt*, Dienstag, 31. Juni[2],

»Am Montag sah ein für den Zoll tätiger Bootsknecht ein leeres Boot die Seine hinabtreiben. Die Segel lagen innen auf dem Boden. Der Schiffer bugsierte es zur Bootsabfertigung. Dort war es jedoch am nächsten Morgen verschwunden, ohne daß einer der Beamten etwas davon wußte. Das Steuerruder befindet sich gegenwärtig noch auf dem Bootsamte.« – *La Diligence*, Donnerstag, 26. Juni[3].

Beim Überlesen dieser verschiedenen Auszüge schien mir ihr Inhalt nicht nur irrelevant, sondern ich vermochte auch keinerlei Verbindung zu erblicken, welche sich zu dem uns gegenwärtig beschäftigenden Fall hätte herstellen lassen. So wartete ich, daß mir Dupin einige Erklärungen geben würde.

»Es ist im Augenblick nicht meine Absicht«, sagte er, »mich bei dem ersten und zweiten dieser Auszüge aufzuhalten. Ich habe sie uns hauptsächlich deshalb aufgeschrieben, um Ihnen die extreme Nachlässigkeit der Polizei vor Augen zu bringen, die sich – soweit ich den Präfekten verstanden habe – in gar keiner Weise damit abgeplagt hat, den hier erwähnten Marineoffizier einmal ins Verhör zu nehmen. Doch ist es einfach eine Narretei zu sagen, es könne zwischen dem ersten und dem zweiten Verschwinden Maries

---

[1] Der New Yorker ›Courier and Inquirer‹.
[2] Die New Yorker ›Evening Post‹.
[3] Der New Yorker ›Standard‹.

keine *vermutliche* Verbindung bestehen. Nehmen wir nur einmal an, das erste Fortlaufen habe mit einem Streit zwischen den Liebenden geendet und mit der Heimkehr des verführten Mädchens. Wir sind jetzt vorbereitet, hinter einem zweiten Fortlaufen (falls wir für *sicher* annehmen können, daß es sich darum gehandelt hat) eher eine neuerliche Annäherung des Verführers zu vermuten als etwa die Anträge eines zweiten Mannes – wir sind vorbereitet, darin ein Wiederaufleben der alten *amour* eher zu erblicken als den Beginn einer neuen. Die Chancen stehen zehn zu eins, daß der Mann, der schon einmal mit Marie auf und davon ging, ihr dasselbe ein weiteresmal vorschlug – das ist viel wahrscheinlicher, als daß etwa ihr, die schon einmal einem solchen Vorschlag folgte, nun von einem anderen Manne das nämliche angetragen ward. Und hier lassen Sie mich Ihre Aufmerksamkeit auf die Tatsache lenken, daß die Zeit, die zwischen dem ersten gesicherten und dem zweiten mutmaßlichen Fortlaufen verstrich, grad ein paar wenige Monate mehr beträgt als die allgemeine Dauer der Kreuzfahrten unserer Marinesoldaten. Hat den Liebhaber bei seiner ersten Schurkentat vielleicht die Notwendigkeit unterbrochen, auf Fahrt zu gehen, und hat er dann nach Rückkehr gleich die erste Gelegenheit ergriffen, die niedrigen Absichten zu erneuern, welche noch nicht – oder wenn, so doch nicht *durch ihn* – gänzlich in die Tat umgesetzt worden waren? Von all diesen Dingen wissen wir nichts.

Sie werden freilich sagen, im zweiten Falle handle es sich nun ja nicht um ein Fortlaufen, wie wir es im Auge haben. Gewiß, das ist wohl wahr – doch dürfen wir sagen, es habe auch die – lediglich vereitelte – Absicht nicht bestanden? Neben St. Eustache und allenfalls noch Beauvais finden wir keine anerkannten, keine offenen, keine achtbaren Verehrer Maries. Von keinem anderen ist je irgendwo die Rede. Wer aber ist dann der heimliche Liebhaber, von dem die Verwandten *(zumindest die meisten von ihnen)* so gar nichts wissen, den aber Marie am Morgen des Sonntag trifft und der ihr Vertrauen in solchem Maße genießt, daß sie nicht zögert, mitten im einsam gelegenen Gehölz der Barrière du Roule bei ihm zu bleiben, bis die Schatten des Abends herniedersteigen? Wer ist jener heimliche Liebhaber, frage ich, von dem zumindest *die meisten* Verwandten nichts wissen? Und was bedeutet die sonderbare Prophezeiung, die Madame Rogêt am Morgen von Maries Fortgehen aussprach – ›Ich fürchte, ich werde Marie wohl niemals wiedersehen‹ –?

Doch wenn wir uns schon nicht vorstellen können, daß Madame Rogêt in den Plan der Tochter eingeweiht gewesen, dürfen wir nicht wenigstens vermuten, daß ein solcher Plan aufseiten des Mädchens bestanden hat? Als sie das Haus verließ, gab sie zu verstehen, daß sie ihre Tante in der Rue des Drômes besuchen wolle, und St. Eustache ward gebeten, sich dort beim Dunkelwerden einzufinden. Nun spricht diese Tatsache allerdings auf den ersten Blick strikt gegen meine Deutung; – doch lassen Sie uns einmal nachdenken. Daß sie sich *tatsächlich* mit irgendeinem Begleiter traf, mit ihm über den Fluß setzte und erst spät, nämlich um drei Uhr nachmittags, die Barrière du Roule erreichte, ist bekannt. Doch indem sie sich solcherart dazu verstand, diesen Menschen zu begleiten (mit welcher Absicht immer – und ob nun ihre Mutter davon wußte oder nicht), muß ihr doch eingefallen sein, welches Vorhaben sie beim Verlassen des Hauses ausgesprochen hatte und wie sich folglich Überraschung und Argwohn im Herzen ihres anverlobten Verehrers St. Eustache regen würden, wenn er, sie abzuholen, zur angegebenen Stunde in der Rue des Drômes erschien und fand, daß sie nicht dort gewesen war, und wenn er überdies dann mit seiner beunruhigenden Kunde zur Pension zurückkehrte und feststellen mußte, daß sie immer noch dem Hause fern war. Sie muß an diese Dinge doch gedacht haben, meine ich. Sie muß den Kummer St. Eustache's, den Argwohn aller vorausgesehen haben. Es konnte ihr doch nicht daran gelegen sein, bei ihrer Rückkehr diesem Argwohn begegnen zu müssen; – freilich wird dieser Argwohn sogleich zu einem Punkt geringfügigster Wichtigkeit für sie, wenn wir voraussetzen, daß sie eben überhaupt nicht beabsichtigte, zurückzukehren.

Wir dürfen uns wohl vorstellen, daß sie folgendermaßen gedacht hat – ›Ich soll mit einer gewissen Person zusammentreffen, um mit ihr auf und davon zu gehen, oder aus gewissen anderen Gründen, die nur mir bekannt sind. Es ist notwendig, daß keine Möglichkeit bleibt, uns darin zu stören – wir brauchen hinreichend Zeit, um etwaiger Verfolgung zu entrinnen – ich werde also zu verstehen geben, daß ich meine Tante in der Rue des Drômes zu besuchen und bei ihr den Tag zu verbringen gedenke – ich werde St. Eustache anweisen, mich nicht vor Dunkelheit abzuholen – auf diese Weise erklärt sich meine Abwesenheit von Hause für die längstmögliche Zeit, ohne Argwohn oder Unruhe zu wecken, und ich gewinne mehr Spielraum, als durch irgendeinen anderen Vorwand möglich wäre. Wenn ich St. Eustache bitte, mich bei Dunkelheit abzuholen, wird er mit Sicherheit nicht früher erscheinen; doch wenn ich es ganz unterlasse, ihn darum zu bitten, so verringert sich die Zeit, die mir zum Entkommen bleibt, denn man wird erwarten, daß ich früher heimkomme, und durch mein Ausbleiben eher in Unruhe geraten. Wenn es nun überhaupt meine Absicht wäre, zurückzukehren – wenn ich nichts weiter im Sinn hätte, als mit dem in Rede stehenden Menschen ein wenig herumzuspazieren – so wäre die Bitte an St. Eustache, mich abzuholen, nicht gerade klug von mir; denn wenn er dann erscheint, muß er ja mit Sicherheit feststellen, daß ich falsches Spiel mit ihm getrieben habe – eine Tatsache, über die ich ihn vielleicht auf immer in Unwissenheit halten kann, wenn ich das Haus verlasse, ohne ihm etwas von meinen Absichten zu sagen, wenn ich vor Dunkelheit wieder zurückkehre und wenn ich dann erst angebe, ich sei bei meiner Tante in der Rue des Drômes zu Besuch gewesen. Doch da es nun meine Absicht ist, überhaupt nie zurückzukehren – oder jedenfalls für einige Wochen nicht – zumindest nicht ehe gewisse Heimlichkeiten stattgefunden haben –, ist der Zeitgewinn der einzige Punkt, dem ich jetzt noch Beachtung zu schenken habe.‹

Sie haben anhand Ihrer Notizen bemerkt, daß die allgemeine Auffassung bezüglich dieser traurigen Angelegenheit von allem Anfang an dahin ging, das Mädchen sei das Opfer einer Bande von Strolchen geworden. Nun ist die Volksmeinung unter gewissen Bedingungen nicht zu verachten. Wenn sie aus sich selbst entsteht – wenn sie sich in ganz spontaner Weise manifestiert –, dürfen wir darin ein Analogon zu jener *Intuition* erblicken, welche die Idiosynkrasie des genialen Individuums darstellt. In neunundneunzig von hundert Fällen würde ich mich an ihre Entscheidung halten. Doch ist dabei wichtig, daß wir keinerlei handgreifliche Spuren von *Beeinflussung* feststellen. Die betreffende Meinung muß ganz und gar in der Öffentlichkeit selbst gewachsen sein; den Unterschied zu erkennen und darzustellen, ist oftmals überaus schwierig. Im vorliegenden Falle scheint es mir, daß diese ›öffentliche Meinung‹ bezüglich einer *Bande* doch beeinflußt worden ist von dem ganz nebensächlichen Vorfall, dessen Beschreibung im dritten meiner Auszüge steht. Ganz Paris ist in Aufregung, weil man den Leichnam Maries entdeckt hat, eines jungen, schönen und stadtbekannten Mädchens. Dieser Leichnam wurde im Flusse treibend gefunden und wies Anzeichen von Gewalt auf. Nun aber wird zur gleichen Zeit – oder doch etwa um die Zeit –, wo der Mord an dem Mädchen aller Vermutung nach stattgefunden hat, der Öffentlichkeit bekannt gegeben, daß eine weitere Gewalttat, nach Art, wenn auch nicht nach Ausmaß derjenigen ähnlich, welcher die Verstorbene zum Opfer fiel, von einer Bande junger Strolche an einem zweiten Mädchen begangen worden sei. Ist es da verwunderlich, daß die eine bekannt gewordene Untat das Volksurteil über die andere, noch ungeklärte, mit beeinflußt? Dieses Urteil suchte nach einer Orientierung, und die bekannte Schandtat schien eine solche doch günstig genug zu vermitteln! Marie wurde gleichfalls im Flusse aufgefunden; und wurde nicht eben an diesem Flusse auch die andere Tat begangen? Die Verbindung zwischen beiden Ereignissen hatte so viel Handgreifliches an sich, daß wahrhaft verwunderlich nur wäre, wenn die Bevölkerung es unterlassen hätte, sie zu erkennen und sich daran zu halten. In Wirklichkeit freilich ist die Tatsache, daß jenes erste Verbrechen auf diese bestimmte Weise begangen wurde, wenn überhaupt etwas, so ein Beweis dafür, daß das andere, welches um die nahezu gleiche Zeit stattfand, auf diese nämliche Weise *nicht* hat begangen werden können. Es wäre ja wirklich ein Mirakel gewesen, sollte es, während eine Bande von Strolchen an einem ganz bestimmten Orte eine höchst unerhörte Freveltat beging, noch eine weitere, ähnliche Bande gegeben haben, an ähnlichem Orte, in derselben Stadt, unter denselben Umständen, mit denselben Mitteln und Wegen, welche zu genau derselben Zeit einen Frevel genau derselben Art beging! Doch an was anders kann uns die so sichtbar vom *Zufall beeinflußte* Meinung der Bevölkerung glauben lassen – wenn nicht an eben eine solche, höchst erstaunliche Koinzidenz?!

Bevor wir nun weitergehen, wollen wir uns doch noch dem angeblichen Schauplatz der Mordtat im Gehölz bei der Barrière du Roule widmen. Dieses Gehölz liegt, wennschon es dicht ist, in enger Nachbarschaft einer Landstraße. Drinnen gab es drei oder vier große Steine, die eine Art Sitz mit Lehne und Fußbank bildeten. Auf dem obern Steine ward ein weißer Unterrock entdeckt; auf dem zweiten ein seidenes Umschlagtuch. Auch ein Sonnenschirm, Handschuhe und ein Taschentuch wurden hier gefunden. Das Taschentuch trug den Namen ›Marie Rogêt‹. Kleidungsfetzen wurden an den Brombeersträuchern rundum entdeckt. Der Erdboden war zertrampelt, die Buschzweige waren zerknickt, und alles wies darauf hin, daß hier ein heftiger Kampf stattgefunden habe.

Ungeachtet des Beifalls, mit welchem die Entdeckung in diesem Dickicht von der Presse aufgenommen wurde, und der Einmütigkeit, mit der man annahm, dieselbe bezeichne den wirklichen Schauplatz der Bluttat, muß doch zugegeben werden, daß es einen sehr guten Grund zum Zweifel gab. Daß es sich hier um den Tatort handle, mag ich glauben oder auch nicht – doch zum Zweifel gab es in jedem Falle einen hervorragenden Grund. Hätte der *wahre* Schauplatz, wie *Le Commerciel* es vertrat, in der Nachbarschaft der Rue Pavée St. Andrée gelegen, so hätten die Täter – immer angenommen, daß sie noch in Paris weilten – natürlich einen Schrecken bekommen, als sie sehen mußten, daß sich die öffentliche Aufmerksamkeit so scharfsinnig auf die rechte Fährte richtete; und bei gewissen Mentalitäten hätte sich alsbald der Gedanke eingestellt, daß nun einige Anstrengung notwendig sei, diese Aufmerksamkeit wieder abzulenken. Und da nun das Gehölz bei der Barrière du Roule ohnehin schon im Verdachte stand, mochte somit ganz natürlich der Plan gefaßt werden, die Gegenstände eben dort hinzulegen, wo man sie fand. Es gibt keinen Beweis, obgleich *Le Commerciel* es annimmt, daß diese Gegenstände länger als ein paar Tage in dem Dickicht gelegen hätten; indessen aus den Umständen doch so ziemlich hervorgeht, daß sie dort, ohne Aufmerksamkeit zu erregen, nicht gut die ganzen zwanzig Tage gelegen haben können, die zwischen jenem unglücklichen Sonntag und dem Nachmittage, wo sie von den Knaben gefunden wurden, dahingegangen. ›Sie waren alle durch Regeneinwirkung stark *vermodert*‹, sagt *Le Soleil* und macht sich damit die Meinungen seiner Vorgänger zu eigen, ›und klebten vor *Moder* zusammen. Das Gras war ringsum aufgesprossen und hatte einige Sachen bereits überwuchert. Der Seidenbezug des Sonnenschirms war aus kräftigem Material, doch hatten sich die Gewebefäden innen bereits verfilzt. Der obere Teil, wo der Schirm zusammengeklappt und gefaltet worden war, zeigte sich gänzlich *vermodert* und verrottet und zerriß, als er geöffnet wurde.‹ Was nun das Gras betrifft, ›das ringsum aufgesprossen war und einige Sachen bereits überwuchert hatte‹, so steht fest, daß diese Tatsache einzig durch die Aussagen und mithin durch das Gedächtnis zweier kleiner Knaben hat belegt werden können; denn diese Knaben nahmen die Gegenstände mit fort und brachten sie nach Hause, noch ehe sie von dritter Seite gesehen worden waren. Doch Gras wächst immerhin, besonders bei warmem und feuchtem Wetter (wie es zur Zeit des Mordes herrschte),

seine zwei bis drei Zoll an einem einzigen Tag. Ein Sonnenschirm, der auf einem frischen Rasenboden liegt, kann von
dem aufsprießenden Grase durchaus innerhalb einer einzigen Woche vollständig dem Blicke entzogen sein. Und nehmen wir nun noch den *Moder,* auf dem *Le Soleil* derart
hartnäckig besteht, daß er das Wort nicht weniger denn dreimal in dem eben zitierten kurzen Abschnitt verwendet, –
weiß er wirklich nicht, um was es sich bei diesem *Moder*
handelt? Muß man ihm erst sagen, daß es eine der vielen
Sorten *fungus* ist, deren gewöhnlichstes Merkmal darin besteht, daß er innerhalb von vierundzwanzig Stunden aufwu-
chert und wieder vergeht?

So sehen wir denn auf einen Blick, daß alles, was höchst
triumphierend zur Stützung des Einfalls vorgebracht wurde,
die Gegenstände hätten ›wenigstens drei oder vier Wochen‹
in dem Gehölze gelegen, absolut gegenstandslos ist, sobald
man nach tatsächlichen Beweisen fragt. Andererseits ist es
überaus schwer zu glauben, die Gegenstände könnten in
dem Dickicht länger als eine einzige Woche – länger als von
einem Sonntag zum andern – gelegen haben. Wer sich auch
nur einigermaßen in der Umgegend von Paris auskennt,
weiß, wie außerordentlich schwierig es ist, dort *Abgeschiedenheit* zu finden, ohne sich auf größere Distanz von den
Vororten zu entfernen. So etwas wie einen noch unerforsch-
ten oder auch nur selten besuchten Winkel inmitten der
Wälder und Wäldchen kann man sich ja nicht einen Augenblick lang mehr vorstellen. Lassen Sie doch einmal einen, der
im Herzen ein Freund der Natur ist, doch aber von seiner
Pflicht an den Staub und die Hitze dieser großen Metropole
gekettet, – lassen Sie einen solchen doch einmal den Versuch
machen, selbst während der Wochentage seinen Durst nach
Einsamkeit inmitten der Schauspiele lieblicher Natur zu stillen, welche uns unmittelbar umgeben! Bei jedem zweiten
Schritt wird er den aufsprießenden Zauber von der Stimme
und dem persönlichen Eindringen irgendeines Lümmels
oder einer Gesellschaft von zechenden Strolchen verjagt finden. Noch unter dem dichtesten Blätterdach wird er die

Einsamkeit vergeblich suchen. Hier gerade sind die Schlupf-
winkel, wo sich das Gesindel am meisten herumtreibt – hier
sind die Tempel am meisten entweiht. Mit Ekel im Herzen
wird der Wanderer zurückfliehen ins befleckte Paris – als
den weniger widerlichen, weil weniger widersinnigen Pfuhl
der Verderbnis. Doch wenn die Umgegend der Stadt schon
während der Arbeitstage der Woche so sehr belagert ist,
wieviel mehr dann erst am Sabbat! Denn gerade jetzt sucht
der Strolch aus der Stadt, befreit von den Ansprüchen der
Arbeit oder beraubt auch der gewöhnlichen Gelegenheiten
zum Verbrechen, die Randgebiete auf, nicht aus Liebe zum
Ländlichen, denn das verachtet er aus innerstem Herzen,
sondern um den Zwängen und Konventionalitäten der Gesellschaft zu entrinnen. Er sehnt sich weniger nach der frischen Luft und den grünen Bäumen als nach der gänzlichen
Ungebundenheit des Landes. Hier, in der Schenke an der
Landstraße oder unter dem Blätterdach der Wälder, von keinerlei Blicken gehindert, es sei denn denen seiner Zechge-
nossen, gibt er sich all den wahnsinnigen Ausschweifungen
einer verlogenen Fröhlichkeit hin – dem Ergebnis von Freiheit und Branntewein. Ich sage nichts mehr, als was einem
jeden leidenschaftslosen Beobachter einleuchten muß, wenn
ich wiederhole, daß man den Umstand, daß die in Rede
stehenden Gegenstände in *irgendeinem* Gehölz in der un-
mittelbaren Umgebung von Paris länger als von einem Sonntag zum andern unentdeckt gelegen haben sollten, schlicht
und einfach für ein Wunder ansehen müßte.

Doch es besteht kein Bedarf an weiteren Gründen für den
Verdacht, daß man die Gegenstände in dem Gehölze mit
dem Zweck hinlegte, die Aufmerksamkeit von dem wirklichen Schauplatz der Untat abzulenken. Und nun erlauben
Sie mir zuerst einmal den Hinweis auf das *Datum* der Entdeckung dieser Gegenstände. Vergleichen Sie dasselbe mit
dem Datum des fünften Auszuges, den ich mir aus den Zeitungen machte. Sie werden finden, daß die Entdeckung fast
unmittelbar auf jene dringenden Zuschriften folgte, welche
dem Abendblatte zugingen. Diese Zuschriften zielten, ob-

schon verschieden formuliert und offenbar aus verschiedenen Quellen stammend, doch allesamt auf denselben Punkt – nämlich darauf, eine *Bande* für die Schandtat verantwortlich zu machen und die Aufmerksamkeit auf die Gegend der Barrière du Roule als den Tatort zu lenken. Nun ist hier die Situation natürlich nicht die, daß etwa die Gegenstände infolge dieser Zuschriften oder infolge der von ihnen geweckten öffentlichen Aufmerksamkeit von den Knaben gefunden worden wären; sondern es war und ist durchaus zu argwöhnen, daß die Gegenstände nur darum nicht eher von den Knaben gefunden wurden, weil sie sich eben eher gar nicht in dem Dickicht befanden, sondern erst zum Zeitpunkt, oder geringfügig früher, da die Zuschriften bei der Zeitung eingingen, von den verbrecherischen Verfassern dieser Zuschriften dort niedergelegt wurden.

Dieses Gehölz nun war durchaus einzig in seiner Art. Es war ungewöhnlich dicht. Im Innern seiner von der Natur umwallten Abgeschiedenheit lagen drei außerordentliche Steine, *die eine Art Sitz mit Lehne und Fußbank bildeten.* Und dieses so kunstvolle Dickicht befand sich in unmittelbarer Nachbarschaft – *nur wenige Ruten entfernt* – der Wohnung von Madame Deluc, deren Knaben das Buschwerk ringsum auf der Suche nach Sassafras-Rinde zu durchstöbern pflegten. Wäre es wohl übereilt, wenn ich wettete – und zwar tausend zu eins wettete –, daß für diese Jungen nie auch nur ein Tag verging, an dem sie sich nicht in der schattenreichen Halle versteckten und auf ihrem natürlichen Throne Platz nahmen? Wer gegenüber einer solchen Wette zögerte, ist entweder nie selber ein Junge gewesen, oder er hat die Natur des Jugendalters vergessen. Ich wiederhole – es ist überaus schwer begreiflich, daß die Gegenstände in diesem Dickicht unentdeckt gelegen haben sollten; und es besteht guter Grund zu dem Verdacht – trotz aller starrsinnigen Ignoranz von *Le Soleil* –, daß sie erst zu einem verhältnismäßig späten Zeitpunkt am Fundort niedergelegt worden seien.

Doch diese letztere Überzeugung stützen noch weitere

und schwerer wiegende Gründe, als ich bislang vorgetragen habe. Lassen Sie mich jetzt doch einmal Ihr Aufmerken auf das höchst künstliche Arrangement der Gegenstände lenken. Auf dem *oberen* Steine lag ein weißer Unterrock; auf dem *zweiten* ein seidenes Umschlagtuch; rimgsum verstreut waren ein Sonnenschirm, Handschuhe und ein Taschentuch, welches den Namen ›Marie Rogêt‹ trug. Das ist haargenau eine Anordnung, wie sie ein nicht allzu schlauer Mensch vornehmen würde, wenn er die Gegenstände auf möglichst *natürliche* Weise zu arrangieren wünschte. Doch dabei haben wir hier alles andere als ein *wirklich* natürliches Arrangement. Da hätte ich doch viel lieber die Sachen sämtlich zertrampelt auf dem Boden liegen lassen. Bei der Enge jener Laube kann man sich doch kaum vorstellen, daß Unterrock und Umschlagtuch so unversehrt ihren Platz auf den Steinen behauptet haben sollten, während drumherum mehrere Menschen wild miteinander balgten. ›Alles wies darauf hin‹, so heißt es, ›daß hier ein Kampf stattgefunden habe; und der Erdboden war zertrampelt, die Buschzweige waren zerknickt‹, – doch Unterrock und Umschlagtuch findet man daliegen, als seien sie von all dem ganz unberührt geblieben. ›Die Stücke ihres Kleides, welche von den Dornenbüschen ausgerissen worden, waren etwa drei Zoll breit und sechs Zoll lang. Eines davon war der Saum des Kleides, und er wies Flickstellen auf; das andere Stück stammte aus der Schoßpartie des Kleides, nicht vom Saum. Beide *sahen wie abgerissene Streifen aus*‹. Hier hat sich *Le Soleil*, ohne es zu wollen, einer überaus aufschlußreichen Wendung bedient. Die beschriebenen Stücke sehen in der Tat ›wie abgerissene Streifen aus‹; nur daß sie mit Absicht abgerissen wurden und von Hand. Es ist einer der rarsten Zufälle, daß von irgendeinem Gewande wie dem hier in Rede stehenden ein Stück durch die Wirkung *eines Dorns* ›abgerissen‹ wird. Es liegt nämlich in der Natur solcher Gewebe, daß ein Dorn oder Nagel, der sich daran verfängt, einen rechten Winkel hineinreißt – das heißt, zwei längliche Risse entstehen läßt, die im rechten Winkel zueinander verlaufen und in dem Punkte zusammentreffen, wo der Dorn eingedrungen ist –; doch es ist kaum vorstellbar, daß aus solcher Ursache ein Stück ›abgerissen‹ werde. Mir ist das noch nie vorgekommen, und Ihnen wohl auch nicht. Um von einem derartigen Gewebe ein Stück *ab*zureißen, bedarf es in fast jedem Falle zweier verschiedener Kräfte, die in verschiedenen Richtungen wirken. Wenn das Gewebe zwei Ränder besäße – wenn es sich zum Beispiel um ein Taschentuch handelte, von dem man einen Streifen abzureißen wünschte, dann – aber auch nur dann – würde die eine Kraft dem Zweck genügen. Doch im vorliegenden Falle haben wir es mit einem Kleid zu tun, welches nur einen Rand besitzt. Aus seinem Innern, wo keinerlei Rand verläuft, ein Stück herauszureißen, vermöchten Dornen nur durch ein Wunder zu schaffen, und ein einzelner Dorn könnte es schon gar nicht zuwege bringen. Doch selbst an einem Randstück wären zwei Dornen nötig, von denen der eine in zwei verschiedenen Richtungen, der andere nur in einer wirken müßte. Und dies auch noch unter der Voraussetzung, daß der Rand nicht eingesäumt ist. Ist er es doch, so ließe sich nahezu gar nichts ausrichten. Wir sehen mithin die zahlreichen und großen Widerstände, die dem ›Abreißen‹ von Stoffstücken durch die Wirkung von ›Dornen‹ im Wege stehen; und doch verlangt man von uns zu glauben, nicht nur ein Stück, sondern viele Stücke seien auf diese Weise abgerissen worden. ›Und eines davon war‹, so heißt es auch noch, ›der Saum des Kleides‹! Ein weiteres Stück ›*stammte aus der Schoßpartie des Kleides, nicht vom Saum*‹ – das heißt, es wurde durch die Wirkung der Dornen vollständig aus dem randlosen Innern des Kleides gerissen! Da muß ich doch sagen: wer hier nicht mitglaubt, darf wohl auf Pardon rechnen; doch zusammengenommen bilden diese Dinge vielleicht einen weniger vernünftigen Grund zum Verdacht als der verblüffende Umstand, daß die Gegenstände überhaupt von irgendwelchen *Mördern*, die Umsicht genug besaßen, an die Entfernung des Leichnams zu denken, in diesem Dickich zurückgelassen sein sollten. Aber Sie hätten mich durchaus mißverstanden, wenn Sie dächten, ich wollte etwa *bestreiten,* daß dieses Dickicht den Schauplatz des Verbrechens darstelle. Es mag durchaus *hier* ein Unrecht geschehen sein – oder wahrscheinlicher noch ein Unglücksfall bei der Schenke von Madame Deluc. Doch ist dies tatsächlich ein Punkt von geringer Bedeutung. Unsere Bemühung gilt ja nicht der Entdeckung des Tatortes, sondern soll die Mörder selbst ans Tageslicht bringen. Was ich hier vorgetragen habe, geschah ungeachtet der peinlich-kleinlichen Präzision, mit welcher ich es vortrug, zum ersten wohl auch mit dem Ziel, Ihnen die Torheit der so übereilten und selbstsicheren Behauptungen von *Le Soleil* vor Augen zu bringen, zum zweiten und hauptsächlich aber, Sie hinsichtlich jenes zweifelhaften Punktes, der Mord sei – oder sei nicht – das Werk einer *Bande* gewesen, auf dem allernatürlichsten Wege noch weiter nachdenklich zu machen.

Wir wollen diese Frage wieder aufnehmen, indem wir auf die empörenden Einzelheiten zurückkommen, welche der Gerichtsarzt bei der Leichenschau feststellte. Was die *Folgerungen* hinsichtlich der Anzahl der beteiligten Schurken betrifft, die er publiziert hat, so braucht nur gesagt zu werden, daß sie von sämtlichen Anatomen, die in Paris nur Rang und Namen haben, mit vollem Recht als unzutreffend und vollkommen basislos verlacht worden sind. Nicht daß die Sache nicht so geschehen sein *könnte,* wie da gefolgert wurde, sondern daß keinerlei Grund für eine solche Folgerung gegeben war: – gab es nicht einen stärkeren für eine andere?

Beschäftigen wir uns jetzt einmal mit den ›Spuren eines Kampfes‹ und lassen Sie mich fragen, was denn diese Spuren eigentlich demonstriert haben sollen. Eine Bande. Aber beweisen sie nicht eher noch, daß hier gar keine Bande am Werk gewesen sein kann? Was für ein *Kampf* soll da wohl stattgefunden haben – ein Kampf, der so heftig und anhaltend war, daß er ringsum in allen Richtungen seine ›Spuren‹ hinterließ – zwischen einem schwachen und wehrlosen Mädchen und jener *Bande* von Strolchen, die durch alle Köpfe spukt! Ein stilles Zupacken einiger derber Arme, und alles wäre vorüber gewesen. Das Opfer hätte ihnen absolut widerstandslos zu Willen sein müssen. Hier sollten Sie sich ferner vor Augen halten, daß die Argumente, die gegen das Dickicht als den Schauplatz vorgebracht wurden, in der Hauptsache zutreffend nur dann sind, wenn dasselbe der Schauplatz einer *von mehr als nur einer einzigen* Person begangenen Tat wäre. Wenn wir uns aber nur *einen* Gewalttäter vorstellen, so können wir – und einzig so – begreifen, daß der Kampf von so heftiger und obstinater Natur war, daß er sichtbare ›Spuren‹ hinterließ.

Und noch einmal: Ich habe bereits erwähnt, wie sehr verdächtig die Tatsache ist, daß die in Rede stehenden Gegenstände überhaupt in dem Dickicht, wo sie gefunden, liegengelassen wurden. Es scheint doch fast unmöglich, daß diese Schuldbeweise dort rein zufällig sollten belassen worden sein, wo man sie dann entdeckte. Den Leichnam selbst hinwegzuschaffen, war Geistesgegenwart genug vorhanden (so jedenfalls nimmt man an); und doch durfte ein noch klarerer Beweis als dieser Leichnam (dessen Züge wohl rasch von Verwesung zerstört worden wären) so auffällig am Tatort liegen bleiben! – ich denke da an das Taschentuch mit dem *Namen* der Verstorbenen. Wenn dies ein Versehen war, so unterlief es gewiß nicht einer ganzen *Bande*. Denkbar wäre es nur als der Fehler eines Einzelnen. Lassen Sie uns sehen. Ein einzelner Mensch hat den Mord begangen. Nun ist er allein mit dem Geiste der Verschiedenen. Das Grausen faßt ihn, als er sieht, was reglos vor ihm liegt. Das Rasen seiner Leidenschaft ist vorüber, und das natürliche Entsetzen von seiner Tat greift Platz in seinem Herzen. Er besitzt nicht jene Zuversicht, welche die Gegenwart einer Vielzahl von Menschen unweigerlich verleiht. Er ist *allein* mit der Toten. Er zittert und ist verwirrt. Doch nun steht er vor der Notwendigkeit, sich des Leichnams zu entledigen. Er trägt ihn zum Flusse und läßt die übrigen Schuldbeweise hinter sich zurück; denn es ist schwer, wenn nicht unmöglich, die ganze Last auf einmal fortzuschaffen, und leicht wird es sein, zurückzukehren und das übrige zu holen. Doch bei seinem mühseligen Wege zum Wasser verdoppeln sich die Ängste in ihm. Die Laute des Lebens umgeben seinen Pfad. Ein dutzendmal wohl glaubt er den Schritt eines Beobachters zu vernehmen – oder hört ihn gar wirklich. Selbst die Lichter, die von der Stadt hinüberschimmern, verwirren ihn. Doch zeitig noch, und nach langen und häufigen Pausen tiefer Seelenpein, erreicht er des Flusses Ufer und entledigt sich seiner grausen Last – vielleicht mit der Hilfe eines Bootes. Doch aber *nun* – welche Schätze hätte die Welt zu bie en – mit welcher Rache wüßte sie zu drohen – die es vermöchte, den einsamen Mörder zur Rückkehr zu bewegen, zur Rückkehr über jenen mühseligen und gefahrvollen Pfad, hin zum Gehölz und seinen blutig-schaurigen Erinnerungen? Nein, er kehrt *nicht* zurück, mögen die Folgen auch sein, wie sie wollen. Er *könnte* gar nicht zurück, selbst wenn er's wollte. Sein einziger Gedanke ist, nur schnell jetzt zu entkommen. Auf *immer* wendet er dem schrecklichen Gebüsch den Rükken und flieht wie von den Furien gejagt.

Doch wie steht es da mit einer Bande? Ihre Anzahl würde sie mit Zuversicht erfüllt haben; wenn es dem abgefeimten Schurken überhaupt je an Zuversicht gebrechen sollte; und nur aus Schurken solcher Sorte bilden sich die Banden, als deren Werk man auch diesen Mordfall ansieht. Ihre Anzahl hätte, so sagte ich, den konfusen und kopflosen Schrecken verhindert, der nach meiner Vorstellung den einzelnen Mann lähmte. Könnten wir uns auch bei einem, zweien oder gar dreien ein Versehen denken, – ein vierter hätte Abhilfe geschaffen. Sie alle zusammen würden nichts zurückgelassen haben; denn ihre Anzahl hätte sie in den Stand gesetzt, *alles* auf einmal zu tragen. Eine Notwendigkeit zur Rückkehr hätte gar nicht bestanden.

Erwägen Sie nun den Umstand, daß im ›Oberkleide‹ des aufgefundenen Leichnams ›ein Streifen von etwa einem Fuß Breite vom unteren Saum bis zur Hüfte aufwärts ausgerissen, dann dreimal um die Taille geschlungen und auf dem Rücken durch eine Art Verknotung gesichert worden war‹. Dies geschah zu dem offenbaren Zweck, eine Tragschlaufe zu schaffen, an welcher sich der Körper fortbringen ließ.

Aber würden wohl *mehrere* Männer auch nur im Traum auf ein solches Hilfsmittel verfallen sein? Für drei oder vier hätten die Gliedmaßen der Leiche nicht nur einen ausreichenden, sondern den besten Halt überhaupt abgegeben. Die Vorrichtung war der Einfall eines Einzelnen; und dies bringt uns zu der Tatsache, daß ›zwischen dem Dickicht und dem Flusse die Einhegungen niedergetreten waren und der Boden eindeutige Spuren einer schweren Last zeigte, die darauf entlanggeschleift worden war‹! Aber würden wohl *mehrere* Männer sich der überflüssigen Mühe unterzogen haben, einen Zaun umzubrechen, nur um einen Leichnam hindurchzuzerren, den sie in jedem Augenblick leicht hätten *hinüberheben* können? Würden überhaupt *mehrere* Männer eine Leiche derart dahingeschleift haben, daß so eindeutige *Spuren* davon zurückblieben?

Und hier müssen wir uns nun noch einer Bemerkung des *Commerciel* widmen, einer Bemerkung, zu welcher ich bereits einigermaßen Stellung genommen habe. ›Aus einem der Unterröcke des unglücklichen Mädchens‹, so sagt dieses Journal, ›wurde ein Stück von zwei Fuß Länge und einem Fuß Breite herausgerissen und ihr unter dem Kinn her um den Hinterkopf gebunden, vermutlich um Schreie zu verhindern. Das konnten nur Burschen tun, die kein Taschentuch besaßen.‹

Ich habe zuvor bereits die Vermutung ausgesprochen, daß ein echter Strolch *niemals ohne* Taschentuch sei. Doch nicht diese Tatsache ist es, auf die ich nun im besondern hinweisen möchte. Daß die Bandage durchaus nicht in Ermangelung eines Taschentuches zu dem Zweck Verwendung fand, den *Le Commerciel* sich vorstellt, geht daraus hervor, daß ja ein Taschentuch in dem Gehölz zurückgelassen wurde; und daß die Absicht nicht bestanden hat, dadurch ›Schreie zu verhindern‹, erhellt die Tatsache, daß man die Bandage dem Taschentuche vorzog, welches dem Zweck sonst viel besser entsprochen hätte. Doch der Wortlaut der Zeugenaussage beschreibt den in Rede stehenden Stoffstreifen als ›lose um den Hals gewunden und mit einem festen Knoten gesichert‹.

Diese Worte sind vage genug, doch weichen sie wesentlich ab von der Formulierung des *Commerciel*. Der Streifen war achtzehn Zoll breit, und wenn auch aus Nesseltuch, würde er, der Länge nach gefaltet oder zusammengedreht, doch ein recht festes Band gebildet haben. Und so zusammengedreht wurde er ja gefunden. Ich ziehe nun den folgenden Schluß. Nachdem der einsame Mörder den Leichnam eine Strecke weit getragen hatte (von dem Gehölz her oder sonstwo her), und zwar mit der Hilfe der Stoffschlaufe, die er um die Taille gewunden und *verknotet*, stellte er fest, daß bei dieser Trageweise die Last doch über seine Kräfte gehe. Er beschloß also, seine Bürde hinter sich herzuschleifen – daß er das tat, geht ja aus den Beweisen einhellig hervor. War dies seine Absicht, so ergab sich aber die Notwendigkeit, irgendetwas Strickähnliches an einer der Extremitäten zu befestigen. Dafür war der Hals am besten geeignet, denn dort würde der Kopf das Abgleiten der Schlinge verhindern. Und nun besann sich der Mörder fraglos auf die Schlaufe, die er um die Lenden der Leiche geschlungen hatte. Sie würde er jetzt verwendet haben, wäre sie nicht so fest gezogen gewesen und hätte ihn nicht der Knoten behindert und die Überlegung, daß der Streifen ja gar nicht von dem Kleide ›abgerissen‹ worden war. Da fiel es leichter, einen neuen Streifen aus dem Unterrock zu reißen. Er tat es, befestigte ihn um den Hals und schleifte so sein Opfer zum Ufer des Flusses. Daß diese ›Bandage‹, die nur mit Mühe und Zeitaufwand herzustellen war und dabei dem Zweck nur unvollkommen genügte, – daß diese Bandage überhaupt Verwendung fand, demonstriert, daß die Notwendigkeit dazu sich aus Umständen ergab, die erst zu einer Zeit eintraten, da das Taschentuch nicht mehr zur Verfügung stand – also, gemäß unserer Vorstellung, nach Verlassen des Dickichts (wenn es sich um dieses Dickicht handelte) und auf dem Wege zwischen dem Dickicht und dem Fluß.

Aber, so werden Sie einwenden, die Zeugenaussage von Madame Deluc (!) weist doch ausdrücklich auf eine *Bande* hin, welche sich genau oder doch ungefähr zum Zeitpunkt des Mordes in der Umgebung des Gehölzes herumgetrieben habe. Das will ich gern zugestehen. Ich zweifle, ob sich nicht ein ganzes *Dutzend* Banden, wie sie Madame Deluc beschrieben hat, genau oder doch ungefähr zum Zeitpunkt dieser Tragödie in der Gegend der Barrière du Roule herumgetrieben hat. Aber die Bande, welche den entschiedenen Tadel sowie das allerdings etwas säumige und reichlich zweifelhafte Zeugnis von Madame Deluc auf sich herabbeschworen hat, ist die *einzige* Bande, von welcher uns die ehrliche und gewissenhafte alte Dame zu melden weiß, daß sie ihr den Kuchen weggegessen und den Brandy weggetrunken hätte, ohne sich der Mühe zu unterziehen, die Rechnung zu begleichen. *Et hinc illae irae?*

Doch wie lautet denn nun eigentlich die genaue Aussage von Madame Deluc? ›Eine Bande von Radaubrüdern trat auf den Plan, führte sich recht lärmend auf, aß und trank, ohne zu zahlen, folgte dann dem Weg, den der junge Mann und das Mädchen genommen, kehrte *bei Dämmerung* zur Schenke zurück und setzte wie in großer Hast wieder über den Fluß.‹

Nun, diese ›große Hast‹ erschien der guten Madame Deluc möglicherweise *größer,* als sie war; denn immer noch trauerte die Wirtin ausführlich ihren geschändeten Kuchen und Bieren nach, – Kuchen und Bieren, auf deren Bezahlung sie im stillen immer noch hoffen mochte. Warum hätte sie sonst solchen Nachdruck auf die *Hast* legen sollen, wo doch die *Dämmerung* schon herangekommen war? Es ist gewißlich nichts Verwunderliches daran, daß eine Bande von Strolchen sich mit einiger Hast auf den Heimweg macht, wenn ein breiter Fluß in kleinen Booten zu überqueren ist, wenn ein Sturm bevorsteht und wenn die Nacht *herannaht.*

Ich sage *herannaht;* denn *da* war die Nacht noch nicht. Es herrschte erst *Dämmerung,* als die unschickliche Hast dieser ›Radaubrüder‹ den nüchternen Sinn von Madame Deluc so kränkte. Nun haben wir aber gehört, daß an eben diesem Abende Madame Deluc wie auch ihr ältester Sohn ›in der Umgebung der Schenke die Schreie eines weiblichen Wesens vernahmen‹. Und mit welchen Worten bezeichnet Madame Deluc den Zeitpunkt an diesem Abend, da sie die Schreie vernahm? ›Es war *bald nach Dunkelheit*‹, sagt sie. Aber ›bald *nach* Dunkelheit‹ ist zum mindesten *Dunkelheit;* indessen ›*Dämmerung*‹ ebenso gewiß noch zum Taglicht gehört. So ist es reichlich klar, daß die Bande die Barrière du Roule verließ, noch *ehe* jene Schreie von Madame Deluc erlauscht (?) wurden. Und obschon in all den vielen Wiedergaben der Zeugenaussagen die wichtigen Ausdrücke entschieden und unveränderlich angewendet werden, ganz so wie ich sie in dieser Unterhaltung mit Ihnen angewendet habe, hat doch bislang noch keines der öffentlichen Journale wie auch keiner der Schergen von der Polizei von der starken Diskrepanz auch nur die mindeste Notiz genommen.

Ich werde den Argumenten gegen eine *Bande* nur noch eines hinzufügen; doch dieses eine hat, zumindest nach meinem eigenen Begreifen, unwiderlegliches Gewicht. Unter Umständen wie den gegebenen, wo eine hohe Belohnung ausgesetzt und jedem Kronzeugen volle Straffreiheit zugesichert ist, ließe sich auch nicht einen Moment lang glauben, daß nicht schon lange irgendein Mitglied der Bande – ob sie nun aus rohen Strolchen bestünde oder eine bloße Gruppe von Männern wäre – seine Komplizen verraten hätte. Bei jedem Einzelnen, der zu solch einer Bande gehört, ist die *Angst vor Verrat* größer als die Gier nach Belohnung oder die Sorge um die eigene Straffreiheit. Er verrät mit Eifer und beizeiten, bloß damit *er selber nicht verraten werde.* Daß das Geheimnis bis heute nicht enthüllt wurde, ist der allerbeste Beweis dafür, daß es tatsächlich ein Geheimnis ist. Die Schrecken dieser düsteren Tat sind nur *einem* oder zwei lebenden Menschen bekannt – außer Gott.

Lassen Sie uns nun die dürren doch einwandfreien Früchte unserer langen Analyse zusammentragen. Wir sind zu der Auffassung gekommen, daß hier entweder ein unglückseliger Unfall vorliegt, geschehen unter dem Dache von Madame Deluc, oder aber ein Mord, begangen in jenem Gehölzdickicht an der Barrière du Roule, und zwar von einem

Liebhaber oder zumindest einem intimen und heimlichen
Freunde der Verschiedenen. Der Freund ist von schwärzli-
cher Gesichtsfarbe. Diese Gesichtsfarbe, die Tragschlaufe
und der ›Seemannsknoten‹, mit dem die Hutbänder zusammengebunden waren, deuten auf einen Seemann. Daß er mit
der Verstorbenen Umgang hatte – einem lebenslustigen,
doch nicht verdorbenen jungen Mädchen – zeigt, daß er
mehr als nur ein gemeiner Matrose war. Dies bestätigen auch
die dringenden Zuschriften an die Journale weitgehend: sie
sind in gutem Stile abgefaßt. Der Umstand, daß Marie – wie
Le Mercure berichtet – schon einmal auf und davon lief, legt
den Gedanken nahe, in diesem Seemann jenen ›Marineoffizier‹ zu erblicken, von dem bekannt ist, daß er die Unglückliche seinerzeit zum erstenmal zu unrechter Handlung ver-
leitete.

Und hierzu paßt nun der Gedanke daran, daß jener Mann
mit der dunkeln Gesichtsfarbe nach wie vor verschwunden
ist. Lassen Sie mich zwischendurch noch einmal bemerken,
daß die Gesichtsfärbung dieses Mannes dunkel und
schwärzlich ist; es war keine gewöhnliche Bräune, welche
den *einzigen* Punkt bildete, in dem Valence sowohl als Madame Deluc übereinstimmten. Doch warum ist dieser Mann
nicht mehr da? Ward er von der Bande ermordet? Wenn ja,
warum gibt es dann Spuren nur von dem getöteten Mädchen? Wir müssen doch annehmen, daß der Schauplatz für
beide Verbrechen der nämliche war. Und wo ist seine Leiche? Die Mörder würden sich doch höchstwahrscheinlich
beider auf die gleiche Weise entledigt haben. Doch man
könnte vielleicht sagen, daß dieser Mann noch am Leben ist
und aus Angst, man möchte ihn des Mordes bezichtigen,
davor zurückschreckt, sich zu melden. Diese Erwägung bestimmt vermutlich zurzeit – in diesem späten Stadium des
Falles – sein Verhalten, denn inzwischen haben ja Zeugen
ausgesagt, daß er mit Marie gesehen wurde; jedoch zur Tat-
zeit bestand zu dieser Befürchtung gar kein Grund. Ein Unschuldiger hätte im ersten Antrieb die Bluttat gemeldet und
bei der Identifizierung der Strolche mitgeholfen. Das wäre

ein Gebot der Klugheit gewesen. Man hatte ihn mit dem Mädchen gesehen. Er hatte mit ihr in einem offenen Fähr-boot den Fluß überquert. Die Anzeige der Mörder wäre selbst einem Idioten als sicherstes und einziges Mittel er-schienen, sich selber von Verdacht zu reinigen. Wir können uns einfach nicht vorstellen, daß er an der Bluttat jenes un-glückseligen Sonntagabends unschuldig sein *und* gar nichts davon wissen sollte. Doch einzig unter solchen Umständen wäre es verständlich, daß er – falls überhaupt noch am Leben – die Anzeige der Mörder unterließ.

Und welche Mittel sind uns nun gegeben, die Wahrheit zu ergründen? Wir werden sehen, wie sie sich bei unserem wei-teren Vorgehen vervielfältigen und weiter klären werden. Lassen Sie uns doch das erste Fortlaufen Maries von Grund auf untersuchen. Wir müssen die ganze Geschichte dieses ›Offiziers‹ kennen, seine gegenwärtigen Umstände wie auch seinen Aufenthalt zur genauen Zeit des Mordes. Wir müssen ferner die verschiedenen Zuschriften, welche bei dem Abendblatte eingingen und worin die Schuld einer Bande zugeschoben wird, sorgfältig miteinander vergleichen. Ist das getan, so müssen wir diese Zuschriften auf Stil und Handschrift hin mit jenen vergleichen, welche zu einem frü-hern Zeitpunkt dem Morgenblatte eingesandt wurden und so vehement auf der Schuld von Mennais beharrten. Und haben wir auch das hinter uns, so müssen wir diese verschie-denen Skripte wiederum mit der bekannten Handschrift des Offiziers vergleichen. Bemühen wir uns ferner, durch noch-malige Fragen an Madame Deluc und ihre Knaben wie auch an den Omnibus-Kutscher Valence einiges mehr über die persönliche Erscheinung und das Auftreten des ›Mannes von dunkler Gesichtsfarbe‹ zu erfahren. Geschickt gestellte Fra-gen dürften nicht verfehlen, hier und da zu diesem beson-dern Punkte (oder zu anderen) Informationen zu gewinnen – Informationen, von denen die Betreffenden selber viel-leicht gar nicht wissen, daß sie sie besitzen. Und gehen wir nun auch noch den Spuren des *Bootes* nach, welches am Montag morgen, dem dreiundzwanzigsten Juni, von dem

Bootsknecht aufgegriffen wurde und dann unter Zurücklassung des *Steuerruders* nicht lange vor der Entdeckung des Leichnams wieder von der Bootsabfertigung verschwand, ohne daß der diensthabende Beamte etwas davon merkte. Wenn wir nur vorsichtig und beharrlich genug zu Werke gehen, muß sich dieses Boot unweigerlich finden lassen; denn es kann nicht nur von dem Knechte, welcher es aufgriff, identifiziert werden, sondern wir haben ja auch noch das Steuerruder. Wer ein ruhiges Gewissen hat, dürfte wohl kaum das Steuerruder *eines Segelbootes* so ohne weiteres im Stiche lassen. Und hier lassen Sie mich innehalten, um eine Frage aufzuwerfen. Daß dieses Boot aufgegriffen worden sei, wurde durch keinerlei *Anzeige* bekannt gemacht. Man schaffte es stillschweigend zum Bootsamte, und stillschweigend verschwand es dort wieder. Doch der Eigentümer oder Mieter – wie konnte er zu so früher Stunde am Dienstag morgen, ohne daß eine Anzeige erschienen war, schon unterrichtet sein, wo das am Montag aufgegriffene Boot zu finden war, wenn wir uns nicht vorstellen, daß er in irgendeiner Verbindung zur *Marine* stand – daß beständiger persönlicher Kontakt ihm auch die kleinsten Vorkommnisse dort, die wichtigsten Lokal-Neuigkeiten zur Kenntnis brachte?

Als ich davon sprach, wie der einsame Mörder seine Bürde zum Ufer schleifte, deutete ich bereits die Wahrscheinlichkeit an, daß er sich eines Bootes bedient habe. Wir müssen uns nun überzeugen, ob Marie tatsächlich aus einem Boote ins Wasser gestürzt wurde. Das dürfte mit einiger Sicherheit der Fall gewesen sein. Den seichten Wassern am Ufer konnte man die Leiche ja nicht gut anvertrauen. Die eigentümlichen Male auf Rücken und Schultern des Opfers lassen an die Bodenrippen eines Bootes denken. Daß der Körper ohne ein Ballastgewicht gefunden wurde, bestärkt ebenfalls diesen Gedanken. Hätte man ihn vom Ufer aus hineingeworfen, so würde man ein Gewicht daran befestigt haben. Wir können uns das Fehlen eines solchen nur durch die Annahme erklären, daß der Mörder versäumt hatte, sich damit zu versehen, als er vom Ufer abstieß. Als er sodann den Leichnam dem Wasser übergab, hat er fraglos seine Nachlässigkeit bemerkt; doch da ließ sich keine Abhilfe mehr schaffen. Jedes Risiko wäre jetzt einer Rückkehr an jenes verfluchte Ufer vorgezogen worden. Nachdem er sich seiner grausigen Fracht entledigt hatte, hastete der Mörder zur Stadt zurück. Dort, an irgendeiner dunkeln Uferstelle, sprang er dann an Land. Doch das Boot – konnte er das noch sichern? Ach nein, er war in viel zu großer Eile, um an solche Dinge noch zu denken. Außerdem fühlte er vielleicht, daß er mit der Befestigung des Bootes am Pier einen Beweis gegen sich selber gesichert hätte. Sein natürlicher Gedanke mußte sein, so weit als möglich alles von sich zu werfen, was zu seinem Verbrechen in Beziehung stand. Er hat wohl nicht nur fluchtartig die Landestelle verlassen, sondern konnte es auch nicht riskieren, daß *das Boot* dort verblieb. So stieß er es gewiß in die Strömung zurück. Lassen Sie uns nun unserer Phantasie folgen. – Am Morgen wird der Schurke von maßlosem Entsetzen gepackt, als er erfährt, daß sein Boot aufgegriffen worden ist und sich an einem Orte in Gewahrsam befindet, den er alltäglich aufzusuchen pflegt – an einem Orte, den aufzusuchen ihn vielleicht gar seine Pflicht nötigt. In der nächsten Nacht schafft er es fort, *ohne eine Frage nach dem Steuerruder zu wagen*. Wo aber ist dieses ruderlose Boot nun? Das zu entdecken soll eines unserer ersten Ziele sein. Mit der ersten Spur, die sich uns davon zeigt, wird der Tag unseres Erfolges anbrechen. Dieses Boot soll uns mit einer Geschwindigkeit, die uns selber überraschen wird, zu dem führen, der es um die Mitternacht jenes verhängnisvollen Sonntags benutzte. Bestätigung wird sich zu Bestätigung fügen, und der Mörder kann uns nicht mehr entgehen.«

(Aus Gründen, welche wir nicht des nähern ausführen werden, die aber vielen Lesern wohl einleuchten mögen, haben wir uns die Freiheit genommen, aus dem uns übergebenen Manuskripte hier jenen Abschnitt fortzulassen, welcher die Verfolgung des durch Dupin gewonnenen, sichtlich flüchtigen Fingerzeigs im einzelnen beschreibt. Wir halten es lediglich für angebracht, in Kürze festzustellen, daß man zu dem gewünschten Ergebnis gelangte und daß der Präfekt, wenngleich mit Widerstreben, die Bedingungen seiner Übereinkunft mit dem Chevalier getreulich erfüllte. Mr. Poe's Arbeit schließt mit den folgenden Worten. – Die Herausgeber[1])

Man möge mich recht verstehen: ich spreche von Koinzidenzen und von *nichts mehr*. Was ich weiter oben zu diesem Thema sagte, muß genügen. Ich selber glaube in meinem Herzen nicht an Übernatürliches. Daß die Natur und ihr Gott zweierlei sind, wird kein denkender Mensch bestreiten. Daß der Schöpfer seine Schöpfung ganz nach Willen kontrollieren oder modifizieren kann, steht gleichfalls außer Frage. Ich sage ›nach Willen‹; denn um den Willen geht es dabei, und nicht, wie eine tollgewordene Logik angenommen hat, um die Macht. Es ist durchaus nicht so, daß die Gottheit ihre Gesetze nicht modifizieren *könnte,* sondern wir beleidigen sie, wenn wir uns eine mögliche Notwendigkeit solcher Modifikationen vorstellen. In ihrem Ursprunge bereits waren diese Gesetze darauf angelegt, *alle* Zufallsmöglichkeiten zu umfassen, welche noch in der Zukunft liegen mochten. Für Gott ist alles Geschehen ein *Jetzt*.

So wiederhole ich denn, daß ich von diesen Dingen einzig als von Koinzidenzen spreche. Und ferner: Man wird aus dem, was ich berichtet, ersehen, daß zwischen dem Schicksal der unglücklichen Mary Cecilia Rogers, soweit dieses Schicksal bekannt ist, und dem einer Marie Rogêt bis zu einem gewissen Abschnitt in ihrer Geschichte eine Parallelität bestanden hat, vor deren wunderbarer Exaktheit der Verstand, überdenkt er sie recht, in Verlegenheit gerät. Ich sage, all dies wird man sehen. Aber nicht einen Augenblick lang gebe man sich der Vermutung hin, es sei beim weiteren Fortgang meiner traurigen Erzählung von Marie, das heißt von dem eben erwähnten Abschnitt an, und indem ich dem

[1] Von ›Snowden's Lady's Companion‹.

Geheimnis, welches sie umhüllte, bis zu seinem *dénouement* nachging, insgeheim meine Absicht gewesen, auf eine mögliche Ausweitung der Parallele hinzuweisen oder auch nur anzudeuten, daß die in Paris zur Entdeckung des Mörders einer *grisette* angewendeten Maßnahmen oder überhaupt nur Maßnahmen, welche auf ähnliche Schlußfolgerungen gegründet wären, nun auch zu irgend ähnlichem Ergebnis führen würden.

Denn was den letzteren Teil der gedachten Vermutung betrifft, so sollte man sich vor Augen halten, daß die allergeringste Abweichung in den Grundfakten der beiden Fälle höchst gewichtige Fehlschlüsse bedingen könnte, indem sie die beiden Geschehensverläufe auseinanderlenkte; ganz wie in der Arithmetik ein Versehen, welches für sich genommen gar nicht weiter ins Gewicht fällt, schließlich vermöge der Multiplikation an allen Ecken und Enden des Rechnungsvorgangs ein Ergebnis zeigt, das von dem wahren Werte enorm abweicht. Und hinsichtlich des ersten Teils dürfen wir nicht aus dem Blick verlieren, daß gerade die Wahrscheinlichkeitsrechnung, auf die ich mich bezogen habe, jeden Gedanken an eine Ausweitung der Parallele verbietet – und zwar mit um so strengerer und entschiedenerer Bestimmtheit verbietet, als diese Parallele ja bereits über eine reichlich weite Strecke hin exakt gegeben war. Dies ist einer jener anomalen Lehrsätze, die sich anscheinend auf alles andere denn mathematisches Denken berufen, und doch ist es einer, den einzig der Mathematiker voll aufzunehmen vermag. Nichts ist zum Beispiel schwieriger, als den bloßen Durchschnittsleser davon zu überzeugen, daß die Tatsache, daß ein Spieler beim Würfeln zweimal nacheinander Sechsen geworfen hat, genügend Grund gibt, auch die größte, noch so ungleiche Wette einzugehen, daß Sechsen nun bei einem dritten Versuche nicht mehr fallen würden. Schon eine Andeutung in dieser Richtung wird vom Intellekt gewöhnlich alsbald zurückgewiesen. Es will nicht einleuchten, daß die beiden Würfe, die nun abgeschlossen sind und absolut der Vergangenheit angehören, Einfluß auf den Wurf haben können, der ausschließlich in der Zukunft liegt. Die Aussicht, Sechsen zu werfen, scheint genauso groß und so klein geblieben zu sein, wie sie es zu jeder beliebigen Zeit war, – das heißt, sie scheint einzig dem Einfluß der verschiedenen anderen Würfe zu unterliegen, welche sich mit dem Würfel sonst noch tun lassen. Und dies ist eine Überlegung, die so überaus einleuchtend erscheint, daß Versuche, ihr die Berechtigung streitig zu machen, überwiegend mit einem spöttischen Lächeln aufgenommen werden – statt mit achtungsvoller Aufmerksamkeit. Auf den hierin liegenden Irrtum – einen groben Irrtum, der schon viel Unfug und Unheil angerichtet hat – weiter einzugehen, kann ich mir innerhalb der mir gegenwärtig gezogenen Schranken nicht herausnehmen; und für den philosophisch-wissenschaftlich Denkenden bedarf es dessen auch nicht. Mag es genug damit sein, daß ich sage: er bildet ein Glied in einer endlosen Kette von Fehlern, die auf dem Pfade der Vernunft erstehen, weil diese letztere den Hang besitzt, Wahrheit nur im Vereinzelten zu suchen.

DER GOLDKÄFER

He! Heda! Der Bursche dreht uns noch
durch!
Den hat bestimmt die Tarantel gestochen.
›All in the Wrong‹

Viele Jahre ist's her, da schloß ich enge Freundschaft mit
einem Herrn William Legrand. Er stammte aus einer alten
Hugenottenfamilie und war einst begütert gewesen; doch
eine Reihe von Mißglücksfällen hatte ihn in Not geraten
lassen. Um der Demütigung, welche diesem Unheil folgte,
zu entgehen, verließ er New Orleans, die Stadt seiner Vorvä-
ter, und ließ sich auf Sullivan's Island nieder, nahe Charleston, Süd-Carolina.

Dies Eiland ist wohl einzig in seiner Art. Es besteht aus
wenig mehr denn Seesand und hat rund drei Meilen
Länge. Seine Breite geht an keiner Stelle über eine Viertel-
meile hinaus. Vom Festlande trennt es ein kaum bemerkli-
cher Bach, der durch eine Wildnis von Schilf und
Schlamm dahinsickert, einem Lieblingsaufenthalt des
Sumpfhuhns. Die Vegetation ist, man mag's wohl vermuten, spärlich oder doch zum mindesten zwergenhaft. Keinerlei Baumwuchs von einiger Höhe ist zu sehen. Am
westlichen Ende, wo Fort Moultrie steht und wo es ein
paar elende Fachwerkhütten gibt, zur Sommerszeit bewohnt von Leuten, welche vor Charlestons Staub und Fie-
berluft geflohen, mag man zwar gelegentlich die stachlige
Zwergpalme antreffen; doch im übrigen ist die gesamte Insel, mit Ausnahme dieser westlichen Spitze und eines
Streifens harten weißen Strandes an der Seeseite, mit dich-
tem Unterwuchs von jener süßduftigen Myrte bedeckt,
welche bei den Gartenbaukünstlern Englands so ausneh-
mend geschätzt wird. Das Buschwerk erreicht hier oftmals
eine Höhe von fünfzehn oder zwanzig Fuß und bildet ein

fast undurchdringliches Dickicht, dessen Wohlgeruch lastend in der Luft liegt.

Im entlegensten Winkel dieses Dickichts, nicht weit vom östlichen oder entfernteren Ende der Insel, hatte Legrand sich eine kleine Hütte gebaut, welche er bewohnte, als ich seinerzeit, durch Zufall eigentlich, seine Bekanntschaft machte. Diese reifte bald zur Freundschaft – denn der Klausner hatte vieles an sich, das Teilnahme und Wertschätzung erweckte. Ich fand ihn wohlgebildet und von ungewöhnlichen Geisteskräften, doch angekränkelt von Misanthropie und ganz verdrehten Grillen unterworfen, welche jählich zwischen Begeisterung und Trübsinn wechselten. Er hatte viele Bücher bei sich, beschäftigte sich aber nur selten mit ihnen. Seine hauptsächlichen Vergnügungen waren Flintenjagd und Fischen oder aber gemächliche Wandergänge, hin am Strand entlang und durch die Myrten, auf der Suche nach Muscheln oder entomologischen Proben; – um seine Sammlung der letzteren hätte ihn selbst ein Swammerdam beneidet. Bei diesen Exkursionen ward er gewöhnlich von einem alten Neger namens Jupiter begleitet, den die Familie freigelassen hatte, noch ehe sie die Schicksalsschläge trafen, der jedoch weder durch Drohen noch durch Versprechungen vermocht werden konnte, von dem abzustehen, was er für sein Recht ansah, seinem jungen ›Massa Will‹ auf Schritt und Tritt zu folgen. Es ist nicht unwahrscheinlich, daß die Verwandten, welche Legrand für einigermaßen unsteten Geistes hielten, Jupiter diese Hartnäckigkeit eigens eingeschärft hatten, damit der Wanderer auf seinen Wegen nicht ohne Schutz und Aufsicht sei.

Auf der Breite von Sullivan's Island sind die Winter selten sehr streng, und im Herbst des Jahres ist es ein rares Vorkommnis, wenn einmal ein Feuer nötig wird. Um die Mitte des Oktobers 18-- kam jedoch ein bemerkenswert frostiger Tag. Grad vor Sonnenuntergang bahnte ich mir einen Weg durch das immergrüne Gestrüpp zur Hütte meines Freundes, den ich mehrere Wochen lang nicht besucht hatte – denn ich wohnte zu der Zeit in Charleston, neun Meilen von der Insel entfernt, und die Möglichkeiten von An- und Rückreise standen hinter denen von heute weit zurück. Als ich die Hütte erreichte, klopfte ich, wie es meine Gewohnheit war, suchte mir, da ich keine Antwort erhielt, den Schlüssel, dessen Versteck ich kannte, öffnete die Türe und trat ein. Ein wackeres Feuer flackerte auf dem Herde. Das war etwas Neues, doch keineswegs Unangenehmes. Ich warf den Überrock ab, rückte mir einen Armstuhl vor die knisternden Holzscheite und wartete geduldig, daß meine Gastgeber zurückkehrten.

Bald nach Dunkelheit kamen sie an und hießen mich aufs herzlichste willkommen. Jupiter, der von einem Ohr zum anderen grinste, tummelte sich, ein paar Sumpfhühner zum Abendessen zu bereiten. Legrand hatte einen seiner Anfälle – wie soll ich's anders bezeichnen? – von Enthusiasmus. Es war ihm nämlich der Fund einer noch unbekannten zweischaligen Muschel gelungen, die ein ganz neues *genus* bildete, und überdem hatte er mit dem Beistande Jupiters einen Skarabäus gejagt und sicher eingefangen, den er für eine Neuentdeckung hielt, bezüglich dessen er jedoch meine Ansicht am anderen Morgen zu hören wünschte.

»Und warum nicht heute abend noch?« fragte ich, indem ich mir die Hände über der Flamme rieb und die ganze Klasse der Skarabäen zum Teufel wünschte.

»Ah, wenn ich doch nur gewußt hätte, daß Sie hier waren!« sagte Legrand, »aber es ist so lange her, seit ich Sie sah; und wie hätte ich wohl voraussehen sollen, daß Sie mir ausgerechnet an diesem Abend einen Besuch machen würden? Auf dem Heimwege traf ich Leutnant G----- vom Fort, und dummerweise habe ich ihm den Käfer leihweise überlassen; so können Sie ihn also unmöglich vor morgen sehen. Bleiben Sie doch die Nacht über hier, ich werde dann gleich bei Sonnenaufgang Jup danach schicken. In der ganzen Schöpfung läßt sich nichts Entzückenderes denken!«

»Als was?! – den Sonnenaufgang?«

»Unsinn! nein! – den Käfer. Er ist von glänzender Goldfärbung – so groß etwa wie eine dicke Walnuß – und hat

zwei pechschwarze Flecken am einen Ende des Rückens sowie einen weiteren, etwas längeren, am andern. Die Fühler
sind – – – «

»Aber ich sach Ihn' doch andauernd, Massa Will, da sin' ja
gaa keine dran«, unterbrach hier Jupiter; »der Käfer is 'n
Goldkäfer, is massich un fest, jedes Stückchen inn' un überall, außer bloß die Flügel – hab noch nie 'n halb so schweren
Käfer gesehn in meim Leben.«

»Nun, das mag schon sein, Jup«, erwiderte Legrand – ein
bißchen ernster, so schien's mir, als der Fall erforderte; »aber
ist das ein Grund für dich, das Geflügel da anbrennen zu
lassen? Die Färbung« – hier wandte er sich mir zu – »ist
wirklich fast dazu angetan, Jupiters Einfall zu bestätigen.
Ein brillanteres metallisches Schimmern, als von den Schuppen ausgeht, haben Sie nie gesehen – doch darüber können
Sie nicht vor morgen urteilen. Inzwischen will ich Ihnen
einen ungefähren Begriff von der Gestaltung geben.« Indem
er dies sagte, setzte er sich an einen kleinen Tisch, auf welchem sich zwar Feder und Tinte befand, doch kein Papier.
Nach diesem suchte er nun in einem Schubfach, doch fand er
keins.

»Gleichviel«, sagte er schließlich, »dies hier wird es auch
tun«; und damit zog er aus seiner Westentasche einen Fetzen
hervor, der mich wie ein sehr schmutziges Propatriapapier
anmutete, und warf mit der Feder eine grobe Zeichnung
darauf. Während er dies tat, blieb ich in meinem Stuhl am
Feuer sitzen, denn immer noch war es frostig kalt. Als nun
die Skizze vollendet war, reichte er sie mir herüber, ohne
dabei aufzustehen. Ich hatte sie eben entgegengenommen, da
erscholl ein lautes Knurren, dem ein Kratzen an der Türe
folgte. Jupiter öffnete diese, und ein großer Neufundländer,
der Legrand gehörte, sprang mir an den Schultern hoch und
überhäufte mich mit Zärtlichkeiten; denn während früherer
Besuche hatte ich ihm viel Aufmerksamkeit bezeigt. Als
seine Freudensprünge vorüber waren, wandte ich meinen
Blick dem Papiere zu und war – um die Wahrheit zu sagen –
nicht wenig bestürzt ob der Malkünste meines Freundes.

»Nun, ja«, sagte ich, nachdem ich sie einige Minuten lang betrachtet, »das ist mir ein ziemlich sonderbarer Skarabäus, muß ich gestehen: eine gänzlich neue Gattung: dergleichen habe ich noch nie zuvor erblickt – es sei denn, es wäre ein Schädel oder ein Totenkopf – zu dem jedenfalls besteht mehr Ähnlichkeit als zu allem sonst, was mir je unter die Augen gekommen ist.«

»Ein Totenkopf?« echote Legrand. »Oh – ja – also, auf dem Papier hat der Käfer zweifellos etwas davon an sich. Die beiden obern schwarzen Flecke sehen wie Augen aus, was? und der längere Fleck da unten könnte ein Mund sein – und dann noch bildet das Ganze ein Oval.«

»Das mag sein«, sagte ich; »aber, Legrand, ich fürchte, Sie sind kein besonders großer Künstler. Ich muß darum warten, bis ich das Tier selber sehe, wenn ich mir von seiner Gestaltung ein Bild machen soll.«

»Nun, ich weiß nicht«, sagte er ein wenig verdrießlich, »ich verstehe doch ganz leidlich zu zeichnen – sollte es jedenfalls können – denn ich hatte gute Lehrer – und schmeichle mir, nicht gerade ein kompletter Schafskopf zu sein.«

»Aber, mein Lieber, dann haben Sie eben einen Scherz gemacht«, sagte ich; »das hier ist ein ganz passabler *Schädel* – tatsächlich, ich möchte sagen, es ist ein *ausgezeichneter* Schädel, nach den Vorstellungen jedenfalls, die man gemeinhin von diesen physiologischen Dingen hat – und Ihr Käfer muß schon der wunderlichste Skarabäus auf der Welt sein, wenn er diesem Schädel ähnlich sieht. Ach du liebe Zeit, wir werden am Ende gar noch einen ganz schauerlichen Aberglauben mit diesem Hinweis ins Leben rufen. Ich nehme an, Sie werden den Käfer *scarabaeus caput hominis* oder irgendwie ähnlich nennen – es gibt ja viele solche Bezeichnungen in den Naturgeschichten. Doch wo sind eigentlich die Fühler, von denen Sie sprachen?«

»Die Fühler?« fragte Legrand, der sich für das Thema unbegreiflich zu erwärmen schien; »ich bin sicher, Sie müssen die Fühler sehen. Ich machte sie so deutlich, wie sie's an dem Insekte selber sind, und meine doch, das sollte genügen.«

»Schon, schon«, sagte ich, »das mag immer sein – doch trotzdem sehe ich sie nicht«; und ich händigte ihm ohne weitere Bemerkungen das Papier wieder aus, denn ich wünschte ihn nicht um seine gute Laune zu bringen; doch erstaunte mich einigermaßen die Wendung, welche die Sache genommen; seine Verstimmung machte mir Kopfzerbrechen – und was die Zeichnung des Käfers betraf, so waren darauf entschieden *keine* Fühler sichtbar, und das Ganze zeigte nun einmal eine sehr enge Ähnlichkeit mit den gewöhnlichen Abbildungen eines Totenkopfes.

Er nahm das Blatt recht unwirsch entgegen und stand eben im Begriff, es zusammenzuknüllen, offenbar um es ins Feuer zu werfen, als ein zufälliger Blick auf die Zeichnung jählich seine Aufmerksamkeit zu fesseln schien. Im Augenblick überlief eine heftige Röte sein Gesicht – im nächsten dann wurde er überaus bleich. Einige Minuten lang fuhr er fort, die Zeichnung eingehend zu untersuchen, immer noch auf seinem Platz. Schließlich aber stand er auf, nahm eine Kerze vom Tische und begab sich in die entfernteste Ecke des Raumes, um sich dort auf einer Seemannskiste niederzulassen. Hier untersuchte er fast gierig erneut das Blatt, indem er es nach allen Seiten wendete. Er sprach jedoch kein Wort, und sein Verhalten wunderte mich höchstlich; doch hielt ich es für geraten, seine wachsend mürrische Laune nicht durch irgendeine Anmerkung noch zu verschlimmern. Bald dann zog er aus seinem Rocke eine Brieftasche, legte das Papier sorgfältig hinein und tat beides in sein Schreibpult, welches er verschloß. Nun ward sein Betragen wieder gefaßter; doch der ursprüngliche Enthusiasmus war ganz von ihm gewichen. Doch schien er nicht so sehr verdrossen als geistesabwesend. Als der Abend dahinging, versank er mehr und mehr in Träumerei, aus der ihn keine noch so witzigen Einfälle meinerseits zu reißen vermochten. Es war eigentlich meine Absicht gewesen, die Nacht in der Hütte zu verbringen, wie ich's schon häufig zuvor getan, doch als ich meinen Gastfreund in dieser Stimmung sah, fand ich's doch angeraten, mich zu verabschieden. Er bedrängte mich auch gar nicht, noch zu bleiben, doch als ich aufbrach, schüttelte er mir die Hand mit gar noch mehr als seiner gewöhnlichen Herzlichkeit.

Wohl einen Monat später (und während dieser Zeit hatte ich nichts von Legrand zu sehen bekommen) empfing ich in Charleston den Besuch seines Dieners Jupiter. Nie hatte ich den guten alten Neger so entmutigt dreinschauen gesehen, und schon fürchtete ich, daß meinem Freunde ein ernstliches Unglück widerfahren sei.

»Nun, Jup«, sagte ich, »was gibt es denn? – wie geht es deinem Herrn?«

»Nu, ehrlich gesprochen, Massa, der Herr is gaa nich so wohl als sein gesollt.«

»Nicht wohl? Das tut mir aber wirklich leid. Worüber klagt er denn?«

»Verflicks! das isses ja! – tut gaa nich klagen – is aber ganz sehr krank davon gewor'n.«

»Sehr krank, Jupiter? – warum hast du das nicht gleich gesagt? Muß er das Bett hüten?«

»Nee, das nich! – muß überhaup nix hüten – das isses ja, wo'n der Schuh drückt – is ein ganz große Jammer um den arme Massa Will.«

»Jupiter, jetzt möchte ich aber doch wissen, wovon du eigentlich redest. Du sagst, dein Herr ist krank. Hat er dir denn nicht gesagt, was ihm fehlt?«

»Nu, Massa, müssen nich gleich so wimmlich drum wer'n – Massa Will sacht, fehlen tut ihm gaa nix – aber was läuft er denn mit so'm Gesicht herum, läß' den Kopp häng' un zieh' die Schuldern hoch, un is so blaß un bleich als wie 'n Geist? Un dann die Zahlen, wo er die ganze Zeit mit amgange is – – –«

»*Was* ist er, Jupiter?«

»Is andauernd amgange mit den Zahlen – un mit den Figurn aufer Schiefertabel – is das dollste Zeuch, was 'ch je gesehn hab. Kann man glattwech bange bei wer'n, sach ich Ihn'. Muß mächtich aufpassen, was er alles anstellt. Neulich is er mir entwischt, noch eh' daß die Sonne rauf war, un is

dann den ganzen lieben Tach lang wechgewesen. Ich hatt'
mir schon 'n schönen dicken Stock geschnitten, um daß ich
ihm 'ne anständige Tracht verpasse, wenn er wiederkam –
aber bin 'n alter Narr, hab's nich könn' übers Herz bring' –
so gottserbärmlich sah der Massa aus.«

»Äh – was? – ah, ja! – also was das betrifft, so solltest du
lieber nicht gar so streng mit dem armen Kerl sein – und den
Stock laß nur beiseite, Jupiter, sowas verträgt er nämlich
nicht besonders gut – aber hast du denn gar keine Ahnung,
was diese Krankheit hervorgerufen hat – oder vielmehr diese
Veränderung in seinem Benehmen? Ist irgendetwas Unangenehmes geschehen, seit ich euch zum letztenmal sah?«

»Nee, Massa, *seit* dem is gaa nix Unangenehmiges gewesen
– war schon *vorher,* fürcht' ich – war genau an dem Tach,
wo Ihn' dagewesen.«

»Wie das? Was willst du damit sagen?«

»Nu, Massa, erinnern sich Ihn' nich? – der Käfer.«

»Der *was?*«

»Der Käfer – ich bin ganz sehr sicher, daß Massa Will
ir'ndwo am Koppe is gebissen wor'n von dem Goldkäfer.«

»Und welchen Grund hast du, Jupiter, für eine derartige
Annahme?«

»Hat sich Mund genuch, Massa, un is auch rund genuch.
Hab nie noch so ein' verd - - - - -n Käfer gesehn – der beiß'
doch alles rund um sich rum, was ihm zu nahe kommt.
Massa Will hat ihn zuers' eingefang', hat 'n dann aber mächtich schnelle wieder müssen loslassen, sach ich Ihn' – un
damals, da muß das Dink ihn gebissen ha'm. Ich selber, ich
hab ja den Mund von dem Käfer gleich nich könn' ausstehn,
nee, so hab ich 'n gaa nich ers' mit 'n Fingern angefaßt, hab
'n aber mit ein Stück Papier gefang', das wo 'ch da gefunden.
Wickl' ihn rein in das Papier und stopp ihm noch 'n Fetz
davon in 'n Mund – so is das denn gegang'.«

»So denkst du also, daß dein Herr wirklich von dem Käfer
gebissen wurde und daß dieser Biß ihn krank gemacht hat?«

»Ich denk' da gaa nix bei – ich weiß das. Wieso tut er denn
jetz' soviel von dem Goldzeuch träum', wenn das nich is,

weil daß der Goldkäfer ihn gebissen hat? Hab 'ch schon früher von gehört, daß die Goldkäfer das machen.«

»Aber woher willst du wissen, daß er von Gold träumt?«

»Woher 'ch das wissen will? nu, weil er doch im Schlaf da drüber reden tut – daher weiß ich das.«

»Nun, Jup, vielleicht hast du recht; doch welchen glücklichen Umständen verdanke ich nun die Ehre deines heutigen Besuches?«

»Äh – wie mein' das, Massa?«

»Bringst du mir irgendeine Botschaft von Herrn Legrand?«

»Nee, Massa, 'ch bring man bloß den Brief hier«; und damit händigte Jupiter mir ein Schreiben aus, welches folgendermaßen lautete:

»Mein Lieber,
warum haben Sie sich so lange nicht mehr blicken lassen? Ich hoffe doch, Sie waren nicht so töricht, irgendeine kleine *brusquerie* meinerseits übelzunehmen; aber nein, das steht nicht zu vermuten.

Seit wir uns sahen, hatte ich mancherlei Ursache zur Unruhe. Ich muß Ihnen etwas berichten, doch weiß ich kaum, wie ich's anfangen soll oder ob ich es überhaupt tun soll.

Mir ist es in den letzten Tagen nicht sonderlich gut ergangen, und der arme alte Jup setzt mir fast bis zur Unerträglichkeit mit seiner gutgemeinten Aufmerksamkeit zu. Stellen Sie sich das vor – neulich hatte er sich einen riesigen Stock zurechtgelegt, um mich dafür zu züchtigen, daß ich ihm heimlich entwischt war und den ganzen Tag *solo* in den Hügeln auf dem Festland verbrachte! Ich glaube wahrhaftig, nur mein schlechtes Aussehen hat mich vor einer gehörigen Tracht Prügel bewahrt.

Meiner Sammlung ist seit unserem letzten Treffen nichts Neues hinzugekommen.

Wenn Sie nur irgend können, so richten Sie es doch ein und kommen Sie mit Jupiter herüber. Bitte kommen Sie! Ich möchte Sie noch *heute abend* sehen, es handelt sich um eine wichtige Sache. Ich versichere Ihnen, die Sache ist sogar von *höchster* Wichtigkeit.

Immer der Ihre

William Legrand.«

Es lag da etwas im Tone dieses Schreibens, das mich nicht wenig beunruhigte. Der ganze Stil wich wesentlich von dem ab, was ich von Legrand gewöhnt war. Wovon konnte er nur träumen? Welche neue Grille hatte von seinem erreglichen Hirn Besitz ergriffen? Was für eine ›Sache von höchster Wichtigkeit‹ konnte denn *er* schon zu erledigen haben? Was Jupiter von ihm berichtet hatte, ließ nichts Gutes ahnen. Ich fürchtete, daß der anhaltende Druck des Unglücks die Vernunft meines Freundes nun gänzlich zerrüttet habe. Ohne einen Augenblick zu zögern, machte ich mich daher bereit, den Neger zu begleiten.

Als wir das Ufer erreichten, bemerkte ich auf dem Boden des Bootes, welches uns übersetzen sollte, eine Sense sowie drei Spaten – alle offenbar ganz neu.

»Was soll das alles bedeuten, Jupiter?« fragte ich.

»Das alles? – is Sense, Massa, und Spaten.«

»Schon recht; doch was tun die Sachen hier?«

»Is Sense un is Spaten, was wo ’ch für Massa Will ha’m müssen kaufen inner Stadt un wo ’ch den Deubel hab’ massich Geld für gegeben.«

»Aber im Namen alles Geheimnisvollen – was will denn nur dein ›Massa Will‹ mit Sense und Spaten anstellen?«

»Das ’s mehr, als wie ich weiß, un der Deubel soll mich holen, wenn ’s nich auch mehr is, als wie der Massa selber weiß. Is aber alles vonwegen dem Käfer gekomm’.«

Da ich fand, daß aus Jupiter, dessen ganzer Verstand von dem Käfer absorbiert zu sein schien, nichts Befriedigendes herauszubringen war, trat ich nun in das Boot und segelte ab. Eine schöne und frische Brise ließ uns bald in die kleine Bucht im Norden von Fort Moultrie einlaufen, und ein Weg von etwa zwei Meilen brachte uns zur Hütte. Es war gegen drei am Nachmittage, als wir ankamen. Legrand hatte unser in heftiger Erwartung geharrt. Er faßte nach meiner Hand mit einem nervösen *empressement,* das mich alarmierte und in meinem bereits gefaßten Argwohn bestärkte. Seine Züge waren geradezu gespenstisch bleich, und in seinen tiefliegenden Augen glomm ein unnatürlicher Glanz. Nach einigen Erkundigungen bezüglich seiner Gesundheit fragte ich ihn, da mir nun einmal nichts Besseres einfallen wollte, ob er den Skarabäus denn schon von Leutnant G----- zurückerhalten habe.

»Oh, ja«, erwiderte er, indem er heftig errötete, »ich bekam ihn gleich am nächsten Morgen wieder. Nichts könnte mich versuchen, mich von diesem Skarabäus zu trennen. Wissen Sie, daß Jupiter völlig recht damit hatte?«

»Womit?« fragte ich, eine traurige Ahnung im Herzen.

»Mit seiner Vermutung, es handle sich um einen Käfer aus *wirklichem Golde.*« Er sagte dies mit einem Ausdruck tiefen Ernstes, und ich fühlte mich ganz unbeschreiblich betroffen. »Dieser Käfer soll mein Glück machen«, fuhr er fort, mit einem triumphierenden Lächeln, »er soll mich wieder in den Besitz meiner Familiengüter setzen. Ist es da etwa ein Wunder, daß ich ihn so wert halte? Da es dem Glücksgeschick gefallen hat, ihn in meine Hände zu geben, habe ich mich seiner nur noch entsprechend zu bedienen, und ich werde zu dem Golde gelangen, dessen Wegweiser er ist. Jupiter, bring mir den Skarabäus!«

»Was? den Käfer, Massa? Den will ich lieber nich stören – den müssen sich Ihn' schon selber holen.« Worauf sich Legrand erhob, mit ernster und erhabener Miene, und mir den Käfer aus einem Glasbehälter anbrachte, in welchem er eingeschlossen war. Es war ein prachtvoller Skarabäus, wie ihn die Naturforscher zu jener Zeit noch nicht kannten, – natürlich also ein großer Schatz in wissenschaftlicher Hinsicht. Zwei runde schwarze Flecken befanden sich am einen Ende des Rückens, und am anderen sah ich noch einen weiteren von länglicher Form. Die Schuppen waren überaus hart und glänzend und wirkten ganz und gar wie poliertes Gold. Das Gewicht des Insekts war sehr bemerkenswert, und wenn ich alle Dinge in Erwägung zog, so konnte ich Jupiter für seine Ansicht darüber kaum tadeln; doch wie Legrand selber mit dieser Meinung einig gehen konnte, das wollte mir ums Leben nicht klar werden.

»Ich schickte nach Ihnen«, sagte er in hochtrabendem Tone, als ich meine Untersuchung des Käfers beendet hatte, »ich schickte nach Ihnen, auf daß mir Ihr Rat und Ihre Hilfe zuteil würden bei der Aufgabe, den Zwecken förderlich zu sein, welche das Schicksal und dieser Käfer − − −«

»Mein lieber Legrand«, rief ich aus, ihn unterbrechend, »Sie sind gewißlich unwohl und sollten sich doch lieber ein wenig in acht nehmen. Sie werden sich zu Bette legen, und ich will ein paar Tage bei Ihnen bleiben, bis Sie's überstanden haben. Sie fiebern ja und − − −«

»Fühlen Sie meinen Puls«, sagte er.

Ich fühlte und fand, um die Wahrheit zu sagen, nicht das gelindeste Anzeichen von Fieber.

»Aber Sie können krank sein und gleichwohl kein Fieber haben. Erlauben Sie mir dies eine Mal, Ihr Arzt zu sein. Zum ersten müssen Sie sich zu Bett legen. Zum zweiten − − −«

»Sie irren sich«, fiel er mir ins Wort; »mir geht es so gut, wie ich es bei der Aufregung, unter der ich leide, nur erwarten kann. Wenn Sie wirklich um mein Wohl besorgt sind, so werden Sie diese Aufregung lindern.«

»Und wie soll das geschehen?«

»Sehr einfach. Jupiter und ich gehen auf eine Expedition in die Berge des Festlands, und bei dieser Expedition werden wir die Hilfe eines Menschen brauchen, auf den wir bauen können. Sie sind der einzige, der unser Vertrauen hat. Ob uns nun Gelingen oder Mißerfolg beschieden ist, die Aufregung, welche Sie gegenwärtig an mir wahrnehmen, wird gleichviel davon Linderung erfahren.«

»Ich möchte Ihnen ja gern in jeder Weise gefällig sein«, erwiderte ich; »doch wollen Sie etwa sagen, daß dieser infernalische Käfer irgendetwas mit Ihrer Expedition in die Berge zu tun hat?«

»Allerdings.«

»Dann, Legrand, vermag ich bei diesem absurden Unternehmen leider nicht mit von der Partie zu sein.«

»Das bedaure ich sehr – wirklich sehr – denn da werden wir uns allein behelfen müssen.«

»Allein behelfen müssen! Dieser Mann ist wahrhaftig verrückt! – doch warten Sie! – wie lange gedenken Sie denn fortzubleiben?«

»Voraussichtlich die ganze Nacht. Wir werden unmittelbar aufbrechen und in jedem Falle bei Sonnenaufgang zurück sein.«

»Und wollen Sie mir auf Ihre Ehre versprechen, daß Sie, sobald ihr kindischer Einfall vorüber und das Käfer-Unternehmen (guter Gott!) zu Ihrer Zufriedenheit abgewickelt ist, wieder nach Hause kommen und meinen Rat aufs Wort befolgen – wie den Ihres Arztes?«

»Ja; das verspreche ich; – aber nun wollen wir aufbrechen, denn wir haben keine Zeit zu verlieren.«

Mit schwerem Herzen begleitete ich meinen Freund. Wir machten uns gegen vier Uhr auf den Weg – Legrand, Jupiter, der Hund und ich. Jupiter hatte die Sense und die Spaten bei sich, die er sämtlich selber zu tragen beharrte, mehr aus Furcht, so schien mir, auch nur eines der Geräte in Reichweite seines Herrn zu lassen, denn aus übermäßigem Diensteifer oder aus Gefälligkeit. Sein Betragen war störrisch im Extrem, und »dieser verd - - - - te Käfer« waren die einzigen Worte, welche seinen Lippen während des Ausflugs entkamen. Was mich selbst betraf, so hatte ich mich mit ein paar Blendlaternen abzuschleppen, indessen Legrand sich mit dem Skarabäus begnügte, welchen er beim Gehen mit der Miene eines Geisterbeschwörers an einem Endchen Peitschenschnur hin und her trudeln ließ. Als ich diesen letzten klaren Beweis für meines Freundes geistige Verirrung bemerkte, vermochte ich kaum die Tränen zurückzuhalten. Ich hielt es jedoch für das beste, seiner Laune zu willfahren, zumindest für den Augenblick, oder bis ich mit leidlicher Aussicht auf Erfolg zu energischeren Maßnahmen greifen konnte. Inzwischen mühte ich mich, wenn auch ganz vergeblich, ihn bezüglich des Zieles der Expedition auszuforschen. Doch nachdem es ihm gelungen, mich so weit zu bringen, daß ich ihn begleitete, schien er keine Lust mehr zu haben, über irgendein Thema geringerer Wichtigkeit Konversation zu machen, und alle meine Fragen wurden keiner anderen Antwort gewürdigt als »wir werden sehen!«

Mit Hilfe eines Skiffs überquerten wir die Bucht an der Spitze der Insel, und nachdem wir die Steilküste des Festlands erstiegen, setzten wir unsern Weg in nordwestlicher Richtung fort, hin durch eine überaus wilde und trostlose Strecke Landes, wo keinerlei Spur eines menschlichen Fußes sich sehen ließ. Legrand schritt uns voller Entschlossenheit voran und hielt nur hier und da einen Augenblick inne, um sich an gewissen, offenbar bei früherer Gelegenheit von ihm selber geschaffenen Merkzeichen in der Landschaft zu orientieren.

In dieser Weise wanderten wir wohl zwei Stunden dahin, und die Sonne ging eben unter, als wir in eine Gegend kamen, die noch weitaus öder war als jede bisher gesehene. Es war eine Art Tafelland, nahe dem Gipfel eines fast unzugänglichen Berges, dicht bewaldet vom Fuße bis oben hinauf und durchsetzt mit riesigen Felsblöcken, die lose auf dem Boden zu liegen schienen und in vielen Fällen lediglich von den Bäumen, an welche sie sich lehnten, verhindert wurden, in die Täler hinunterzustürzen. Tiefe Schluchten, die in verschiedenen Richtungen verliefen, gaben der Szene ein noch strengeres *air* von Feierlichkeit. Die natürliche Plattform, zu der wir hinaufgeklommen, war dicht mit Dorngebüsch bewachsen, und bald erkannten wir, daß es uns unmöglich geworden wäre, uns ohne die Sense unsern Weg zu bahnen; so ging Jupiter voran, um nach Weisung seines Herrn für uns einen Pfad freizulegen – hin zum Fuße eines riesigen Tulpenbaums, welcher im Vereine mit einigen acht oder zehn Eichen auf der Höhe stand und diese sämtlich, wie auch alle anderen Bäume, die ich bis dahin je erblickt, durch Schönheit übertraf – des Blattwerks und der Form, durch die weite Breitung seiner Zweige und durch die allgemeine Majestät seiner Erscheinung. Als wir diesen Baum erreichten, wandte sich Legrand an Jupiter und fragte ihn, ob er sich zutraue, hinauf zu klettern. Den alten Mann schien diese Frage ein wenig zu beunruhigen, und einige Augenblicke lang brachte er keine Antwort heraus. Schließlich aber trat er an den riesigen Stamm, schritt langsam um ihn herum und untersuchte ihn mit peinlicher Aufmerksamkeit. Als er dieses sein Forschen beendet hatte, sagte er nur:

»Jawoll, Massa, Jup klettert auf jeden Baum, den wo er je sieht in sei'm Leben.«

»Dann hinauf mit dir, und zwar so schnell als möglich, denn bald wird es zu dunkel sein, um noch genügend Sicht für unser Unternehmen zu haben.«

»Wie weit soll ich denn raufmüssen, Massa?« fragte Jupiter.

»Steige zuerst den Hauptstamm empor; dann werde ich dir weitere Anweisungen geben – doch halt! – hier – nimm den Käfer mit.«

»Den Käfer, Massa Will? den Goldkäfer?« schrie der Neger, indem er voller Entsetzen zurückwich, »wowegen soll 'ch denn den Käfer mit auf 'n Baum raufnehm'? Will gleich verd---t sein, wenn 'ch das tue!«

»Wenn du Angst hast, Jup, so ein großer starker Neger wie du, einen harmlosen kleinen toten Käfer in der Hand zu halten, nun, dann kannst du ihn ja an dieser Schnur hinaufnehmen – – doch wenn du ihn nicht auf irgendeine Weise mit hinaufnimmst, so bin ich leider gezwungen, dir mit dieser Schaufel hier den Schädel einzuschlagen.«

»Nu, was denn, Massa, was denn«, sagte Jup, offenbar beschämt und dadurch rasch gefügig geworden; »wolln altem Nigger immer gleich so 'n großen Krach schlagen. War ja alles bloß Spaß. Ich Angst vor dem Käfer ha'm? 'ch mach mir rein gaa nix aus dem Käfer!« Und damit ergriff er vorsichtig das äußerste Ende der Schnur, und indem er sich das Insekt so weit vom Leibe hielt, wie die Umstände zulassen wollten, machte er sich bereit, den Baum zu ersteigen.

Während seines Jugendwachstums hat der Tulpenbaum –

Liriodendron Tulipifera –, der prächtigste der amerikanischen Waldbäume, einen besonders glatten Stamm, dessen Seitenäste oftmals erst in beträchtlicher Höhe beginnen; doch im reiferen Alter wird die Rinde knorrig und uneben, indessen viele kurze Ausläufer aus dem Grundstock hervortreten. So war das Unternehmen der Besteigung im gegenwärtigen Falle gar nicht so schwierig, wie es schien. Indem der Neger den mächtigen Stamm so eng als möglich mit Armen und Knien umschlang, mit den Händen einige Aststümpfe ergriff und auf anderen seine nackten Zehen Halt finden ließ, wand er sich schließlich, nachdem er ein- oder zweimal knapp dem Sturz entgangen, in die erste große Gabelung hinauf und schien die ganze Sache damit im wesentlichen für bewältigt zu halten. Tatsächlich war das *Risiko* der Heldentat nunmehr vorüber, obschon sich der Kletterer einige sechzig oder siebzig Fuß hoch über dem Boden befand.

»Wie soll jetz' weiter, Massa Will?« fragte er.

»Halte dich an den größten Ast – den auf dieser Seite«, sagte Legrand. Der Neger gehorchte unverzüglich und offenbar ohne sonderliche Anstrengung; höher und höher stieg er hinan, bis inmitten des dichten Blätterwerks, das ihn umhüllte, nichts mehr von seiner gedrungenen Gestalt zu sehen war. Dann hörten wir seine Stimme herunterschreien:

»Wie weit soll denn nu noch?«

»Wie hoch bist du denn?« fragte Legrand.

»Schon sooo hoch!« erwiderte der Neger; »kann schon 'n Himmel sehn oben durch 'n Baum.«

»Kümmere dich nicht um den Himmel, sondern paß auf, was ich sage. Blicke am Stamm nieder und zähle die Äste unter dir auf dieser Seite. An wievielen bist du bereits vorüber?«

»Ein, zwei, drei, vier fümf – ich an fümf große Ästen vorbei, Massa, an dieser Seite.«

»Dann gehe noch einen Ast höher.«

Ein paar Minuten später hörten wir wieder die Stimme, die uns verkündete, daß der siebente Ast erreicht sei.

»Nun, Jup«, schrie Legrand, anscheinend hocherregt, »nun wirst du auf diesem Ast vorrücken, so weit du nur kannst. Wenn dir irgendetwas Besonderes auffällt, so laß es mich wissen.«

Hatte ich bislang noch einen leisen Zweifel an meines Freundes Geisteswirrnis gehabt, so mußte er mir um diese Zeit endgültig schwinden. Es blieb mir nichts, als zu dem Schluß zu kommen, daß Wahnsinn ihn befallen habe, und ernstlich sorgte ich mich nun, wie ich ihn wohl nach Hause bringen würde. Während ich noch schwankend war, was am besten zu tun wäre, ließ sich Jupiters Stimme erneut vernehmen:

»Hab zuviel Bange, auf diesem Ast da weiter vorzurutschen – is ganzes Stück lang morsch un tot, der Ast.«

»Was hast du da gesagt, Jupiter?« schrie Legrand mit fliegender Stimme; »der Ast ist tot?«

»Jawoll, Massa, is ganz mausetot – is hin wie nix – is aus 'm Leben wechgestorben.«

»O du allgütiger Himmel, was soll ich nur tun?« rief Legrand, anscheinend in größter Qual.

»Tun?« sagte ich, froh über die Gelegenheit, ein Wort dazwischen zu bringen, »ganz einfach: kommen Sie mit nach Haus und gehen Sie zu Bett. Kommen Sie doch! – seien Sie folgsam. Es wird schon spät, und überdies erinnern Sie sich ja auch Ihres Versprechens.«

»Jupiter«, schrie er, ohne mir auch nur im mindesten Beachtung zu schenken, »hörst du mich?«

»Jawoll, Massa Will, kann Ihn' ganz deutlich hörn.«

»Nun, dann untersuche jetzt einmal das Holz mit deinem Messer und sieh nach, ob es deiner Meinung nach *sehr* morsch ist.«

»Is morsch, Massa, ganz bestimmt«, erwiderte der Neger, nachdem ein paar Augenblicke verstrichen, »is aber doch nich so morsch, wie als es sein könnte. Alleine könnt' ich mich wohl noch 'n Stückchen auf dem Ast weiterwagen, jawoll.«

»Alleine? – was soll das heißen?«

»Nu, soll heißen, daß der Käfer, der is doch so 'n *sehr* schwerer Käfer. Ich mein' ja, ich laß 'n jetz' mal runterfallen; dann wird der Ast so'n eines Nigger schon halten könn'.«

»Du infernalischer Bösewicht!« schrie da Legrand, dem Anschein nach sehr erleichtert, »weshalb erzählst du mir solchen Unsinn?! Wenn du den Käfer fallen läßt, brech' ich dir das Genick, du, – darauf kannst du Gift nehmen. Aufgepaßt, Jupiter, hörst du mich?«

»Jawoll, Massa, brauchen so 'n armes Nigger nich gleich derart anbrüllen.«

»Schon gut! – jetzt höre mir zu! – wenn du dich auf dem Ast so weit vorwagst, wie du es für sicher hältst, und dabei den Käfer nicht losläßt, werde ich dir einen Silberdollar schenken, sobald du wieder unten bist.«

»Bin schon dabei, Massa Will, – bestimmt, bin ich schon«, gab der Neger prompt zurück – »bin jetz' schon fast am äußern Ende angekomm'.«

»*Am Ende?*« schrie hier Legrand mit geradezu kreischender Stimme; »sagst du, du bist am Ende des Astes angelangt?«

»Fast bald schon am Ende, Massa, – o-oo-oooh! oh du mein lieber Heiland! was is denn das hier an dem Baum?«

»Nun«, schrie Legrand aufs höchste entzückt, »sprich doch, was ist es?!«

»Och, is man nix als wie 'n Schädel – hat jemand doch glatt sein' Kopp hier liegen gelassen auf dem Baum, un ha'm die Krähn ihm da jedes Fetzchen Fleisch von wechgepickt.«

»Ein Schädel, sagst du?! – sehr schön – wie ist er an dem Ast befestigt? – wovon wird er gehalten?«

»Gleich, Massa, muß ers' nachsehn. Nanu, das 's aber ne komische Sache, jawoll – steck' da doch 'n dicker Nagel in dem Schädel drin, der hält 'n an dem Baum fest.«

»Gut, nun weiter, Jupiter, tu genau, was ich dir sage – hörst du?«

»Jawoll, Massa.«

»Gib acht denn! – suche jetzt das linke Auge des Schädels.«

»Hm! Huh! das is gut! nu, is doch überhaup' kein Auge
mehr da.«

»Stumpfsinniger Kerl! kannst du deine rechte Hand von
deiner linken unterscheiden?«

»Jawoll, kann ich – Kleinichkeit für mich – mein' linke
Hand is, wo 'ch das Holz mit schlage.«

»Sehr richtig! du bist linkshändig; und dein linkes Auge
befindet sich auf der gleichen Seite wie deine linke Hand.
Nun wirst du doch, denke ich, das linke Auge des Schädels
finden können – oder die Stelle, wo das linke Auge einmal
gesessen hat. Los, hast du es?«

Hier entstand eine lange Pause. Schließlich fragte der Neger: »Is das linke Auge von dem Schädel denn auf 'er selben
Seite wie die linke Hand von dem Schädel? – aber Schädel
hat natür'ch überhaup' kein' Hand mehr nich, nich ein bißchen – aber is egal! Ich hab das linke Auge jetz' – hier hab
ich's, das linke Auge! was muß ich da denn jetz' mit
machen?«

»Laß den Käfer hindurchgleiten, so weit die Schnur nur
reicht – aber sei vorsichtig und laß den Faden nicht etwa
los!«

»Jawoll, Massa Will, is alles gemacht; is ganz einfach, den
Käfer durch das Loch zu lassen; sehn' Ihn' mal – da unten!«

Während dieser Unterhaltung war von Jupiter selbst
nichts zu sehen gewesen; doch der Käfer, welchen er hernie-
dergelassen hatte, ward nun am Ende der Schnur sichtbar
und glitzerte wie eine Kugel aus poliertem Golde in den
letzten Strahlen der untergehenden Sonne, von welchen
einige noch schwach die Anhöhe erhellten, auf der wir standen. Der Skarabäus hing gänzlich frei zwischen den Zweigen
und wäre, hätte man ihn losgelassen, zu unsern Füßen niedergefallen. Augenblicklich ergriff Legrand die Sense und
säuberte damit einen kreisrunden Platz von wohl drei oder
vier Ellen Durchmesser, grad unter dem Insekt, und als er
damit fertig war, befahl er Jupiter, die Schnur loszulassen
und von dem Baume herunterzukommen.

Nachdem mein Freund mit großer Sorgfalt genau an der

Stelle, wo der Käfer niedergefallen war, einen Pflock in den Boden getrieben hatte, zog er nun aus seiner Tasche ein Bandmaß. Dessen eines Ende befestigte er an jenem Punkte des Baumstamms, welcher dem Pflock am nächsten war, rollte das Band auf, bis es den Pflock erreichte, und rollte es dann, in der bereits von den beiden Punkten – Baum und Pflock – festgelegten Richtung, wohl fünfzig Fuß weiter auf – indessen Jupiter das Dornengesträuch mit der Sense beiseite räumte. Auf dem so gewonnenen Flecken ward ein zweiter Pflock in den Boden getrieben und um diesen, als das Zentrum, ein roher Kreis beschrieben, der wohl vier Fuß Durchmesser hatte. Indem er nun selber einen Spaten ergriff und ebenfalls Jupiter und mir einen gab, bat Legrand uns, Hand anzulegen und so rasch als möglich zu graben.

Um die Wahrheit zu sagen – ich hatte noch niemals besonderen Geschmack an derlei Belustigungen gefunden, und namentlich in diesem Augenblick hätte ich gern dankend abgelehnt; denn die Nacht sank schon hernieder, und ich fühlte mich von den bis jetzt geleisteten Leibesübungen doch recht ermüdet; doch ich sah keinen Weg, mich der Sache zu entziehen, und hatte auch Angst, durch eine Zurückweisung das seelische Gleichgewicht meines armen Freundes zu stören. Wäre auf Jupiters Beistand Verlaß gewesen, so hätte ich freilich keinen Augenblick mit dem Versuch gezögert, den Wahnsinnigen gewaltsam nach Hause zu schaffen; doch nur zu wohl kannte ich des alten Negers Gemütsart, als daß ich hätte hoffen dürfen, er werde mir, unter welchen Umständen es auch wäre, in einem persönlichen Streit mit seinem Herrn zur Seite stehen. Ich zweifelte nicht, daß diesen letzteren eine der zahllosen Wahnvorstellungen des Südens befallen habe, der Aberglaube nämlich an einen vergrabenen Schatz, und daß seine Phantasie von dem Funde des Skarabäus Bestätigung erfahren habe – oder auch von der Beharrlichkeit, mit welcher Jupiter behauptete, es handle sich um einen ›Käfer aus wirklichem Golde‹. Ein Geist, der zum Wahnsinn neigt, konnte bei solchen Suggestionen leicht auf Irrwege geraten – besonders noch, wenn sie mit vorgefaßten

Lieblingsideen zusammenstimmten, – und dann rief ich mir auch ins Gedächtnis, wie der arme Kerl davon gesprochen hatte, der Käfer sei ›der Wegweiser zu seinem Glück‹. Das alles bedrückte und verstörte mich sehr, doch endlich beschloß ich, aus der Not eine Tugend zu machen, – gutwillig zu graben und somit den Träumer nur um so eher durch den Augenschein zu überzeugen, daß seine Meinungen trügerisch seien.

Nachdem die Laternen entzündet waren, machten wir uns allesamt mit einem Eifer an die Arbeit, welcher einer vernünftigeren Sache würdig gewesen wäre; und als der Schein so auf uns und unsere Gerätschaften fiel, konnte ich mich des Gedankens nicht erwehren, welch eine malerische Gruppe wir doch bildeten und wie sonderbar und verdächtig unsere Plackerei einem jeden Eindringling erscheinen mußte, der uns durch Zufall über den Weg gekommen wäre.

Zwei Stunden lang gruben wir voller Ausdauer. Nur wenig wurde dabei gesprochen; und das Lästigste war das Gekläff des Hundes, welcher an unseren Verrichtungen überaus lebhaften Anteil nahm. Schließlich vollführte er einen derartigen Lärm, daß wir langsam Besorgnis hegten, es möchten etwelche Landstreicher in der Nachbarschaft aufmerksam werden; – oder vielmehr war dies Legrands Befürchtung; ich selber wäre über jede Unterbrechung froh gewesen, die mich vielleicht in den Stand gesetzt hätte, den unsteten Gesellen heimzuschaffen. Endlich aber wurde der Krach sehr wirksam zum Schweigen gebracht, und zwar durch Jupiter, der mit einer Miene verbissener Entschlossenheit dem Loche entstieg, der Bestie Maul mit einem seiner Hosenträger zuband und dann mit einem tiefen Kichern an seine Arbeit zurückkehrte.

Als die erwähnte Zeit verstrichen war, hatten wir eine Tiefe von fünf Fuß erreicht, und doch wollten sich keinerlei Anzeichen eines Schatzes sehen lassen. Eine allgemeine Pause trat ein, und ich begann zu hoffen, daß die Farce nun zu Ende sei. Legrand jedoch, obschon offensichtlich arg verstört, wischte sich gedankenvoll die Stirne und begann erneut. Wir hatten den gesamten Zirkelfleck von vier Fuß Durchmesser ausgehoben, und nunmehr vergrößerten wir den Begrenzungsrand ein wenig und gingen auf eine weitere Tiefe von zwei Fuß. Doch immer noch wollte sich nichts zeigen. Schließlich kletterte der Goldsucher, der mein aufrichtiges Bedauern hatte, aus der Grube, bitterste Enttäuschung in jedem Zuge seines Gesichts, und ging langsam und widerwillig daran, seinen Rock wieder anzulegen, den er bei Beginn der Arbeit abgeworfen hatte. Ich versagte mir während dieser Zeit jede Bemerkung. Jupiter begann auf ein Zeichen seines Herrn hin die Werkzeuge einzusammeln. Als dies getan und der Hund die Knebelschlinge wieder losgeworden war, wandten wir uns in tiefem Schweigen heimwärts.

Wir hatten vielleicht grad ein Dutzend Schritte in dieser Richtung getan, als Legrand mit einem lauten Fluch auf Jupiter losfuhr und ihn beim Kragen packte. Der bestürzte Neger riß Augen und Mund zu voller Weite auf, ließ die Spaten fallen und sank in die Knie.

»Du Schurke«, sagte Legrand, und die Silben zischten zwischen seinen zusammengebissenen Zähnen hervor – »du infernalischer schwarzer Schuft! – sprich, sag' ich! – antworte mir augenblicklich, ohne Ausflüchte! – welches – welches ist dein linkes Auge?«

»Oh, herrjeh, Massa Will! is dies hier nich etwa ganz sicher mein linkes Auge?« brüllte der entsetzte Jupiter, indem er die Hand auf sein *rechtes* Sehorgan legte und sie dort mit verzweifelter Beharrlichkeit liegen ließ, als fürchte er, sein Herr werde im nächsten Augenblick versuchen, es ihm auszuschlagen.

»Dacht' ich's nicht? – ich wußte es doch! – hurrah!« triumphierte Legrand, ließ den Neger los und vollführte eine Reihe von Luftsprüngen und Karakolen – sehr zur Verblüffung seines Dieners, der sich von den Knien erhob und stumm von seinem Herrn zu mir blickte und dann wieder von mir zu seinem Herrn.

»Kommt! wir müssen zurück«, sagte der letztere; »noch

ist das Spiel nicht verloren«; und wieder ging er uns voran, zum Tulpenbaum zurück.

»Jupiter«, sagte er, als wir angelangt waren, »komm her! – wie war der Schädel an den Ast genagelt – das Gesicht nach außen gekehrt oder dem Aste zu?«

»War nach außen, das Gesicht, Massa, so daß die Krähn da gut ankomm' konnten un bequem die Augen wechfressen.«

»Gut, dann sag mir noch: war es nun dies Auge oder das da, durch welches du den Käfer hast herunterfallen lassen?« – und dabei berührte Legrand nacheinander beide Augen Jupiters.

»War dies Auge, Massa – war das linke Auge – ganz wie Ihn' mir doch geheißen ha'm«, – und da war es sein rechtes Auge, auf das der Neger wies.

»Das genügt – wir müssen's noch einmal versuchen.« Mit diesen Worten versetzte mein Freund, in dessen Wahnsinn ich nun doch einige Anzeichen von Methode sah – oder zu sehen mir einbildete –, den Pflock, welcher die Stelle bezeichnete, wo der Käfer niedergefallen, an eine Stelle, die etwa drei Zoll westlich der zuerst angenommenen lag. Indem er nun ganz wie zuvor das Bandmaß vom nächsten Punkt des Stammes zu dem Pflock hinspannte und diese Linie um fünfzig Fuß geradeaus fortsetzte, gelangte er an eine Stelle, die diverse Ellen weit von dem Punkte entfernt lag, an welchem wir zuerst gegraben hatten. Um diese neue Position ward nun ein Kreis beschrieben, etwas weiter als im ersten Falle, und erneut gingen wir mit den Spaten an die Arbeit. Ich war todmüde, doch ob ich schon kaum verstand, was eigentlich meine Sinnesänderung verursacht hatte, spürte ich plötzlich gar keinen so großen Widerwillen mehr gegen die mir auferlegte Plackerei. Mein Interesse war höchst unbegreiflicherweise wach geworden – ja, ich fühlte eine förmliche Erregung in mir aufsteigen. Vielleicht lag etwas in all dem extravaganten Gebaren Legrand's – etwas wie Vorbedacht oder Überlegung –, das mir Eindruck machte. Ich grub mit Eifer und ertappte mich hin und wieder dabei, wie ich tatsächlich mit etwas, das Erwartung ziemlich ähnlich sah, nach dem eingebildeten Schatze Ausschau hielt, dessen Vision meinen unglücklichen Gefährten um den Verstand gebracht hatte. Zur Zeit nun, als solche Gedankengrillen schon gänzlich von mir Besitz ergriffen hatten und wir vielleicht eine und eine halbe Stunde an der Arbeit gewesen waren, unterbrach uns abermals das heftige Geheul des Hundes. Im ersten Falle war seine Verdrießlichkeit offenbar dem Mutwillen oder der Laune entsprungen, doch jetzt klang es, als sei es ihm damit bitterernst. Auf Jupiters erneuten Versuch hin, ihn zu knebeln, setzte er sich wild zur Wehr, sprang in das Loch hinab und wühlte wie rasend die Erde mit den Pfoten auf. In wenigen Sekunden hatte er einen Haufen menschlicher Knochen aufgedeckt, die zwei vollständige Skelette bildeten, vermengt mit mehreren Knöpfen aus Metall und einer Substanz, die wie der Staub vermoderten Wollenstoffs aussah. Ein oder zwei Spatenstiche brachten die Klinge eines großen spanischen Messers zutage, und als wir noch weiter gruben, kamen drei oder vier lose Gold- und Silbermünzen ans Licht.

Bei deren Anblick wußte sich Jupiter vor Freude kaum zu fassen, doch die Züge seines Herrn zeigten einen Ausdruck der äußersten Enttäuschung. Er drängte uns jedoch, unsere Bemühungen fortzusetzen, und kaum waren seine Worte verklungen, als ich plötzlich strauchelte und vornüber stürzte: meine Stiefelspitze hatte sich in einem großen Eisenringe verfangen, der halb begraben im losen Erdreich lag.

Wir arbeiteten nun voller Eifer, und nie noch erlebte ich zehn Minuten ähnlich hochgespannter Erregung. Während dieser Zeit hatten wir eine längliche Kiste aus Holz zur Gänze freigelegt; sie war, ihrer vollkommenen Erhaltung und wunderbaren Härte nach zu schließen, offensichtlich irgendeinem Mineralisierungsprozeß unterworfen gewesen – vielleicht durch das Bichlorid des Quecksilbers. Dieser Kasten war dreieinhalb Fuß lang, drei Fuß breit und zweieinhalb Fuß tief. Er wurde von schmiedeeisernen Bändern fest gesichert, die miteinander vernietet waren und das Ganze wie eine Art Gitterwerk umgaben. Auf beiden Seiten der

Kiste befanden sich, nahe dem Deckel, drei Ringe aus Eisen
– also sechs insgesamt – die sechs Personen einen festen
Handgriff boten. Unsere vereinigten Anstrengungen erreichten einzig, daß der Koffer ganz leicht seine Lage in der
Versenkung änderte. Alsbald denn sahen wir die Unmöglichkeit ein, eine so große Last in eins davonzuschaffen.
Glücklicherweise bestand der Verschluß des Deckels einzig
aus zwei gleitenden Bolzen. Diese schoben wir zurück –
zitternd und keuchend vor Verlangen. Im nächsten Augenblick lag ein Schatz von schier unschätzbarem Werte glei-
ßend vor uns. Als die Strahlen der Laternen in das Loch
fielen, blitzte von einem wirren Gehäuf aus Gold und aus
Juwelen ein Glühen und Glitzern zu uns herauf, das unsere
Augen förmlich blendete.

Ich will es gar nicht erst unternehmen, die Empfindungen
zu beschreiben, mit denen ich starrte. Erstaunen, ja Bestürzung herrschte natürlich vor. Legrand schien vor Erregung
ganz erschöpft und brachte nur sehr wenige Worte heraus.
Jupiters Gesicht zeigte einige Minuten lang eine so tödliche
Blässe, wie sie bei der Natur der Dinge einem Negergesicht
nur anzunehmen möglich ist. Er schien betäubt – vom Donner gerührt. Jetzt fiel er in dem Loche auf die Knie, grub
seine nackten Arme bis zu den Ellbogen herauf in das Gold
und ließ sie dann darin, ganz als genieße er den Luxus eines
Bades. Schließlich rief er mit einem tiefen Seufzer wie im
Selbstgespräche aus:

»Un das is alles vonwegen dem Goldkäfer gekomm'! das
liebe gute Goldkäferchen! das arme kleine Goldkäferchen,
wo 'ch immer so wüst un wilde auf geschimpf' hab'! Schäms'
dich denn gaa nich, Nigger? – los, nu sach was, Mensch!«

Es wurde nun allmählich notwendig, Herrn wie auch Diener darauf hinzuweisen, daß es angeraten sei, den Schatz
fortzuschaffen. Es wurde immer später, und dazu oblag es
uns, keine Mühe zu scheuen, um noch vor Tagesanbruch
alles unter Dach und Fach zu bringen. Wie das anzufangen
wäre, war nicht leicht zu sagen; und viel Zeit ward mit Überlegungen vergeudet – so verwirrt waren unser aller Vorstel-

lungen. Als wir schließlich denn die Kiste durch Entfernung von etwa zwei Dritteln ihres Inhalts erleichterten, waren wir imstande, sie mit Mühe aus dem Loch zu heben. Die entnommenen Gegenstände legten wir unter den Dornenbüschen nieder und ließen als Wache bei ihnen den Hund zurück, welchem von Jupiter der strikte Befehl ward, sich unter keinem Vorwande etwa vom Fleck zu rühren, noch sein Maul zu öffnen, ehe wir zurück seien. Dann begaben wir uns eilig mit der Kiste auf den Heimweg und erreichten die Hütte wohlbehalten, doch nach unsäglicher Mühsal gegen ein Uhr morgens. Erschöpft wie wir waren, ließ sich der menschlichen Natur jetzt unmittelbar nichts weiter zumuten. So ruhten wir denn bis zwei Uhr aus und nahmen ein Abendbrot zu uns, um gleich darauf wieder nach den Hügeln aufzubrechen, bewaffnet mit drei derben Säcken, die sich zum guten Glück auf dem Anwesen fanden. Kurz vor vier langten wir wieder bei dem Loche an, teilten den Rest der Beute so gleichmäßig als möglich unter uns auf, ließen die Gruben offen, wie sie waren, und machten uns abermals nach der Hütte auf, wo wir zum zweitenmal unsere goldene Bürde abluden, grad als die ersten Streifen der Frühdämmerung über den Baumwipfeln im Osten aufschimmerten.

Wir waren nun völlig erschöpft; doch die hochgespannte Erregung der Stunde ließ uns nicht zur Ruhe kommen. Nach einem rastlosen Schlummer von einigen drei oder vier Stunden Dauer erhoben wir uns wieder wie auf Abrede, um unseren Schatz zu untersuchen.

Die Kiste war voll bis zum Rande gewesen, und wir verbrachten den ganzen Tag damit, und auch den größten Teil der nächsten Nacht, ihren Inhalt zu sortieren. Von einer bestimmten Ordnung oder Aufteilung war keine Rede gewesen. Alles war in blindem Durcheinander hineingehäuft worden. Nachdem wir alles mit Sorgfalt auseinandergesucht hatten, fanden wir uns im Besitze eines gar noch größeren Reichtums, als wir anfangs angenommen. An gemünztem Gelde lagen mindestens vierhundertundfünfzigtausend Dollar vor uns – wenn man den Wert der Stücke so akkurat als möglich nach den Tabellen der Zeit abschätzte. Nicht ein Bißchen Silber war dabei. Alles bestand aus altem Golde mannigfaltigster Art, – französisches, spanisches und deutsches Geld, darunter ein paar englische Guineen, und diverse Münzen, dergleichen wir noch nie zuvor erblickt. Verschiedene sehr große und schwere Stücke waren dabei, die sich so abgegriffen zeigten, daß wir ihre Inschriften nicht mehr entziffern konnten. Amerikanisches Geld fanden wir nicht. Den Wert der Juwelen abzuschätzen, stellte sich als schwieriger heraus. Da gab es Diamanten – zum Teil überaus groß und schön – einhundertundzehn insgesamt; und nicht einer von ihnen war eigentlich klein; – achtzehn Rubine von funkelndem Glanze; – dreihundertundzehn Smaragde, alle entzückend schön; – einundzwanzig Saphire – und einen Opal. Diese Steine waren sämtlich aus ihren Fassungen gebrochen und lose in die Kiste geworfen worden. Die Fassungen selber, die wir uns aus dem übrigen Golde hervorsuchten, waren, so zeigte es sich, mit Hämmern zusammengeschlagen worden, damit sie sich nicht mehr identifizieren ließen. Außer all diesem ergab sich noch eine gewaltige Menge massivgoldenen Schmucks; – nahezu zweihundert massive Finger- und Ohrringe; – reiche Ketten – von diesen dreißig, wenn ich mich recht entsinne; dreiundachtzig sehr große und schwere Kruzifixe; – fünf goldene Weihrauchgefäße von hohem Wert; – eine riesige goldene Punsch-Schale, geschmückt mit reich zisieliertem Weinlaub und Bacchanal-Gestalten; – ferner zwei erlesen gebosselte Schwertgriffe und noch viele andere kleinere Gegenstände, deren ich mich nicht mehr erinnern kann. Das Gewicht dieser Kostbarkeiten betrug mehr als dreihundertundfünfzig Pfund; und in diese Schätzung habe ich noch nicht einmal einhundertsiebenundneunzig herrliche goldene Uhren eingeschlossen, von denen eine jede für sich fünfhundert Dollar wert war. Viele davon waren sehr alt und als Zeitmesser wertlos, denn die Werke hatten mehr oder minder unter Korrosion gelitten; doch alle waren sie reich mit Steinen ausgestattet und steckten in Gehäusen von großem Wert. Wir schätzten den gesamten Inhalt der Kiste in jener Nacht auf anderthalb Millionen Dollar; und bei der späteren Veräußerung der Geschmeide und Juwelen (von denen einige zum eigenen Gebrauch zurückbehalten wurden) stellte sich heraus, daß wir den Wert der Kostbarkeiten noch weit unterschätzt hatten.

Als wir schließlich mit unserer Durchsicht zu Ende gekommen waren und die gespannte Erregung der Stunde sich einigermaßen gelegt hatte, sah Legrand wohl doch, wie ich vor Ungeduld, der Lösung dieses ganz außerordentlichen Rätsels inne zu werden, fast verging, und ging daran, uns alle damit verbundenen Umstände im einzelnen aufzuklären.

»Sie erinnern sich doch«, sagte er, »des Abends, da ich Ihnen jene grobe Skizze hinreichte, die ich von dem Skarabäus gemacht hatte. Sie entsinnen sich auch, daß ich ziemlich ungeduldig wurde, als Sie darauf bestanden, meine Zeichnung ähnele einem Totenkopf. Zuerst, als Sie diese Behauptung aufstellten, dachte ich, Sie wollten einen Scherz machen; aber danach dann rief ich mir die eigenartigen Flecke auf dem Rücken des Insekts ins Gedächtnis und gestand mir ein, daß Ihre Bemerkung tatsächlich nicht ganz unbegründet sei. Doch nach wie vor reizte mich das Gespöttel über meine zeichnerischen Fähigkeiten, – denn ich gelte für einen recht ordentlichen Künstler, – und so war ich denn, als Sie mir das Pergamentstückchen zurückgaben, nahe daran, es zusammenzuknüllen und verärgert ins Feuer zu werfen.«

»Das Papierstückchen, meinen Sie«, warf ich ein.

»Eben nicht; zwar sah es ganz so wie Papier aus, und zu Anfang hielt ich es auch dafür, doch als ich darauf zu zeichnen begann, entdeckte ich sogleich, daß es sich um ein Stück sehr dünnen Pergamentes handelte. Es war ganz schmutzig, wie Sie sich erinnern. Schön, wie gesagt, ich war eben drauf und dran, es zusammenzuknüllen, da fiel mein Blick auf die Skizze, die Sie betrachtet hatten, und nun können Sie sich wohl meine Verblüffung vorstellen, als ich in der Tat die Zeichnung eines Totenkopfes grad da erblickte, wo ich doch den Käfer skizziert zu haben meinte. Einen Augenblick lang war ich viel zu benommen, um mit Klarheit zu denken. Ich wußte, daß meine Abbildung im einzelnen von dieser ganz und gar verschieden war – obschon im allgemeinen Umriß eine gewisse Ähnlichkeit bestand. So nahm ich denn eine Kerze, ließ mich am andern Ende des Raumes nieder und ging daran, das Pergament eingehender zu untersuchen. Als ich es umdrehte, sah ich meine eigene Skizze auf der Rückseite, ganz so wie ich sie gemacht hatte. Mein erster Gedanke war nun schlicht Überraschung ob der wirklich bemerkenswerten Umriß-Ähnlichkeit – der einzigartigen Koinzidenz, die in der Tatsache lag, daß dort auf der andern Seite des Pergaments, ohne daß ich's wußte, ein Schädel gewesen sein sollte, genau unter meiner Zeichnung des Skarabäus, und daß dieser Schädel nicht nur im Umriß, sondern auch in der Größe meiner Skizze so überaus ähnlich sah. Ich muß sagen, daß mich das Einzigartige dieses Zusammentreffens eine Zeitlang förmlich betäubte. Das ist bei solchen Koinzidenzen die gewöhnliche Wirkung. Der Geist plagt sich ab, eine Verbindung herzustellen – eine Folge von Ursache und Wirkung –, und wenn ihm das nicht gelingt, befällt ihn so etwas wie eine vorübergehende Lähmung. Doch als ich mich von dieser Betäubung erholte, dämmerte mir langsam eine Überzeugung, die mich weit mehr noch bestürzte denn die Koinzidenz. Ich begann mich deutlich, ja ganz entschieden zu erinnern, daß *keinerlei* Abbildung auf dem Pergamente gewesen war, als ich meine Käferskizze anfertigte. Dessen ward ich vollkommen sicher; denn ich entsann mich, daß ich das Blatt nach allen Seiten umgewendet hatte, um die sauberste Stelle zu suchen. Wäre die Schädelzeichnung da bereits vorhanden gewesen, so hätte ich sie doch gar nicht übersehen können. Hier lag tatsächlich ein Geheimnis, das zu erklären ich mich nicht imstande fühlte; doch selbst damals schon war es mir, als schimmere, glühwürmchengleich, in den entlegensten und geheimsten Kammern meines Intellekts, ein schwächlicher Begriff von jener Wahrheit auf, welche im Abenteuer der letzten Nacht so herrlich offenbar ward. Augenblicklich stand ich auf, brachte das Pergament unter sichern Verschluß und verschob alles weitere Nachsinnen auf die Stunde, da ich allein sein würde.

Als Sie dann gegangen waren und Jupiter fest schlief, widmete ich mich einer methodischeren Untersuchung der Angelegenheit. Zuerst einmal bedachte ich, auf welche Weise das Pergament in meinen Besitz gelangt war. Die Stelle, wo wir den Skarabäus entdeckt hatten, lag an der Küste des Festlands, etwa eine Meile östlich der Insel und nur ein kurzes Stückchen oberhalb der Hochwasserlinie. Als ich nach dem Tiere griff, empfing ich einen scharfen Biß, der mich veranlaßte, es wieder fallen zu lassen. Jupiter blickte sich mit seiner gewohnten Vorsicht nach einem Blatte oder etwas ähnlichem um, womit er das Insekt, welches auf ihn zugeflogen war, fassen konnte. In diesem Augenblick dann geschah es, daß sein Blick – und meiner insgleichen – auf das Pergamentstückchen fiel, das ich damals für Papier hielt. Es lag, eine Ecke aufgeknickt, halb im Sande begraben. Nahe der Stelle, wo wir es fanden, bemerkte ich die Überreste eines Bootsrumpfes, der früher offenbar einmal eine Pinasse dargestellt hatte. Das Wrack schien bereits sehr lange dort zu liegen; denn die Ähnlichkeit mit Bootsrippen war kaum noch zu erkennen.

Nun, Jupiter hob das Pergament auf, wickelte den Käfer hinein und gab ihn mir. Bald danach machten wir uns auf den Heimweg, und dabei trafen wir dann Leutnant G-----. Ich zeigte ihm das Insekt, und er bat, es mit zum Fort nehmen zu dürfen. Als ich eingewilligt hatte, steckte er es sogleich einfach in seine Westentasche, doch ohne das Pergament, in welches es eingewickelt gewesen und das ich in der Hand behalten hatte, während er den Käfer betrachtete. Vielleicht nun fürchtete er, ich würde mich anders besinnen, und hielt es für das beste, die Beute sogleich in Sicherheit zu bringen – Sie wissen ja, wie sehr er sich für alle mit der Naturgeschichte verbundenen Gegenstände begeistert. Zu eben diesem Zeitpunkt muß ich dann, ohne daß es mir bewußt war, das Pergament in meine eigene Tasche gesteckt haben.

Sie erinnern sich wohl, daß ich, als ich an den Tisch trat, um eine Skizze von dem Käfer anzufertigen, kein Papier dort fand, wo es gewöhnlich lag. Ich blickte in die Schublade und fand auch da keines. Dann suchte ich in meinen Taschen, in der Hoffnung, einen alten Brief darin zu haben, als meine Hand plötzlich an das Pergament geriet. Ich schildere Ihnen mit Absicht so genau, auf welche Weise es in meinen Besitz gelangte; denn die Umstände machten auf mich einen besonders starken Eindruck.

Sie werden nun zweifellos meinen, ich hätte eine reichlich lebhafte Phantasie; doch ich hatte bereits eine Art *Verbindung* hergestellt. Zwei Glieder einer großen Kette hatte ich miteinander verbunden. Ein Boot lag an der Küste der See, und nicht weit von diesem Boot fand sich ein Pergament – *kein Papier* – mit der Zeichnung eines Schädels darauf. Natürlich werden Sie fragen, wo denn da die Verbindung liege? Darauf erwidere ich, daß der Schädel – oder Totenkopf – das wohlbekannte Abzeichen des Piraten ist. Bei allen Treffen wird die Flagge mit dem Totenkopf gehißt.

Ich sagte bereits, daß mein Fund aus Pergament war und nicht aus Papier. Pergament ist dauerhaft – fast unzerstörbar. Angelegenheiten geringen Belangs wird man selten dem Pergament anvertrauen; denn zu den bloßen gewöhnlichen Zwecken des Zeichnens oder Schreibens ist es nicht annähernd so wohl geeignet als Papier. Diese Erwägung gab mir den Gedanken ein, es müsse eine besondere, eine hochwichtige Bewandtnis mit dem Totenkopfe haben. Ich säumte auch nicht, *die Form* des Pergaments zur Kenntnis zu nehmen. Obwohl eine seiner Ecken durch irgendeinen Zufall zerstört worden war, konnte man doch noch erkennen, daß die ursprüngliche Form länglich gewesen. Tatsächlich handelte es sich um grad so einen Streifen, wie man ihn für ein Memorandum wählen würde – für die Aufzeichnung einer Sache, an die man noch lange erinnert sein und die man also sorgfältig bewahren wollte.«

»Aber«, warf ich ein, »Sie sagten doch, der Schädel war gar nicht auf dem Pergament, als Sie die Käferzeichnung anfertigten. Wie kommen Sie da zu einer Verbindung zwischen dem Boote und dem Schädel – wo doch dieser letztere, wie Sie selber zugeben, zu einem Zeitpunkt gezeichnet worden sein muß (Gott allein weiß, wie oder von wem), der erst *nach* Ihrer Skizzierung des Skarabäus lag?«

»Ah, darum dreht sich ja eben das ganze Geheimnis; obschon mir die Lösung in diesem Punkte vergleichsweise gar nicht so schwer fiel. Meine Schritte waren sicher und konnten nur ein einziges Resultat ergeben. Meine Gedanken nahmen zum Beispiel den folgenden Gang: Als ich den Skarabäus zeichnete, war auf dem Pergamente keinerlei Schädel sichtbar. Als ich die Zeichnung beendet hatte, gab ich sie Ihnen und behielt Sie dauernd im Auge, bis Sie mir das Blatt zurückgaben. *Sie* folglich haben den Schädel nicht entworfen, und sonst war niemand da, der es hätte tun können. So war er also nicht von Menschenhand entstanden. Entstanden aber war er, trotz alledem.

In diesem Stadium meiner Überlegungen war ich bemüht, mich an jeden Vorfall innerhalb der fraglichen Zeit zu erinnern – und das gelang mir tatsächlich auch mit vollkommener Gewißheit. Das Wetter war frostig (oh, seltner und glücklicher Zufall!), und ein Feuer flackerte auf dem Herde. Ich war von Körperbewegung erhitzt und saß in der Nähe des Tisches. Sie hingegen hatten sich einen Stuhl nah an den Kamin gezogen. Grad als ich Ihnen nun das Pergament in die Hand gegeben hatte, und als Sie eben im Begriffe standen, es zu betrachten, kam Wolf, der Neufundländer, herein und sprang Ihnen an den Schultern hoch. Mit der linken Hand streichelten Sie ihn und wehrten ihn von sich ab, indessen Ihre Rechte, welche das Pergament hielt, unbekümmert zwischen Ihren Knien herniederhängen und in enge Nähe zum Feuer kommen konnte. Einen Augenblick lang dachte ich doch, die Flamme hätte das Blatt erreicht, und wollte Sie schon zur Vorsicht aufrufen, doch ehe ich noch sprechen konnte, hatten Sie es bereits wieder zurückgezogen und waren beschäftigt, es zu studieren. Erwog ich nun all diese Einzelheiten, so konnte ich keinen Augenblick zweifeln, daß

Hitze das Agens gewesen sei, welches auf dem Pergamente den Schädel, den ich darauf gezeichnet sah, ans Licht gebracht hatte. Es ist Ihnen ja sicher bekannt, daß es chemische Präparate gibt und seit undenklichen Zeiten immer schon gab, mit deren Hilfe es möglich ist, so auf Papier oder Velin zu schreiben, daß die Charaktere nur dann sichtbar werden, wenn man das Blatt der Feuerhitze aussetzt. Zaffer, in Königswasser digeriert und mit der vierfachen Gewichtsmenge Wasser verdünnt, wird manchmal verwendet; das Ergebnis ist eine grüne Tinte. Der Regulus des Kobalts, in Salpetergeist gelöst, ergibt eine rote. Diese Farben verschwinden längere oder kürzere Zeit nach Abkühlen des Materials, das die Schrift trägt, treten aber sichtbar wieder hervor, sobald man sie neuerlicher Erhitzung aussetzt.

Ich untersuchte nun den Totenkopf mit aller Sorgfalt. Seine äußeren Linien – das heißt diejenigen Linien der Zeichnung, welche dem Rande des Velins am nächsten lagen – waren weit deutlicher als die andern. Daraus ging klar hervor, daß die Wärmewirkung unvollkommen beziehungsweise ungleichmäßig gewesen war. Augenblicklich entfachte ich ein Feuer und setzte einen jeden Abschnitt des Pergaments glühender Hitze aus. Anfangs bestand die einzige Wirkung darin, daß die schwachen Linien in der Schädelzeichnung sich verstärkten; doch als ich in dem Experiment fortfuhr, wurde in der Ecke des Streifens, welche der Stelle mit dem Totenkopf diagonal gegenüber lag, eine Figur sichtbar, die ich mir anfangs als eine Ziege deutete. Genauere Untersuchung jedoch gab mir dann die Gewißheit, daß sie für ein Zicklein stehen sollte.«

»Ha! ha!« rief ich da; »sicher habe ich gar kein Recht, Sie auszulachen – anderthalb Millionen sind eine zu ernste Sache, als daß man darüber spaßen dürfte – aber Sie wollen mir doch nicht etwa ein drittes Glied in Ihrer Kette vorführen –! Nein, zwischen Ihren Piraten und einer Ziege gibt es keinerlei Verbindung – Piraten haben, wie Ihnen nicht unbekannt sein dürfte, mit Ziegen nichts zu tun; die gehören in den Bereich der Landwirtschaft.«

»Aber ich habe doch gesagt, daß die Figur *keine* Ziege darstellte.«

»Na schön, dann also ein Zicklein – das ist doch so ziemlich dasselbe.«

»So ziemlich, aber nicht ganz«, sagte Legrand. »Das Zicklein heißt auf englisch ›kid‹. Sie werden vielleicht schon von einem gewissen *Kapitän Kidd* gehört haben. Nun, ich sah die Figur des Tieres sogleich für eine Art wortspielerischer oder hieroglyphischer Unterschrift an. Ich sage ›Unterschrift‹; denn ihre Position auf dem Velin legte diesen Gedanken nahe. Der Totenkopf in der diagonal gegenüberliegenden Ecke hatte in der nämlichen Weise etwas von Stempel oder Siegel an sich. Aber leider brachte mich die Tatsache arg aus dem Konzept, daß alles übrige fehlte – der Kernpunkt des gedachten Dokuments – der Text zu meinem Kontext.«

»Ich nehme an, Sie gedachten einen Brief zwischen Stempel und Unterschrift zu finden.«

»Irgendetwas der Art, ja. Tatsächlich fühlte ich mich vom Vorahnen eines mir nahenden großen Glückes durchdrungen. Ich vermag kaum zu sagen, warum. Vielleicht war es letzten Endes mehr Wunsch als wirklicher Glaube; – aber wissen Sie, daß Jupiters wirres Gerede, der Käfer bestehe aus massivem Gold, eine bemerkenswerte Wirkung auf meine Phantasie übte? Und dann die ganze Reihe von Zufällen und Koinzidenzen – das war doch einfach außerordentlich! Ist Ihnen klar, welch bloßer Zufall es war, daß all diese Ereignisse an dem *einzigen* Tag des ganzen Jahres zusammentrafen, an dem es bislang kühl genug war, um ein Feuer anzuzünden, und daß ich ohne Feuer oder ohne das Dazwischenkommen des Hundes in genau dem Augenblick, wo er erschien, niemals des Totenkopfes gewahr und somit auch nie Besitzer des Schatzes geworden wäre?«

»Gewiß, doch fahren Sie fort – ich bin ganz Ungeduld.«

»Nun, Sie haben natürlich schon von den vielen Geschichten vernommen – den tausend vagen Gerüchten, die im Schwange sind, von dem Gelde, das Kidd und seine Genossen irgendwo an der atlantischen Küste vergraben haben sollen. Diesen Gerüchten mußte irgendein Faktum zugrunde liegen. Und daß die Gerüchte schon so lange und so anhaltend umliefen, konnte nur, so schien es mir, von dem Umstande herrühren, daß sich der vergrabene Schatz noch immer in der Erde befand. Hätte Kidd seinen Raub auf einige Zeit versteckt und hernach wieder an sich genommen, so würden die Gerüchte uns wohl kaum in ihrer gegenwärtigen, unveränderten Form erreicht haben. Es wird Ihnen auffallen, daß die besagten Geschichten sämtlich von Geldsuchern handeln, nicht von Geldfindern. Hätte der Pirat das Geld wieder an sich gebracht, so wäre die Sache im Sande versickert. Ich legte mir nun die Deutung zurecht, daß irgendein Zufall – etwa der Verlust eines Memorandums, in welchem die genaue Stelle beschrieben war – ihn der Möglichkeit beraubt habe, den Schatz wiederzufinden, und daß dieser Zufall zu Ohren seiner Gefolgsleute gekommen sei, die sonst wohl nie etwas davon gehört hätten, daß ein Schatz überhaupt versteckt worden sei; diese Gefolgsleute haben dann vergebliche, weil anhaltslose Versuche unternommen, ihn wiederzugewinnen, und damit erst die Geschichten, die heute Allgemeingut sind, auf- und in Umlauf gebracht. Haben Sie etwa jemals gehört, daß längs der Küste irgendein bedeutender Schatz gehoben worden sei?«

»Nein, nie.«

»Aber daß Kidd's Beutehaufen ungeheuer waren, ist wohlbekannt. Ich nahm es daher für sicher, daß die Erde sie immer noch barg; und Sie werden kaum überrascht sein, wenn ich Ihnen sage, daß ich die beinahe zur Gewißheit wachsende Hoffnung in mir fühlte, das auf so sonderbare Weise aufgefundene Pergament könnte eine einstmals verloren gegangene Beschreibung des Verstecks darstellen.«

»Aber wie gingen Sie denn nun vor?«

»Ich hielt abermals das Velin ans Feuer, nachdem ich die Hitze stärker entfacht hatte; doch nichts wollte sich darauf zeigen. Nun kam mir der Gedanke, der Schmutzüberzug könnte mit dem Fehlschlag zu tun haben; ich spülte also das

Pergament sauber, indem ich warmes Wasser darüber goß, und als dies geschehen war, legte ich es in eine Zinnpfanne, den Schädel nach unten, und setzte diese Pfanne auf ein Holzkohlenfeuer. Als nach wenigen Minuten die Pfanne auf volle Hitze gekommen war, zog ich den Streifen heraus und fand ihn zu meiner unaussprechlichen Freude an verschiedenen Stellen mit etwas gesprenkelt, was mir als in Reihen angeordnetes Figurenwerk erschien. Ich legte ihn nun nochmals in die Pfanne und ließ ihn eine weitere Minute darin. Als ich ihn dann wieder hervornahm, war das Ganze just so, wie Sie's jetzt hier sehen.«

Damit legte mir Legrand das Pergament, welches er unterweil neu erhitzt hatte, zur Prüfung vor. Zwischen dem Totenkopf und der Ziege waren die folgenden Charaktere mit roter Farbe und in rohen Zügen eingezeichnet: –

53 = = + 305))6«;4826)4 = .)4 =);806«;48 + 8/60))
85;;]8«;: = «8 + 83(88)5«+ ;46(;88«96«?;8)« =
(;485);5«+2:«= =(;4956«2(5«−4)8/8«;4069285);)6+8)
4 = = ;1(=9;48081;8:8 = 1;48 + 85;4)485 + 528806«81
(=9;48;(88;4(= ?34;48)4 = ;161;:188; = ?;

»Aber«, sagte ich, indem ich ihm den Streifen übergab, »ich tappe noch immer gleichso sehr im Dunkeln als zuvor. Und warteten meiner bei Lösung dieses Rätsels auch alle Juwelen von Golkonda, ich wär's, des' bin ich sicher, doch nicht imstande, sie mir zu verdienen.«

»Und dennoch«, sagte Legrand, »ist die Lösung keineswegs so schwierig, wie es Ihnen beim ersten eiligen Überblicken der Charaktere wohl erscheinen mag. Diese Charaktere bilden, das dürfte für jedermann leicht zu erraten sein, eine Geheimschrift – das heißt, sie enthalten eine Mitteilung; doch nach allem, was von Kidd bekannt ist, konnte ich auch wieder nicht annehmen, daß er sich auf besonders raffinierte Chiffrierkünste verstanden habe. Ich setze also von vornherein den Fall, daß diese hier zu den simpleren *species* gehöre – so angelegt freilich, daß sie den groben Köpfen der Matrosen ohne den Schlüssel absolut unlösbar vorkommen mußte.«

»Und Sie fanden wirklich die Lösung?«

»Mit Leichtigkeit; ich habe schon andere Chiffreschriften gelöst, die zehntausendmal komplizierter waren. Umstände und eine gewisse Neigung des Geistes haben mich an solchen Rätseln Interesse nehmen lassen, und es darf bezweifelt werden, ob menschlicher Scharfsinn überhaupt ein Rätsel der Art zu konstruieren vermag, welches nicht menschlicher Scharfsinn, bei rechter Hingebung, wieder lösen möchte. Tatsächlich wandte ich, nachdem erst einmal zusammenhängende und lesbare Charaktere festgestellt waren, kaum noch einen Gedanken auf die bloße Schwierigkeit, ihren Sinn freizulegen.

Im vorliegenden Falle – das heißt eigentlich, in allen Fällen von Geheimschrift – gilt die erste Frage der *Sprache*, in der sie abgefaßt ist; denn die Lösungsmethodik hängt weitgehend – besonders, was die simpleren Chiffren angeht – von der Eigentümlichkeit des betreffenden Idioms ab: ihm hat sie sich anzupassen. Im allgemeinen bleibt nun nichts anderes übrig, als (geleitet von Wahrscheinlichkeiten) sämtliche Sprachen durchzuprobieren, die dem Lösenden geläufig sind, bis die richtige gefunden ist. Doch bei der vor uns liegenden Chiffre beseitigte die Unterschrift alle Schwierigkeit. Das Wortspiel mit dem Namen ›Kidd‹ ist in keiner anderen Sprache denn der englischen verständlich. Wäre diese Erwägung nicht gewesen, so hätte ich meine Versuche mit Spanisch und Französisch beginnen müssen, also denjenigen Sprachen, in denen ein Geheimnis dieser Art von einem Piraten der spanischen Meere am ehesten wohl niedergeschrieben worden wäre. Wie die Dinge hier lagen, nahm ich jedoch an, es handle sich bei der Geheimschrift um Englisch.

Sie bemerken, daß es zwischen den Worten keine Abstände gibt. Wäre das anders, so hätte ich verhältnismäßig leichtes Spiel gehabt. In einem solchen Falle hatte ich mit Kollation und Analyse der kürzeren Worte begonnen und, wäre nur ein Wort mit einem einzigen Buchstaben vorgekommen, was ja höchstwahrscheinlich ist, ›a‹ zum Beispiel oder ›I‹, die Lösung als gesichert betrachtet. Doch da nun keine Zwischenräume da waren, ging ich als erstes daran, die häufigsten Zeichen zu ermitteln und ebenso die am wenigsten häufigen. Indem ich sie alle zählte, gelangte ich zu der folgenden Tabelle:

Das Zeichen 8 kommt 33mal vor.

           ; kommt 26mal vor.

          4 kommt 19mal vor.

       =) kommt 16mal vor.

        « kommt 13mal vor.

         5 kommt 12mal vor.

         6 kommt 11mal vor.

      +1 kommt 8mal vor.

         0 kommt 6mal vor.

      92 kommt 5mal vor.

      :3 kommt 4mal vor.

        ? kommt 3mal vor.

        / kommt 2mal vor.

     ]—. kommt 1mal vor.

Nun ist im Englischen ›e‹ derjenige Buchstabe, welcher am häufigsten vorkommt. Danach geht die Reihenfolge: a, o, i, d, h, n, r, s, t, u, y, c, f, g, l, m, w, b, k, p, q, x, z. Doch das ›e‹ dominiert in so bemerkenswertem Maße, daß man kaum einen einzelnen Satz von einiger Länge zu Gesicht bekommen dürfte, in welchem nicht ›e‹ der vorherrschende Buchstabe wäre.

So haben wir denn hier gleich zu Beginn den Grundstock zu etwas, das bereits mehr ist als bloßes Raten. In welcher Weise im allgemeinen von der Tabelle Gebrauch zu machen ist, liegt auf der Hand – doch bei dieser unserer Geheimschrift werden wir uns ihrer Hilfe nur zu einem kleinen Teil bedienen. Da der hier vorherrschende Buchstabe die ›8‹ ist, wollen wir an den Beginn die Annahme stellen, es sei dies das ›e‹ des natürlichen Alphabetes. Um die Richtigkeit dieser Vermutung zu prüfen, wollen wir doch einmal sehen, ob die ›8‹ häufig paarweise auftritt – denn das ›e‹ kommt im Englischen sehr oft verdoppelt vor – zum Beispiel in Worten wie *meet, fleet, speed, seen, been, agree* usw. Im vorliegenden Falle finden wir es nicht weniger denn fünfmal verdoppelt, obschon das chiffrierte Dokument nur kurz ist.

Lassen Sie uns denn die ›8‹ für das ›e‹ annehmen. Von allen *Worten* der englischen Sprache nun ist der Artikel *the* das häufigste; sehen wir also nach, ob nicht eine Gruppe von drei Zeichen, deren letztes die ›8‹ ist, in gleicher Anordnung mehrfach wiederkehrt. Wenn wir eine solche Zeichengruppe wiederholt feststellen, so dürfte sie höchstwahrscheinlich das Wort *the* vorstellen. Bei der Durchsicht finden wir nicht weniger als siebenmal die Gruppe ›;48‹. Demnach dürfen wir annehmen, daß das Semikolon das ›t‹, die ›4‹ das ›h‹ und die ›8‹ das ›e‹ vertritt – dies letztere ist nun bereits wohlgesichert. Damit ist ein großer Schritt getan.

Doch da wir nun ein einzelnes Wort bereits festgestellt haben, sind wir imstande, einen weiteren, höchst wichtigen Punkt zu bestimmen – nämlich diverse Anfänge und Endungen anderer Worte. Nehmen wir zum Beispiel doch einmal den vorletzten Fall, wo die Kombination ›;48‹ vorkommt – gar nicht weit vom Ende des Textes. Wir wissen, daß das unmittelbar folgende Semikolon den Anfang eines Wortes darstellt, und von den sechs Charakteren, welche diesem *the* nachstehen, kennen wir nicht weniger als fünf. Ersetzen wir also diese Charaktere durch die Buchstaben, welche sie nach unserem Wissen vertreten, indem wir für den einen unbekannten einen Zwischenraum frei lassen –

t eeth.

Hier können wir es uns nun sogleich erlauben, das ›th‹ als nicht zu dem mit dem ersten ›t‹ beginnenden Worte gehörig fortzulassen; denn wenn wir das gesamte Alphabet nach dem in die Lücke passenden Buchstaben durchgehen, erkennen wir, daß sich kein Wort bilden läßt, welches dies ›th‹ mit enthalten könnte. Damit haben wir eine weitere Begrenzung, nämlich auf

t ee,

und wenn wir nun – falls überhaupt nötig – wieder wie zuvor das Alphabet durchgehen, so kommen wir zu dem

Worte *tree* als der einzig möglichen Lesart. Wir haben somit einen weiteren Buchstaben gewonnen, nämlich das ›r‹, vertreten durch ›(‹, und zugleich die Worte *the tree* nebeneinander.

Blicken wir nun ein kurzes Stücklein weiter, so sehen wir erneut die Kombination ›;48‹ und bedienen uns ihrer zur Abgrenzung des unmittelbar Vorhergehenden. Die Folge lautet also

the tree ;4(= ?34 the,

beziehungsweise liest sich, wenn wir die uns bekannten Buchstaben einsetzen, folgendermaßen:

the tree thr= ?3h the.

Wenn wir nun an Stelle der noch nicht identifizierten Zeichen freien Raum lassen oder Pünktchen setzen, so lesen wir:

the tree thr...h the,

und das Wort *through* ergibt sich sogleich von selbst. Doch diese Entdeckung bringt uns drei neue Buchstaben ein, nämlich ›o‹, ›u‹ und ›g‹, vertreten durch ›=‹, ›?‹ und ›3‹.

Jetzt sehen wir den Text einmal genau nach Kombinationen aus den uns bekannten Charakteren durch, und da finden wir gar nicht weit vom Anfang die folgende Gruppe:

83(88 oder *egree,*

was ganz deutlich der Schluß des Wortes *degree* ist und uns als neuen Buchstaben das ›d‹ einbringt, vertreten durch ›+‹.

Vier Buchstaben hinter dem Wort *degree* erblicken wir die Kombination

;46(;88«.

Übertragen wir die bekannten Zeichen und ersetzen die unbekannten wie zuvor durch Pünktchen, so lesen wir

th.rtee.,

eine Gruppe, welche unmittelbar das Wort *thirteen* nahelegt und uns wiederum mit zwei neuen Buchstaben ausrüstet, nämlich ›i‹ und ›n‹, vertreten durch ›6‹ und ›«‹.

Wenden wir uns nun dem Anfang des Textes zu; da finden wir die Kombination

53 = = +.

Übertragen wir wie zuvor, so erhalten wir

.good,

was uns die Gewißheit gibt, daß der erste Buchstabe ein ›A‹ ist und die beiden ersten Worte *A good* lauten.

Um Verwirrung zu vermeiden, ist es nun an der Zeit, unseren Schlüssel, soweit wir ihn entdeckt haben, in einer Tabelle darzustellen. Das sieht folgendermaßen aus:

5 steht für a
+ steht für d
8 steht für e
3 steht für g
4 steht für h
6 steht für i
« steht für n
= steht für o
(steht für r
; steht für t

Wir haben darin also nicht weniger als zehn der wichtigsten Buchstaben vertreten, und es wird nicht weiter notwendig sein, mit den Einzelheiten der Lösung fortzufahren. Ich habe genug gesagt, um Sie davon zu überzeugen, daß Geheimschriften dieser Art mit Leichtigkeit zu lösen sind, und Ihnen einigen Einblick in den geistigen Vorgang der Entzifferung zu geben. Doch seien Sie versichert, daß unser Beispiel hier zu den allersimpelsten Sorten Kryptographie gehört. Es bleibt mir nunmehr nur noch, Ihnen die volle Übertragung der enträtselten Charaktere auf dem Pergament sowie die Übersetzung vorzulegen. Hier ist beides:

›*A good glass in the bishop's hostel in the devil's seat twenty-one degrees and thirteen minutes northeast and by north main branch seventh limb east side shoot from the left eye of the death's-head a bee line from the tree through the shot fifty feet out*‹.

›Ein gut Glas im Bishop's Hotel auf dem Teufelssitz einundzwanzig Grad und dreizehn Minuten Nordnordost Hauptast siebter Zweig Ostseite schieße vom linken Auge des Totenkopfes eine gerade Linie vom Baum durch den Schuß fünfzig Fuß fort‹.«

»Aber«, sagte ich, »mir däucht, das Rätsel ist immer noch ganz so undurchsichtig als je. Wie wäre es möglich, all diesem Kauderwelsch von ›Teufelssitzen‹, ›Totenköpfen‹ und ›Bishop's Hotels‹ einen Sinn zu entreißen?«

»Ich gestehe«, erwiderte Legrand, »daß die Sache sich nicht sehr ermutigend ausnimmt, wenn man nur einen flüchtigen Blick darauf wendet. Mein erstes Bestreben war nun, den Text in die natürlichen Abschnitte aufzuteilen, die der Kryptograph im Sinne hatte.«

»Sie meinen, Interpunktion zu setzen?«

»So etwas Ähnliches, ja.«

»Doch wie haben Sie das zuwege bringen können?«

»Ich ging von der Überlegung aus, daß es Absicht des Schreibers gewesen sei, seine Worte ohne jede Zäsur ineinander übergehen zu lassen, so daß die Lösung noch weiter erschwert ward. Nun, ein nicht übermäßig scharfsinniger Mensch, der diesen Zweck verfolgt, dürfte nahezu mit Sicherheit dabei die Sache übertreiben. Kommt er im Verlaufe der Abfassung zu einer Zäsur in seinem Text, die ganz natürlicherweise eine Pause erfordern würde oder einen Punkt, so dürfte er gerade an dieser Stelle überaus starke Neigung haben, seine Zeichen noch enger als gewöhnlich zusammenzurücken. Wenn Sie sich in unserem Falle nun einmal das Manuskript ansehen wollen, so werden Sie leicht fünf solche Stellen von ungewöhnlichem Gemenge entdecken. Ich hielt mich an diesen Fingerzeig und teilte folgendermaßen auf:

›Ein gut Glas im Bishop's Hotel auf dem Teufelssitz – einundzwanzig Grad und dreizehn Minuten – Nordnordost – Hauptast siebter Zweig Ostseite – schieße vom linken Auge des Totenkopfes – eine gerade Linie vom Baum durch den Schuß fünfzig Fuß fort‹.«

»Selbst diese Gliederung«, sagte ich, »läßt mich nach wie vor im Dunkeln tappen.«

»So ging es mir auch«, erwiderte Legrand, »ein paar Tage lang; derweil ich in der Umgegend von Sullivan's Island mit allem Fleiß nach einem Bauwerk forschte, das den Namen ›Bishop's Hotel‹ führte; – denn selbstverständlich ließ ich mich von dem veralteten Wort ›Hostel‹ nicht aufhalten. Wie ich nun keinerlei Auskunft darüber gewann, war ich schon auf dem Punkte, meinen Forschungsbereich auszudehnen und systematischer vorzugehen, als mir ganz plötzlich eines Morgens der Gedanke durch den Kopf fuhr, das besagte ›Bishop's Hostel‹ könnte etwas mit einer alten Familie namens Bessop zu tun haben, welche vor undenklichen Zeiten im Besitze eines Herrenhauses gewesen war, wohl vier Meilen nördlich der Insel. So begab ich mich denn hinüber zu der Pflanzung und nahm unter den älteren Negern am Platze meine Erkundigungen wieder auf. Schließlich sagte mir eine der betagtesten Frauen, sie habe einmal von einem Ort gehört, der *Bessop's Castle* genannt worden sei, und meinte, sie könnte mich wohl hinführen, nur sei es gar kein Kastell, und auch keine Herberge, sondern ein hoher Felsen.

Ich bot ihr guten Lohn für ihre Mühe, und nach einigem Bedenken willigte sie ein, mich zu der Stelle zu begleiten. Wir fanden diese auch ohne viel Schwierigkeit, und alsbald entließ ich die Negerin und ging daran, den Platz zu untersuchen. Das ›Kastell‹ bestand aus einer wirren Ansammlung von Klippen und Felsen – von welchen letzteren einer durch seine Höhe wie auch durch seine abgesonderte und künstliche Erscheinung besonders auffiel. Ich kletterte bis zu seiner Spitze empor und fühlte mich dann ziemlich ratlos, was als nächstes nun zu tun wäre.

Während ich noch mit Gedanken beschäftigt war, fiel mein Blick auf einen schmalen Vorsprung an der Ostwand des Felsens, vielleicht eine Elle unterhalb des Gipfels, auf welchem ich stand. Dieser Vorsprung ragte wohl achtzehn Zoll weit heraus und war nicht mehr als einen Fuß breit, während eine Nische im Felsen darüber ihm eine rohe Ähnlichkeit mit einem der hohlrückigen Lehnstühle verlieh, die bei unsern Vorfahren in Gebrauch waren. Ich hegte keinen

Zweifel, daß hier der ›Teufelssitz‹ gefunden sei, den das Manuskript erwähnte, und nun hatte ich das Gefühl, das Geheimnis des Rätsels voll zu erfassen.

Das ›gut Glas‹, so wußte ich, hatte sich auf nichts denn ein Teleskop beziehen können; denn in anderm Sinne wird das Wort ›Glas‹ von Seeleuten selten verwendet. Hier war denn also, das sah ich sogleich, ein Teleskop zu benutzen, und zwar von einem ganz bestimmten Blickpunkt aus, von dem nicht abgewichen werden durfte. Auch zögerte ich nicht zu glauben, daß die Ausdrücke ›einundzwanzig Grad und dreizehn Minuten‹ sowie ›Nordnordost‹ als Direktiven zur Einstellung des Glases gedacht seien. Hocherregt über diese Entdeckungen eilte ich heim, versah mich mit einem Teleskop und kehrte zu dem Felsen zurück.

Ich ließ mich zu dem Vorsprung hinunter und stellte fest, daß es unmöglich war, darauf anders als in nur einer bestimmten Stellung Platz zu nehmen. Diese Tatsache bekräftigte meinen zuvor gefaßten Gedanken. Nun ging ich daran, das Glas zu gebrauchen. Natürlich konnten die ›einundzwanzig Grad und dreizehn Minuten‹ sich auf nichts als die Höhe über dem sichtbaren Horizont beziehen, und die Himmelsrichtung selbst war mit dem Worte ›Nordnordost‹ klar angegeben. Diese Richtung ermittelte ich sogleich mit der Hilfe eines Taschenkompasses; dann suchte ich, so exakt ich's abzuschätzen vermochte, mit dem Glase die Höhe von einundzwanzig Grad und bewegte nun das Instrument vorsichtig auf und nieder, bis meine Aufmerksamkeit von einer kreisförmigen Spalte oder Öffnung im Blätterwerk eines großen Baumes gefesselt ward, der seine Artgenossen in der Ferne überragte. Im Mittelpunkt dieser Öffnung erblickte ich einen weißen Fleck, konnte aber anfangs nicht unterscheiden, was es war. Indem ich das Teleskop neu fokussierte, blickte ich abermals hin und erkannte nun, daß es sich um einen menschlichen Schädel handelte.

Nach dieser Entdeckung war ich voller Zuversicht, das Rätsel gelöst zu haben; denn die Ausdrücke ›Hauptast, siebter Zweig, Ostseite‹ konnten nur auf die Lage des Schädels auf dem Baume Bezug haben, während ›schieße vom linken Auge des Totenkopfes‹ auch nur eine einzige Deutung zuließ, wenn es sich um die Suche nach einem vergrabenen Schatz handelte. Ich erkannte den Sinn: wenn man durch das linke Auge des Schädels eine Kugel fallen ließ, vom nächsten Punkt des Stammes aus durch den ›Schuß‹ (beziehungsweise die Stelle, wo die Kugel aufgeschlagen war) eine gerade Linie zog und diese auf eine Strecke von fünfzig Fuß verlängerte, so gelangte man zu einem bestimmten Punkt – und unter diesem Punkt, das hielt ich zum mindesten für *möglich*, lagen Wertgegenstände verborgen.«

Das ist alles überaus einleuchtend«, sagte ich, »und, wenn auch sinn- und geistreich erdacht, doch einfach und klar. Was aber, als Sie dann das ›Bischofs-Hotel‹ verließen?«

»Nun, nachdem ich mir die Lage des Baumes sorgfältig gemerkt hatte, wandte ich mich heimwärts. Im Augenblick jedoch, da ich den ›Teufelssitz‹ verließ, verschwand die kreisförmige Öffnung; und auch hernach bekam ich sie nicht einmal wieder zu Gesicht, so sehr ich mich auch wendete und drehte. Was mir bei der ganzen Sache als das Raffinierteste vorkommt, ist die Tatsache (und wiederholtes Experiment hat mich überzeugt, *daß* es eine Tatsache ist), daß die in Rede stehende kreisförmige Öffnung von keinem andern erreichbaren Blickpunkt aus sichtbar ist denn jenem, den der schmale Vorsprung an der Felswand bietet.

Bei dieser Expedition zum ›Bishop's Hostel‹ war ich von Jupiter begleitet worden, der ohne Zweifel schon seit einigen Wochen die Zerstreutheit meines Wesens bemerkt hatte und eifrig darauf bedacht war, mich nicht aus den Augen zu lassen. Am nächsten Tage aber, wo ich schon sehr früh aufstand, entwischte ich ihm glücklich und ging ins Hügelland hinüber, um den Baum zu suchen. Nach viel Beschwernis fand ich ihn dann auch. Als ich gegen Abend heimkehrte, wollte mein Diener mir eine Tracht Prügel verabreichen. Über den Rest des Abenteuers sind Sie, denk' ich, ebenso wohl im Bilde als ich selbst.«

»Ich nehme an«, sagte ich, »Sie verfehlten die Stelle beim

ersten Grabversuch durch die Torheit Jupiters, der den Käfer durch das rechte statt durch das linke Auge des Schädels fallen ließ.«

»Ganz recht. Dieser Fehler ergab für den ›Schuß‹ eine Abweichung von zwei und einem halben Zoll – das heißt, für die Position des Pflocks nah beim Baume; und hätte der Schatz sich *unter* diesem Punkt befunden, so wäre der Irrtum nur wenig ins Gewicht gefallen; nun waren aber der ›Schuß‹ und der ihm nächstliegende Punkt des Baumes nur zwei Punkte zur Festlegung einer Richtungsgeraden; so vergrößerte sich natürlich der Fehler, mochte er anfangs auch noch so gering gewesen sein, mit wachsender Länge der Geraden, und als wir fünfzig Fuß weit gegangen waren, hatte er uns ganz von der Spur abgebracht. Wäre ich nicht zutiefst davon durchdrungen gewesen, daß hier tatsächlich irgendwo ein Schatz vergraben liege, so hätte all unsre Plackerei leicht umsonst gewesen sein können.«

»Auf den wunderlichen Einfall mit dem Schädel – eine Kugel durch das Auge fallen zu lassen – dürfte Kidd wohl durch die Piratenflagge gekommen sein. Zweifellos sah er eine Art poetischer Folgerichtigkeit darin, sein Geld auf dem Wege über dieses ominöse Standeszeichen wiederzugewinnen.«

»Vielleicht; doch kann ich mir nicht helfen, ich meine ja, daß hier der gesunde Menschenverstand grad ebenso im Spiel ist als irgendwelche poetische Folgerichtigkeit. Um vom Teufelssitz aus sichtbar zu sein, mußte das Objekt, wenn klein, notwendigerweise *weiß* sein: und nichts bewahrt, ja steigert seine weiße Bleiche, setzt man ihn allen Wetterwechselfällen aus,˙ so sicher als ein menschlicher Schädel.«

»Aber Ihr hochtrabendes Gerede und Ihr Gebaren, da Sie den Käfer herumschwenkten – wie überaus befremdlich! Ich war sicher, Sie hätten den Verstand verloren. Und warum bestanden Sie darauf, statt der Kugel den Käfer durch das Schädelauge fallen zu lassen?«

»Nun, um ganz ehrlich zu sein, angesichts Ihrer offenbaren Zweifel an meiner geistigen Gesundheit fühlte ich einigen Ärger in mir aufsteigen, und so beschloß ich, Sie ganz gemächlich einmal auf meine eigene Art mit ein klein wenig bescheidener Mystifikation zu strafen. Aus diesem Grunde schwenkte ich den Käfer, und aus diesem Grunde mußte er es sein, der von dem Baume fiel. Eine Bemerkung Ihrerseits ob seines großen Gewichtes gab mir diesen Gedanken ein.«

»Ja, ich begreife; und eigentlich bleibt jetzt nur noch ein Punkt, der mich verwirrt. Was haben wir von den im ersten Loch gefundenen Skeletten zu halten?«

»Das ist eine Frage, welche ich ebenso wenig als Sie selber zu beantworten weiß. Doch scheint es nur eine einzige plausible Erklärung dafür zu geben – wobei es allerdings furchtbar wäre, müßte man an eine so grausige Bluttat glauben, wie sie meine Vermutung in sich beschließt. Klar ist, daß Kidd – falls wirklich Kidd diesen Schatz versteckte, woran ich nicht zweifle – klar ist, daß er Hilfe bei seiner Arbeit gehabt haben muß. Als aber diese Arbeit beendet war, mag er es für ratsam gehalten haben, alle Mitwisser seines Geheimnisses zu beseitigen. Vielleicht genügten zwei Schläge mit der Hacke, während die Gehilfen noch in der Grube beschäftigt waren; vielleicht aber bedurfte es auch eines ganzen Dutzends – – wer will das sagen?«

DER ENTWENDETE BRIEF

Nil sapientiae odiosius acumine nimio.
Seneca

Es war zu Paris, just nach Dunkelheit an einem sturmwindigen Abend im Herbst des Jahres 18—, daß ich mich in Gesellschaft meines Freundes C. Auguste Dupin dem zwiefachen Genusse der Meditation und einer Meerschaumpfeife hingab, und zwar in Dupins kleiner, nach hinten heraus gelegener Bibliothek oder Bücherstube, *au troisième, No. 33, Rue Dunôt, Faubourg St. Germain.* Wenigstens eine Stunde lang hatten wir tiefes Stillschweigen bewahrt; derweil wir beide einem jeden zufälligen Beobachter hätten beflissen und ausschließlich mit den gekräuselten Rauchwirbeln beschäftigt scheinen mögen, welche die Atmosphäre der Kammer drucklastig machten. Ich selber freilich war damit befaßt, gewisse Themen, die zu früherer Stunde am Abend Gesprächsstoff zwischen uns gebildet hatten, im Geiste noch einmal durchzugehen; ich meine die Affäre in der Rue Morgue und das Geheimnis um den Mord an Marie Rogêt. Ich sah's daher geradezu als eine Art Koinzidenz, als die Türe unseres Gemachs jetzt aufgestoßen ward und unsere alte Bekanntschaft, Monsieur G---, den Präfekten der Pariser Polizei, hereinließ.

Wir hießen ihn herzlich willkommen; denn mochte er auch zur Hälfte ein verächtlicher Tölpel sein, so war doch seine andere Hälfte ganz unterhaltsam, und außerdem hatten wir ihn mehrere Jahre nicht gesehen. Wir waren im Dunkel gesessen, und nun erhob sich Dupin, um eine Lampe anzuzünden, setzte sich jedoch, ohne es zu tun, wieder hin, als G--- bemerkte, er sei vorbeigekommen, um unsern Rat – oder vielmehr die Ansicht meines Freundes – in einer amtlichen Angelegenheit einzuholen, die ihm arges Kopfzerbrechen bereitet habe.

»Wenn es sich um eine Sache handelt, die Nachdenken erfordert«, meinte Dupin, indem er es unterließ, den Docht zu entzünden, »so werden wir sie zweckmäßiger im Dunkeln untersuchen.«

»Das ist wieder einer Ihrer komischen Einfälle«, sagte der Präfekt, der die Gewohnheit hatte, alles ›komisch‹ zu nennen, was ihm über die Begriffe ging, und folglich inmitten förmlicher Fluten von ›Komik‹ lebte.

»Sehr wahr«, erwiderte Dupin; er versorgte seinen Besucher mit einer Pfeife und schob ihm einen bequemen Stuhl hin.

»Und wo liegt nun die Schwierigkeit?« fragte ich. »Hoffentlich geht es nicht schon wieder um einen Mord!«

»Oh nein; nichts dergleichen. Tatsächlich ist die Sache ganz simpel, und ich hege keinerlei Zweifel, daß wir sie leidlich wohl allein bewältigen können; doch dachte ich dann, Dupin würde wohl gern die Einzelheiten hören, denn das Ganze ist so überaus komisch.«

»Einfach und komisch, soso«, sagte Dupin.

»Nunja, genau genommen beides auch wieder nicht. In der Tat sind wir alle ein bißchen durcheinander, eben *weil* die Affäre so einfach ist und uns doch weidlich zum Narren hält.«

»Vielleicht ist es gerade die Einfachheit der Sache, die Ihnen den Blick trübt«, meinte mein Freund.

»Nana, was reden Sie denn da für Unsinn!« antwortete der Präfekt herzlich lachend.

»Vielleicht ist das Geheimnis ein bißchen *zu* schlicht«, sagte Dupin.

»Ach du guter Gott! – hat man so etwas schon gehört?«

»Ein bißchen *zu* selbst-verständlich.«

»Ha! ha! ha! – ha! ha! ha! – ho! ho! ho!« brüllte unser Besucher, zutiefst belustigt, »oh, Dupin, Sie werden noch mein Tod sein!«

»Und worum handelt es sich nun eigentlich?« fragte ich.

»Also gut, ich will es Ihnen erzählen«, antwortete der Präfekt; nachdenklich gab er einen langen und gleichmäßigen Rauchstoß von sich und setzte sich in seinem Stuhl zurecht. »Ich will Ihnen in wenigen Worten berichten; doch bevor ich beginne, lassen Sie mich die Warnung aussprechen, daß diese Affäre die größte Diskretion erfordert und daß ich höchstwahrscheinlich meine Stellung verlöre, die ich jetzt innehabe, würde es bekannt, daß ich die Sache jemandem anders anvertraut.«

»Fahren Sie fort«, sagte ich.

»Oder auch nicht«, sagte Dupin.

»Nun denn; ich habe von sehr hoher Seite die persönliche Information erhalten, daß ein gewisses Dokument von oberster Wichtigkeit aus den königlichen Gemächern entwendet worden ist. Die Person, die es an sich nahm, ist bekannt; da besteht kein Zweifel; sie ward dabei gesehen. Bekannt ist ebenfalls, daß es sich noch immer in ihrem Besitz befindet.«

»Wieso ist das bekannt?«

»Es geht eindeutig aus der Natur des Dokuments hervor«, erwiderte der Präfekt, »und daraus, daß gewisse Folgen ausgeblieben sind, die sich augenblicklich eingestellt hätten, wäre es aus dem Besitz des Diebes weitergelangt; – das heißt, wenn er es so verwendet hätte, wie er es letzten Endes zu verwenden die Absicht haben muß.«

»Ach, drücken Sie sich doch ein bißchen deutlicher aus«, sagte ich.

»Nun gut, ich darf riskieren, soviel zu sagen, daß jenes Papier seinem Besitzer eine gewisse Macht verleiht – und zwar an einer Stelle, wo eine solche Macht ungeheuer wertvoll ist.« Der Präfekt liebte den Jargon der Diplomatie.

»Ich verstehe immer noch nicht ganz«, sagte Dupin.

»Nicht? Ja – also wenn das Dokument einer dritten Person, die ungenannt bleiben soll, vor Augen käme, so geriete die Ehre einer Persönlichkeit von allerhöchstem Stande in Gefahr; und diese Tatsache verschafft dem Besitzer des Dokuments einen übergewichtigen Einfluß auf die erlauchte

Persönlichkeit, deren Ehre und Seelenruhe so auf dem Spiele stehen.«

»Aber dieser gefährliche Einfluß«, warf ich ein, »würde doch zur Voraussetzung haben, daß dem Dieb mit Sicherheit bekannt sei, daß wiederum er dem Bestohlenen bekannt sei. Wer aber würde es wagen –«

»Der Dieb«, sagte G---, »ist der Minister D---, der schlechthin alles wagt, ob es nun einem Manne wohlansteht oder nicht. Die Methode des Diebstahls war ebenso ingeniös wie kühn. Die beraubte Persönlichkeit hatte das fragliche Dokument – einen Brief, um offen zu sein – erhalten, während sie allein im königlichen *boudoir* weilte. Als sie ihn eben durchlas, wurde sie plötzlich vom Eintreten der andern hohen Persönlichkeit unterbrochen, vor der sie ihn vorzüglich zu verbergen wünschte. Nach einer hastigen, doch vergeblichen Anstrengung, ihn in eine Schublade zu werfen, war sie gezwungen, ihn – offen, wie er war – auf den Tisch zu legen. Die Adresse befand sich jedoch obenauf, und da der Inhalt somit dem Blick nicht ausgesetzt war, entging der Brief der Beachtung. In diesem kritischen Moment tritt der Minister D--- herein. Sein Luchsauge entdeckt sogleich das Papier, erkennt die Handschrift auf der Adresse, bemerkt die Verwirrung der Persönlichkeit, an die er gerichtet, und ermißt ihr Geheimnis. Nach Abwicklung einiger Dienstgeschäfte, die er in seiner gewöhnlichen Hast erledigt, zieht er einen Brief hervor, der dem in Rede stehenden in etwa ähnlich sieht, öffnet ihn, stellt sich, als läse er, und legt ihn dann dicht neben den anderen hin. Wiederum redet er einige fünfzehn Minuten lang über die öffentlichen Angelegenheiten. Schließlich nimmt er Abschied und zugleich vom Tisch den Brief, auf den er gar kein Anrecht besaß. Sein rechtmäßiger Eigentümer sah es mit an, doch wagte er – in Gegenwart der dritten Person, die dicht daneben stand – natürlich nicht, auf die Tat aufmerksam zu machen. Der Minister brach nun rasch auf und ließ seinen eigenen Brief – ein Papier ohne jede Bedeutung – auf dem Tische liegen.«

»Na also«, sagte Dupin zu mir, »da haben Sie genau, was

Sie fordern: die Bedingungen sind vollkommen erfüllt – dem Dieb ist bekannt, daß wiederum er dem Bestohlenen bekannt ist.«

»Ja«, setzte der Präfekt hinzu; »und die Gewalt, die damit in seine Hände gelangte, ist in den letzten Monaten in sehr gefährlichem Maße zu politischen Zwecken ausgenutzt worden. Die bestohlene Persönlichkeit ist von Tag zu Tag dringender von der Notwendigkeit überzeugt, ihren Brief zurückzugewinnen. Aber das läßt sich natürlich nicht offen bewerkstelligen. Schließlich hat sie denn, zur Verzweiflung getrieben, die Angelegenheit mir übertragen.«

»Und damit einem Sachwalter«, sagte Dupin inmitten eines förmlichen Wirbels von Rauch, »wie man ihn sich scharfsinniger, so nehme ich an, kaum wünschen, ja wohl nicht einmal vorstellen konnte.«

»Sie schmeicheln mir«, erwiderte der Präfekt; »doch mag es immerhin zutreffen, daß man sich von einer solchen Meinung leiten ließ.«

»Klar ist jedenfalls«, sagte ich, »daß sich der Brief, wie Sie bemerken, immer noch im Besitz des Ministers befindet; denn es ist dieser Besitz, und nicht die Verwendung des Briefes, auf dem die ganze Macht beruht. Mit der Verwendung wäre die Macht zu Ende.«

»Richtig«, sagte G---; »und diese Überzeugung bestimmte mein Vorgehen. Meine erste Sorge war, das Palais des Ministers gründlich durchsuchen zu lassen; und hierbei lag mein Haupthindernis in der Notwendigkeit, dies ohne seine Kenntnis zu tun. Vor allem nämlich hatte man mich vor der Gefahr gewarnt, die entstehen würde, gäben wir ihm nur irgend Anlaß, unser Vorhaben zu argwöhnen.«

»Aber in solchen Durchsuchungen«, sagte ich, »sind Sie doch ganz *au fait*. Die Pariser Polizei macht dergleichen ja nicht zum ersten Male.«

»Jaja; und aus diesem Grunde verzweifelte ich auch nicht. Die Gewohnheiten des Ministers gaben mir zudem einen großen Vorteil. Er ist häufig die ganze Nacht lang von Hause abwesend. Auch ist seine Dienerschaft gar nicht einmal besonders zahlreich. Sie schläft in einiger Entfernung vom Gemach ihres Herrn, und da es sich hauptsächlich um Neapolitaner handelt, kann man sie leicht betrunken machen. Wie Sie wissen, habe ich Schlüssel, mit denen ich jedes Zimmer oder Schrankgelaß in Paris öffnen kann. Seit drei Monaten ist nun keine Nacht vergangen, die ich nicht größtenteils damit verbracht habe, in Person das Minister-Palais zu durchstöbern. Meine Ehre steht zum Pfande, und – damit lüfte ich ein großes Geheimnis – es winkt eine enorme Belohnung. So gab ich keine Ruhe und suchte, bis ich die volle Gewißheit hatte, daß der Dieb gerissener ist als ich. Ich bilde mir ein, nicht eine Ecke, nicht einen Winkel des Grundstücks ausgelassen zu haben, wo die Möglichkeit bestünde, das Papier könnte dort verborgen sein.«

»Aber wäre es nicht möglich«, gab ich zu bedenken, »daß der Minister den Brief, der sich fraglos noch in seinem Besitz befindet, irgendwo anders, außerhalb seines eigenen Anwesens, versteckt hat?«

»Das dürfte kaum der Fall sein«, sagte Dupin. »So wie die Verhältnisse gegenwärtig bei Hofe liegen – und besonders jene Kabalen, in welche D--- bekannterweise verwickelt ist –, hat die augenblickliche Verfügbarkeit des Dokuments – die Möglichkeit, es jederzeit im Moment zur Hand zu haben, nahezu gleiche Bedeutung wie sein Besitz.«

»Die Möglichkeit, es zur Hand zu haben?« fragte ich.

»Gewiß – nämlich, um es zu *vernichten*«, sagte Dupin.

»Richtig«, bemerkte ich; »dann befindet sich das Papier noch einwandfrei auf dem Grundstück. Daß es der Minister am Leibe bei sich trägt, dürfen wir wohl als ausgeschlossen betrachten.«

»Ganz und gar«, sagte der Präfekt. »Es ist ihm zweimal aufgelauert worden, dem Anschein nach von Straßenräubern, und dabei wurde er unter meiner eigenen Aufsicht rigoros durchsucht.«

»Diese Mühe hätten Sie sich sparen können«, sagte Dupin. »D--- ist, so möchte ich doch annehmen, kein kompletter

Narr, und so muß er ganz selbstverständlich diese Wegelagerei vorausgesehen haben.«

»Kein *kompletter* Narr – das mag sein«, sagte G---, »aber dann schreibt er auch Gedichte, und von da ist's bis zum Narren bloß noch ein kleiner Schritt, meiner Meinung nach.«

»Schon recht«, sagte Dupin nach einem langen und gedankenvollen Zug aus seiner Meerschaumpfeife, »obgleich ich mich selber schon einmal einiger Reimereien schuldig gemacht habe.«

»Ich schlage vor«, sagte ich, »Sie erzählen uns jetzt einmal im einzelnen von Ihrer Suche.«

»Schön, also wir haben uns wirklich Zeit genommen und schlechthin *alles* durchsucht. Ich habe ja in solchen Sachen lange Erfahrung. Ich nahm mir das ganze Gebäude vor, Raum für Raum, und widmete einem jeden davon die Nächte einer ganzen Woche. Zuerst untersuchten wir das Mobiliar eines jeden Gemachs. Wir öffneten jedes nur mögliche Schubfach; und Sie werden ja wohl wissen, daß es für einen richtig geschulten Polizei-Agenten so etwas wie *Geheimfächer* gar nicht gibt. Wer sich bei einer Durchsuchung dieser Art ein ›geheimes‹ Fach entgehen läßt, ist ein Tölpel. Die Sache ist ja *so* einfach. In jedem Schrank muß ein gewisses Raumvolumen in Betracht gezogen werden. Dann geht alles nach genauen Regeln. Nicht der fünfzigste Teil einer Linie könnte uns entgehen. Nach den Schränken nahmen wir uns die Stühle vor. Die Kissen wurden mit jenen feinen langen Nadeln geprüft, die Sie mich schon verwenden sahen. Von den Tischen entfernten wir die Platten.«

»Wieso das?«

»Manchmal wird die Platte eines Tisches oder eines andern ähnlich gebauten Möbelstücks von der Person abgenommen, die einen Gegenstand verstecken will; dann wird das Bein ausgehöhlt, der Gegenstand in der Höhlung deponiert und die Platte wieder an Ort und Stelle gebracht. Fuß und Knauf von Bettpfosten finden in der nämlichen Weise Verwendung.«

»Aber könnte die Höhlung nicht am Klang erkannt werden – durch Abklopfen?« fragte ich.

»Durchaus nicht, wenn man sie, nachdem der Gegenstand hineingelegt ist, rundum genügend mit Baumwolle ausstopft. Im übrigen waren wir ja in unserm Fall gehalten, ganz ohne Geräusch vorzugehen.«

»Aber Sie haben doch nicht sämtliche Platten entfernen können – haben doch nicht *jedes* Möbelstück in seine Teile zerlegen können, das in der von Ihnen geschilderten Weise für ein Versteck geeignet gewesen wäre! Ein Brief läßt sich zu einer dünnen Rolle zusammenpressen, die sich nach Gestalt oder Volumen nicht sonderlich von einer dickeren Stricknadel unterscheidet, und in dieser Form ließe er sich zum Beispiel in der Verstabung eines Stuhls unterbringen. Sie haben doch nicht etwa sämtliche Stühle zerlegt?«

»Natürlich nicht; doch wir machten es besser – wir untersuchten sämtliche Stäbe an sämtlichen Stühlen im Palais und tatsächlich die Fugenteile an jeder Art Mobiliar mit der Hilfe eines höchst starken Mikroskops. Wären nur irgend Spuren einer kürzlichen Beschädigung daran gewesen, so hätten wir's im Augenblick entdeckt. Ein einziges Körnchen Bohrstaub zum Beispiel wäre gradso aufgefallen wie ein Apfel. Jede schadhafte Stelle in der Verleimung – jeder ungewöhnliche Riß in den Fugen – hätte mit Sicherheit zur Entdeckung geführt.«

»Ich darf wohl annehmen, Sie sahen sich auch die Spiegel an, taten einen Blick zwischen Rückwand und Platten, und untersuchten die Betten und das Bettzeug ebenso wie die Vorhänge und Teppiche.«

»Gewiß, gewiß; und als wir dann auf diese Weise jedes Stückchen Möbel um und um gewendet hatten, kam das Haus selber an die Reihe. Wir teilten seine sämtlichen Flächen in Abschnitte auf, die wir numerierten, damit kein einziger ausgelassen werden konnte; dann suchten wir jeden einzelnen Quadratzoll auf dem ganzen Grundstück wie zuvor mit dem Mikroskop ab – einschließlich der beiden unmittelbar angrenzenden Häuser.«

»Die auch noch?« rief ich aus; »da haben Sie aber wirklich eine Menge zu tun gehabt!«

»Das hatten wir; aber die ausgesetzte Belohnung ist auch entsprechend beträchtlich.«

»Sie schlossen auch den Grund und Boden der Häuser mit ein?«

»Alle Höfe sind mit Backsteinen gepflastert. Damit hatten wir vergleichsweise wenig Mühe. Wir untersuchten das Moos zwischen den Ziegeln und fanden es unbeschädigt.«

»Sie stöberten doch gewiß auch in D---'s Papieren und sahen sich die Bücher seiner Bibliothek an?«

»Aber sicher; wir öffneten jeden Pack und jedes Päckchen; wir öffneten ferner nicht nur jedes Buch, sondern wendeten auch noch jedes Blatt in jedem Bande um, indem wir uns nicht, wie's bei einigen unserer Polizeibeamten Mode ist, mit einfachem Ausschütteln zufrieden gaben. Wir maßen auch die Dicke eines jeden Buch-*Deckels* aus, mit der größten Akkuratesse, und unterzogen einen jeden der peinlichsten mikroskopischen Untersuchung. Hätte sich jemand an irgendeinem der Einbände letzterzeit zu schaffen gemacht, es wäre unmöglich unserer Aufmerksamkeit entgangen. Einige fünf oder sechs Bände, die eben vom Buchbinder gekommen waren, prüften wir in aller Sorgfalt der Länge nach mit den Nadeln.«

»Sie richteten Ihr Forschen auch auf die Böden unter den Teppichen?«

»Versteht sich. Wir rollten jeden Teppich auf und setzten das Mikroskop auf die Bohlen an.«

»Auch auf die Tapeten an den Wänden?«

»Ja.«

»Sie sahen sich die Keller an?«

»So ist es.«

»Dann«, sagte ich, »haben Sie sich einfach verkalkuliert, und der Brief befindet sich *nicht* auf dem Grundstück, wie Sie's annehmen.«

»Ich fürchte, da haben Sie recht«, erwiderte der Präfekt. »Und nun, Dupin, was würden denn Sie mir raten?«

»Das Grundstück noch einmal gründlich durchzukämmen.«

»Das wäre absolut nutzlos«, gab G--- zurück. »Meine Überzeugung, daß ich atme, ist allmählich kaum noch größer als die, daß sich der Brief nicht im Palais befindet.«

»Einen besseren Rat kann ich Ihnen nicht anbieten«, sagte Dupin.

»Sie haben natürlich doch eine genaue Beschreibung des Briefes?«

»Oh ja!« – Und hier zog der Präfekt ein Notizbuch hervor und hob an, mit lauter Stimme einen peinlich genauen Bericht über die innere und besonders die äußere Erscheinung des abhanden gekommenen Dokuments zu verlesen. Bald nachdem er die Deklamation dieser Beschreibung vollbracht hatte, empfahl er sich, und zwar so vollkommen niedergeschlagen, wie ich den guten Mann noch nie zuvor gesehen hatte.

Etwa einen Monat später stattete er uns einen erneuten Besuch ab und fand uns in fast gleicher Weise beschäftigt wie ehedem. Er nahm sich eine Pfeife und einen Stuhl und ließ sich dann auf eine allgemeine Konversation ein. Schließlich sagte ich – »Schön und gut, – aber G---, wie steht es denn nun eigentlich mit dem entwendeten Brief? Ich nehme an, Sie sind am Ende doch zu der Einsicht gekommen, daß es nichts damit ist, den Minister zu prellen?«

»Hol' ihn der Kuckuck, sag' ich – ja; immerhin aber habe ich noch einmal alles um und um gedreht, wie's Dupin mir anriet, – doch ich wußte's ja im voraus: es war alles bloß verlorene Mühe.«

»Wie hoch, sagten Sie doch, war die ausgesetzte Belohnung?« fragte Dupin.

»Naja, eine ganze Menge – eine *sehr* großzügige Belohnung – ich möchte nicht gern genau sagen, wieviel; aber *eins will* ich sagen, daß ich mich nicht bedenken würde, meinerseits eine Privatanweisung über fünfzigtausend Francs dem auszustellen, der mir den Brief beizuschaffen vermöchte. Tatsache ist, daß die Sache von Tag zu Tag immer mehr

Wichtigkeit gewinnt; und die Belohnung ist auch kürzlich noch verdoppelt worden. Aber selbst wenn sie verdreifacht würde, – ich könnte nicht mehr tun, als ich getan habe.«

»Nun – ja«, sagte Dupin gedehnt zwischen paffenden Zügen aus seiner Meerschaumpfeife, »ich – glaube –wirklich, G---, Sie – haben sich – in dieser Sache – nicht bis zum Äußersten bemüht. Sie sollten – noch ein bißchen mehr – tun, – meine ich, eh?«

»Aber was denn – wie?!«

»Nun – paff, paff – Sie sollten – paff, paff – in der Sache vielleicht einen Rat einholen, eh? – paff, paff, paff. – Erinnern Sie sich der kleinen Geschichte, die man sich von Abernethy erzählt?«

»Nein; an den Galgen mit Abernethy!«

»Schon recht, an den Galgen mit ihm, und von Herzen gern. Aber – also da war einmal ein reicher Filz, der faßte den Entschluß, diesem Abernethy einen ärztlichen Rat abzuschnorren. Indem er in einer privaten Gesellschaft zu diesem Zweck eine gewöhnliche Konversation anfing, trug er dem Doktor seinen Fall ganz wie zufällig als den einer imaginären Person vor.

›Nehmen wir doch einmal an‹, sagte der Geizhals, ›seine Symptome wären so und so; nun, Doktor, was hätte er nach *Ihrer* Meinung da tun sollen?‹

›Tun?‹ antwortete Abernethy, ›na – ärztlichen Rat einholen natürlich.‹«

»Aber«, sagte der Präfekt ein wenig verdattert, »ich bin ja ganz und gar willens, einen Rat einzuholen und dafür zu bezahlen. Ich würde *wirklich* einem jeden fünfzigtausend Francs geben, der mir in der Sache hülfe.«

»In diesem Fall«, erwiderte Dupin, indem er ein Schubfach aufzog und ein Scheckbuch herausnahm, »können Sie mir gleich eine Anweisung auf die erwähnte Summe ausstellen. Sobald Sie die unterschrieben haben, gebe ich Ihnen den Brief.«

Ich war erstaunt. Der Präfekt aber schien förmlich wie vom Donner gerührt. Einige Minuten lang verblieb er

sprach- und bewegungslos und starrte ungläubig auf meinen
Freund, mit offenem Mund und offenen Augen, die aus ihren Höhlen zu treten schienen; dann gewann er offenbar
einigermaßen seine Fassung wieder, ergriff eine Feder, und
nach mehreren Pausen leeren Starrens füllte er schließlich
einen Scheck über fünfzigtausend Francs aus, unterzeichnete
ihn und reichte ihn Dupin über den Tisch hinüber. Mein
Freund untersuchte ihn sorgsam und legte ihn in sein Taschenbuch; indem er sodann ein *escritoire* aufschloß, ent-
nahm er diesem einen Brief und gab ihn dem Präfekten. Der
Beamte griff in förmlich agonischer Freude danach, öffnete
ihn mit zitternder Hand, warf einen raschen Blick auf den
Inhalt, und indem er sodann in taumelnder Hast zur Türe
strebte, stürzte er schließlich ganz unfeierlich aus dem Zimmer und aus dem Haus, ohne auch nur noch eine Silbe geäußert zu haben, seit Dupin ihn aufgefordert, den Scheck aus-
zufüllen.

Als er gegangen war, ließ sich mein Freund auf einige
nähere Auskünfte ein.

»Die Pariser Polizei«, sagte er, »ist auf ihre Weise überaus
befähigt. Sie ist ausdauernd, erfinderisch, gerissen und
gründlich versiert in allem, was ihre Pflichten hauptsächlich
zu erfordern scheinen. Als denn G--- uns schilderte, wie
er auf dem Grundstück des Ministers verfahren sei, war
ich vertrauensvoll überzeugt, daß er zufriedenstellende Arbeit geleistet habe – so weit jedenfalls, wie diese Arbeit
reichte.«

»Soweit diese Arbeit reichte?«

»Ja«, sagte Dupin. »Die angewendeten Maßnahmen waren
nicht nur die besten ihrer Art, sondern wurden in absolut
vollkommener Weise durchgeführt. Hätte sich der Brief im
Bereich der Durchsuchung befunden, so hätten ihn die Burschen ganz fraglos gefunden.«

Ich lachte bloß, – doch ihm schien es mit allem, was er
sagte, völlig ernst zu sein.

»Die Maßnahmen selber also«, fuhr er fort, »waren gut in
ihrer Art und wurden trefflich ausgeführt; sie hatten nur

einen Fehler: für diesen Fall und für diesen Mann waren sie ungeeignet. Ein gewisser Vorrat an raffiniert erdachten Hilfsmitteln ist für den Präfekten eine Art Prokrustes-Bett, dem er seine Absichten mit Gewalt einpaßt. Aber er irrt sich permanent, indem er die jeweilige Angelegenheit entweder zu tief oder zu flach behandelt; und manch ein Schuljunge weiß mit seinem Verstand Besseres anzufangen als er. Ich kannte einen von etwa acht Jahren, der durch seine Erfolge im Raten beim Spiel ›Grad oder Ungrad‹ breiteste Bewunderung erregte. Das Spiel ist ganz simpel; man nimmt dazu nur ein paar Murmeln. Ein Spieler hält eine Anzahl dieser Dinger in der Hand und fragt einen andern, ob diese Zahl grad oder ungrad sei. Wenn richtig geraten wird, gewinnt der Rater eine Murmel; wenn falsch, verliert er eine. Der Junge nun, den ich meine, gewann alle Murmeln der Schule. Natürlich hatte er beim Raten ein System; und dieses bestand darin, daß er einfach die Gewitztheit seiner Gegenspieler beobachtete und abschätzte. Nehmen wir einmal an, er hat einen heillosen Einfaltspinsel zum Gegner, und der hebt die geschlossene Hand und fragt: ›Grad oder ungrad?‹ Unser Schuljunge erwidert ›ungrad‹ und verliert; doch beim zweiten Versuch gewinnt er, denn da sagt er sich – ›Beim erstenmal hatte der Dummkopf eine gerade Zahl, und seine Schlauheit reicht nun eben dazu aus, ihn beim zweitenmal eine ungerade wählen zu lassen; darum werd' ich auf »ungrad« raten‹; – er tut es und gewinnt. Bei einem Bürschchen nun, das einen Grad schlauer als das erste ist, würde er die folgende Überlegung angestellt haben: ›Dieser Tölpel weiß, ich habe beim erstenmal ›ungrad‹ geraten, und so wird er sich jetzt, im ersten Impuls, einen einfachen Wechsel von grad auf ungrad vornehmen, wie's der andere Simpel eben tat; aber dann wird ihm ein zweiter Gedanke sagen, daß das eine zu einfältige Variation wäre, und schließlich wird er sich entscheiden, wieder grad zu wählen wie zuvor. Also werd' ich jetzt auf »grad« raten‹; – er tut es und gewinnt. Was eigentlich geht da nun im Kopf des Schuljungen vor sich, den seine Kameraden einen ›Glückspilz‹ nannten, – woraus besteht seine Denkarbeit, wenn wir sie aufs letzte analysieren?«

»Sie besteht ganz einfach darin«, sagte ich, »daß er sich mit dem Intellekt seines Gegenspielers identifiziert.«

»Genau«, sagte Dupin; »und als ich den Jungen ausforschte, mit welchen Mitteln er diese *gänzliche* Identifizierung zuwege brächte, auf der sein Erfolg beruhte, erhielt ich die folgende Antwort: ›Wenn ich herausfinden will, wie schlau oder wie dumm, wie gut oder wie böse jemand ist, oder was ihm im Augenblick so durch den Kopf geht, dann passe ich meinen Gesichtsausdruck so getreu als möglich dem seinigen an und warte einfach ab, welche Gedanken oder Empfindungen nun *mir* im Kopf oder im Herzen aufsteigen – gleichsam paßgerecht dazu, in Übereinstimmung mit diesem Ausdruck.‹ Diese Antwort des Schuljungen begründet und erklärt zuletzt den ganzen vorgeblichen Tiefsinn, den man Rochefoucauld, La Bougive, Macchiavelli und Campanella nachgesagt hat.«

»Und die intellektuale Identifizierung mit dem Gegner«, sagte ich, »hängt, versteh' ich Sie recht, von der Präzision ab, mit welcher der Intellekt des Gegners eingeschätzt wird.«

»Ihr praktischer Wert, ihr praktisches Gelingen beruht darauf, ja«, erwiderte Dupin; »und der Präfekt und seine Schar versagen eben darum so häufig, weil ihnen einmal diese Identifikationsmöglichkeit abgeht und weil sie zum anderen den Intellekt, mit dem sie es zu tun haben, falsch oder vielmehr überhaupt nicht einschätzen. Sie haben bloß ihre eigenen Begriffe von Verstandeswitz im Kopf; und wenn sie nach irgendetwas Verstecktem suchen, so ziehen sie nur die Verfahrensweise in Betracht, nach der *sie* selber es versteckt haben würden. Damit haben sie freilich insofern durchaus recht, als ihre eigene Findigkeit ein getreues Abbild des *Massen*-Verstandes ist; doch wenn die Schläue des individuellen Verbrechers einmal in wesentlichen Zügen von ihrer eigenen abweicht, so ziehen sie natürlich sofort den Kürzeren. Das geschieht stets, wenn sie der ihren überlegen ist, sehr häufig aber auch, wenn sie unter der ihren liegt. Ihre Prinzipien haben keinen Spielraum bei ihren Nachforschungen; bestenfalls dehnen sie, wenn eine ungewöhnliche Notlage sie zwingt – oder wenn ihnen eine außerordentliche Belohnung winkt, ihre alten *Praktiken* aus oder übertreiben sie, ohne daß jedoch das Grundsätzliche davon berührt würde. Was ist zum Beispiel im Falle D--- getan worden, um die Verfahrensweise *im Prinzip* zu variieren? Was ist all dies Bohren und Prüfen, dies Abklopfen und mikroskopische Untersuchen, dies Aufteilen der Gebäudeflächen in registrierte Quadratzoll – was ist das alles, wenn nicht eine übertriebene Anwendung jenes einen Prinzips oder jener einen Prinzipiengruppe, die wieder auf jener einen Gruppe von Begriffen beruht, die sich der Präfekt im Verlaufe seiner langen Dienstroutine so im Umgang mit dem menschlichen Verstandeswitz gebildet hat? Sehen Sie nicht, daß er einfach als gegeben und bewiesen voraussetzt, *alle* Menschen suchten sich als Versteck für einen Brief – nun, wenn auch nicht gerade das Bohrloch eines Stuhlbeins – so aber doch wenigstens *irgendeinen* ganz abseitigen Winkel aus, ein Plätzchen also, das von derselben Denkhaltung angeraten ward, die einen Menschen auch veranlassen würde, einen Brief in einem ausgebohrten Stuhlbein zu verbergen? Und sehen Sie nicht ebenfalls, daß solche ausgesucht abseitigen Versteckswinkel nur für gewöhnliche Gelegenheiten taugen und nur von gewöhnlichen Köpfen gewählt werden? – denn in allen Fällen, wo etwas versteckt ward, läßt sich ja von vornherein vermuten, nach welchem Gesichtspunkt der betreffende Gegenstand versteckt wurde – nach dem nämlich, einen ausgesucht abseitigen Winkel zu benutzen; und so hängt seine Entdeckung überhaupt nicht mehr vom Scharfsinn der Suchenden ab, sondern allemal bloß noch von ihrer Sorgfalt, Geduld und Entschlossenheit; und wo es sich um einen Fall von Wichtigkeit handelt – oder, was in den Augen der Polizei auf das gleiche hinausläuft, die Belohnung besonders gewichtig ausfällt –, haben die genannten Eigenschaften denn auch bekanntlich *niemals* versagt. Sie werden nun verstehen, was ich meine, wenn ich feststelle: wäre der entwendete

Brief irgendwo im Untersuchungsbereich des Präfekten versteckt gewesen – mit anderen Worten, wäre er nach einem Prinzip versteckt worden, das mit zu den Prinzipien des Präfekten gehörte, – seine Entdeckung hätte ganz und gar außer Frage gestanden. Nun ist aber dieser Beamte gründlich düpiert worden; und diese Niederlage hat er mittelbar der Unterstellung zu verdanken, daß der Minister ein Narr sei, weil er sich ja einen Ruf als Dichter erworben hat. Alle Narren sind Dichter; so *empfindet's* der Präfekt; und er macht sich bloß einer *non distributio medii* schuldig, wenn er sich daraus ableitet, daß nun auch alle Dichter Narren wären.«

»Aber ist denn *er* auch wirklich der Dichter?« fragte ich. »Soviel ich weiß, gibt es zwei Brüder; und beide genießen literarischen Ruf. Der Minister hat, glaube ich, wissenschaftlich über die Differentialrechnung geschrieben. Er ist Mathematiker und kein Dichter.«

»Da irren Sie; ich kenne ihn recht wohl; er ist beides. Als Dichter *und* Mathematiker wußte er seinen Verstand glänzend zu gebrauchen; als bloßer Mathematiker hätte er damit überhaupt nichts zuwege gebracht und wäre folglich dem Präfekten auf Gedeih und Verderb ausgeliefert gewesen.«

»Sie setzen mich in Erstaunen«, sagte ich, »denn diese Ansichten stehen im krassen Widerspruch zur Meinung der Welt. Sie werden doch nicht im Sinn haben, die wohldurchdachte Auffassung von Jahrhunderten einfach in den Wind zu schlagen! Der mathematische Verstand hat lange für *den* Verstand *par excellence* gegolten.«

»›Il y a à parier‹«, erwiderte Dupin mit einem Zitat aus Chamfort, »›que toute idée publique, toute convention reçue, est une sottise, car elle a convenu au plus grand nombre.‹ Die Mathematiker, das versichere ich Ihnen, haben ihr bestes getan, den volkstümlichen Irrtum zu verbreiten, den Sie da vorbringen und der nicht dadurch weniger unsinnig wird, daß er breithin für Wahrheit gilt. Mit einer Kunstfertigkeit, die einer bessern Sache würdig gewesen wäre, haben sie zum Beispiel den Ausdruck ›analysis‹ ganz unter der Hand für die

Algebra in Anwendung gebracht. Die Franzosen sind die Urheber dieser exemplarischen Irreführung; doch wenn ein Ausdruck nur irgend von Bedeutung ist – wenn Worte nur irgend Wert aus ihrer Anwendbarkeit herleiten –, dann drückt ›*analysis*‹ die ›Algebra‹ ungefähr ebenso exakt aus, als im Lateinischen ›*ambitus*‹ den Ehrgeiz in sich beschließt, ›*religio*‹ die Religion oder ›*homines honesti*‹ ein Häufchen Ehrenmänner.«

»Wie ich sehe«, sagte ich, »haben Sie grad einen Streit mit einigen Pariser Algebraikern auf dem Halse; doch fahren Sie fort.«

»Ich bestreite die Gültigkeit und damit den Wert eines jeden Verstandes, der in einer andern Spezialform als der abstrakt-logischen ausgebildet wird. Ich bestreite im besondern jeden Verstand, der sich aus mathematischen Studien entwickelt. Die Mathematik ist die Wissenschaft von Form und Größe; mathematisches Denken ist lediglich eine auf die Beobachtung von Form und Größe angewandte Logik. Der große Irrtum liegt in der Annahme, daß die Wahrheiten dessen, was *reine* Algebra heißt, gar abstrakte oder allgemeine Wahrheiten seien. Und dieser Irrtum ist so faustgrob, daß ich bestürzt bin ob der Universalität, mit der er hingenommen wurde. Mathematische Axiome sind *nicht* Axiome allgemeiner Wahrheit. Was für Verhältnisse – Form und Größe – zutrifft, ist oft ganz gröblich falsch im Hinblick auf zum Beispiel die Ethik. In dieser letztern Wissenschaft ist es sehr häufig einfach *unwahr*, daß die addierten Teile gleich dem Ganzen seien. Auch in der Chemie stimmt das Axiom nicht. Und nehmen wir die Frage von Motivierungen: zwei Motive von je einem gegebenen Wert haben nicht notwendigerweise auch vereint einen Wert, welcher der Summe ihrer Einzelwerte gleich wäre. Es gibt zahlreiche andere mathematische Wahrheiten, die einzig innerhalb der Grenzen der *Verhältnisse* Wahrheiten sind. Doch der Mathematiker schließt und folgert rein gewohnheitsmäßig aus seinen *begrenzten Wahrheiten*, als wären sie von absolut allgemeiner Anwendbarkeit – was sich die Welt ja tatsächlich auch von ihnen einbildet.

Bryant erwähnt in seiner sehr gelehrten ›Mythologie‹ eine analoge Irrtumsquelle, wenn er sagt: ›Obwohl die heidnischen Sagen gar nicht geglaubt werden, vergessen wir uns doch fortwährend und ziehen aus ihnen Folgerungen, ganz als handle es sich dabei um existente Realitäten.‹ Bei den Algebraikern jedoch, die selber Heiden sind, *werden* die ›heidnischen Sagen‹ geglaubt, und daß man daraus Folgerungen zieht, geschieht also nicht so sehr aus Gedächtnisschwäche, als vielmehr aus schierer Hirnlosigkeit. Ich bin noch nie einem Nur-Mathematiker begegnet, dem man – kurz gesagt – außerhalb von Gleichungslösungen hätte trauen können, oder einem, der es nicht insgeheim für einen Glaubensartikel hielt, daß $x^2 + px$ absolut und bedingungslos gleich q sei. Probieren Sie's einmal und sagen Sie einem dieser Herren, wenn's gefällt, *Sie* wären des Glaubens, es könnten Fälle eintreten, wo $x^2 + px$ *nicht* gänzlich gleich q sei, und wenn Sie ihn so weit haben, daß er begreift, was Sie meinen, so begeben Sie sich aber ja so rasch als eben angängig aus seiner Reichweite, denn er wird zweifelsohne trachten, Sie mit Faustschlägen zu widerlegen.

Ich möchte deutlich machen«, fuhr Dupin fort, indessen ich bloß lachte über seine letzten Bemerkungen, »daß dem Präfekten die saure Notwendigkeit, mir diesen Scheck auszustellen, erspart geblieben wäre, hätte er es bei dem Minister mit nichts als einem Mathematiker zu tun gehabt. Ich jedoch kannte ihn als Mathematiker *und* Dichter, und meine Maßnahmen richteten sich entsprechend auf diese seine Kapazität ein – unter Berücksichtigung noch der Umstände, von denen er umgeben war. Ebenfalls kannte ich ihn als Höfling und als kühnen Intriganten. Solch ein Mann, so erwog ich, mußte sich unfehlbar über die üblichen Polizeimaßnahmen im klaren sein. Unmöglich, daß er nicht im voraus ahnte – und er ahnte es ja auch, wie die Ereignisse zweifelsfrei bewiesen haben –, man werde ihm auflauern, ihn überfallen. Er mußte auch, so überlegte ich, die geheimen Durchsuchungen seines Grundstücks vorausgesehen haben. Seine häufige Abwesenheit von Hause bei Nacht, die der

Präfekt als sichere Hilfe zum Erfolg begrüßte, betrachtete ich einzig als List, der Polizei Gelegenheit zu gründlicher Nachsuche zu verschaffen und ihr damit umso eher die Überzeugung beizubringen, zu der G--- tatsächlich ja am Ende gelangte, – die Überzeugung nämlich, daß der Brief nirgends auf dem Gelände versteckt sei. Ich fühlte insgleichen, daß der ganze Gedankengang, den ich Ihnen soeben mit einiger Mühe auseinandersetzte, bezüglich des starren Prinzips der Polizeimaßnahmen bei der Suche nach versteckten Gegenständen, – ich fühlte, daß dieser ganze Gedankengang notwendigerweise auch dem Minister durch den Kopf gehen würde. Er würde ihn kategorisch dazu veranlassen, alle gewöhnlichen Versteckwinkel zu verschmähen. *Er* konnte, so grübelte ich, nicht so schwachköpfig sein zu übersehen, daß noch das entlegenste und vertrackteste Versteck seines Palais für die Augen, die Sonden, die Bohrer und die Mikroskope des Präfekten so offen zugänglich sein würde wie der erstbeste Schrank. Kurz, es zeigte sich mir, daß er ganz wie selbstverständlich zur *Simplizität* getrieben werden würde, wenn er nicht gar von vornherein aus freien Stücken darauf kam. Sie erinnern sich vielleicht, wie schrecklich der Präfekt lachen mußte, als ich bei unserer ersten Unterredung durchblicken ließ, es sei sehr wohl möglich, daß dies Geheimnis ihm grad darum soviel Ärger mache, weil es so sehr selbst-verständlich sei.«

»Ja«, sagte ich, »ich entsinne mich recht wohl noch seiner Heiterkeit. Ich dachte wirklich, er würde noch in Krämpfe fallen.«

»Die materielle Welt«, fuhr Dupin fort, »strotzt förmlich von strikten Analogien zur immateriellen; und so ist schon etwas Wahres an dem rhetorischen Dogma, daß Metapher oder Gleichnis dazu dienlich sein kann, sowohl ein Argument zu bestärken als auch eine Beschreibung auszuschmükken. Das Prinzip des *vis inertiae* zum Beispiel scheint in Physik wie in Metaphysik gleicherweise gültig zu sein. In der ersteren gilt, daß ein großer Körper mit mehr Schwierigkeit in Bewegung zu setzen ist als ein kleinerer und daß seine nachherige Schubkraft zu dieser Schwierigkeit im Verhältnis steht; und nicht weniger gilt in der Metaphysik, daß Intellekte höherer Größenordnung zwar kräftiger, stetiger und wirksamer in ihren Bewegungen sind als die geringeren Grades, doch dafür schwieriger in diese Bewegung zu bringen: die ersten Schritte ihres Vorgehens sind verlegener und zögernder. Und noch etwas: Haben Sie schon einmal darauf geachtet, welche Straßenschilder über den Ladentüren die meiste Aufmerksamkeit an sich ziehen?«

»Darauf habe ich noch nie einen Gedanken gewendet«, sagte ich.

»Es gibt da ein Vexier-Spiel«, setzte er fort, »das wird auf einer Landkarte gespielt. Eine Spielpartei fordert eine andere auf, ein gegebenes Wort zu suchen – den Namen einer Stadt, eines Flusses, Staates oder Reichs – kurz, irgendeinen Silbenfall auf der buntscheckigen und verwickelten Kartenfläche. Ein Neuling im Spiel sucht nun generell seine Opponenten dadurch zu verwirren, daß er ihnen die am kleinsten gedruckten Namen aufgibt; doch der Eingeweihte wählt grad solche Worte aus, die sich in großen breiten Charakteren vom einen Ende der Karte zum andern hinziehen. Diese entgehen, wie die übergroß beschrifteten Schilder und Plakate an der Straße, eben darum der Aufmerksamkeit, weil sie gar so sehr ins Auge fallen; und hier entspricht das physische Übersehen genau dem geistigen Nicht-Aufnehmen: was allzu aufdringlich und allzu handgreiflich selbst-verständlich ist, läßt der Intellekt unregistriert vorüber. Doch das ist, scheint's, ein Punkt, der dem Präfekten ein bißchen über – oder unter – die Begriffe geht. Er hat es nicht ein einzigesmal für wahrscheinlich oder möglich gehalten, der Minister könnte den Brief ganz offen aller Welt vor die Nase gelegt haben, um gerade so am ehesten zu verhindern, daß auch nur einer ihn erblickte.

Aber je mehr ich über den waghalsigen, eleganten und scharf wägenden Verstandeswitz D---'s nachdachte; über die Tatsache, daß er das Dokument jederzeit *zur Hand* haben mußte, wollte er's zu gutem Zweck gebrauchen; und über die entschiedene Überzeugung des Präfekten, es sei nicht im Bereich der üblichen Durchsuchung versteckt gewesen, die der würdige Mann veranstaltete; – je mehr ich mir das alles überlegte, desto gewisser ward ich, daß der Minister, um diesen Brief zu verbergen, auf den bündigen und scharfsinnigen Ausweg verfallen sein mußte, gar nicht erst den Versuch zu unternehmen, ihn zu verbergen.

Von diesen Gedanken erfüllt, rüstete ich mich mit einer grünen Brille aus und sprach eines schönen Morgens rein wie zufällig beim Palais des Ministers vor. Ich traf D--- zu Hause an, gähnend, trödelnd, faulenzend, wie üblich: er stellte sich, als plage ihn das letzte Extrem von *ennui*. Dabei ist er in Wirklichkeit vielleicht der tatkräftigste Mensch, der jetzt lebt – doch das nur, wenn niemand ihn sieht.

Um mit ihm gleichzuhalten, klagte ich über meine schwachen Augen und bejammerte die Notwendigkeit der Brille, unter deren Schutz ich behutsam und gründlich das Gemach musterte, derweilen meine Obacht scheinbar nur auf die Unterhaltung mit meinem Gastgeber gerichtet war.

Besondere Aufmerksamkeit zollte ich einem großen Schreibtisch, in dessen Nähe er saß und auf dem allerlei Briefe und andere Papiere in wirrem Durcheinander lagen, im Verein mit ein oder zwei Musikinstrumenten und ein paar Büchern. Doch auch nach einer langen und sehr bedächtigen Unterredung erblickte ich hier nichts, was irgend besonderen Verdacht hätte erregen können.

Schließlich fielen meine Blicke, die das Zimmer im Kreise durchschweiften, auf ein schäbiges Filigran-Gestell aus Pappkarton, das an einem schmutzigen blauen Band von einem kleinen Messingknopf just in der Mitte unter dem Kaminsims baumelte. In diesem Gestell, das drei oder vier Fächer hatte, befanden sich fünf oder sechs Visitenkarten und ein einzelner Brief. Dieser letztere war stark verschmutzt und verknittert. Er war fast mittendurch gerissen – wie wenn die Absicht, ihn als wertlos gänzlich zu zerreißen, im zweiten Augenblick geändert oder aufgegeben worden wäre. Er trug ein großes schwarzes Siegel, das überaus auf-

fällig die D--- Initiale zeigte, und war, in winziger Frauen-
handschrift, an D---, den Minister selber, adressiert. Acht-
los, und wie es schien, gar verächtlich war er in eine der
obern Abteilungen des Gestells geworfen worden.

Kaum war mir dieser Brief vor den Blick gekommen, so
wußte ich schon, daß ich gefunden hatte, was ich suchte.
Sicherlich, allem Anschein nach war er grundverschieden
von dem, dessen so minuziöse Beschreibung der Präfekt uns
vorgelesen hatte. Hier war das Siegel groß und schwarz und
trug die D--- Initiale; dort war es klein und rot gewesen und
hatte das herzogliche Wappen der S---Familie gezeigt. Hier
wieder war die Adresse des Ministers winzig und in weibli-
chem Duktus geschrieben; dort hatte die Anschrift an eine
gewisse königliche Persönlichkeit betont kühne und energi-
sche Züge getragen; allein das Format bildete einen Punkt
der Übereinstimmung. Aber gerade die *Ausgeprägtheit* dieser Unterschiede, die förmlich ins Auge stach; der Schmutz;
der besudelte und zerrissene Zustand des Papiers, der so gar
nicht zu D---'s *wahren,* nämlich sehr methodischen Gewohnheiten paßte und geradezu die Absicht durchblicken
ließ, den Betrachter zu verleiten, das Dokument für wertlos
zu halten; – all dies, zusammen mit dem schon mehr als
aufreizenden Lageort dieses Dokuments, voll im Blickfeld
eines jeden Besuchers – und damit genau in Übereinstimmung mit den Schlüssen, zu denen ich zuvor gelangt war, –
dies alles, sagte ich, war aufs stärkste dazu angetan, den
Verdacht zu bestätigen – bei einem, der ja nur in der Absicht
hergekommen war, solche Bestätigung für seinen Argwohn
zu finden.

Ich dehnte meinen Besuch so lange als möglich aus, und
während ich eine höchst angeregte Diskussion mit dem Minister unterhielt, über einen Gegenstand, der ihn, das wußte
ich, stets interessiert und gereizt hatte, hielt ich in Wirklichkeit mein Augenmerk ganz auf den Brief gerichtet. Während
dieser Prüfung prägte ich meinem Gedächtnis seine äußere
Erscheinung und Lage in dem Gestelle ein und kam schließlich auf eine Entdeckung, die endgültig beseitigte, was ich an

winzigem Zweifel noch nähren mochte. Als ich nämlich die Kanten des Papiers in Augenschein nahm, bemerkte ich, daß sie viel *abgewetzter* waren, als mich's nötig dünkte. Sie sahen so *gebrochen* aus, wie es sich zeigt, wenn ein steifes, bereits einmal gefaltetes und mit einem Falzbein gepreßtes Papier nach der andern Seite umgefalzt wird, und zwar in denselben Kniffen oder Kanten, welche die ursprüngliche Falte gebildet hatten. Diese Entdeckung gab den Ausschlag. Es war mir klar, daß der Brief gewendet worden war wie ein Handschuh, das Innere nach außen, und sodann neu adressiert und gesiegelt. Unverzüglich wünschte ich dem Minister einen guten Morgen und empfahl mich, nicht ohne eine goldene Schnupftabakdose auf dem Tisch liegen zu lassen.

Am nächsten Morgen sprach ich wieder vor, um die Schnupftabakdose zu holen, und eifrig nahmen wir die Unterhaltung vom Vortage wieder auf. Während wir so noch beschäftigt waren, erscholl jedoch ein lauter Knall, wie von einem Pistol, und anschließend eine Reihe furchtsamer Schreie und das Lärmen des Pöbels. D--- eilte zu einem Fenster, stieß es auf und sah hinaus. Derweilen trat ich zu dem Kartengestell, nahm den Brief, steckte ihn in die Tasche und ersetzte ihn durch eine – was das Äußere betraf – getreue Nachbildung, die ich zuvor in meiner Wohnung sorgfältig hergestellt hatte; das D---'sche Initial war dabei sehr bequem mit Hilfe eines aus Brot geformten Siegels nachzuahmen gewesen.

Der Tumult auf der Straße war durch das tolle Benehmen eines Mannes mit einer Flinte verursacht worden. Er hatte sie mitten in einen Haufen Weiber und Kinder abgefeuert. Wie sich jedoch erwies, war sie nicht scharf geladen gewesen, und so ließ man den Burschen als geistesgestört oder betrunken laufen. Als er fort war, kam D--- vom Fenster zurück, zu dem ich ihm unmittelbar gefolgt war, nachdem ich mich des fraglichen Gegenstands versichert hatte. Bald danach verabschiedete ich mich. Der vorgebliche Geistesgestörte war ein Mann, der in meinem Solde stand.«

»Doch welchen Zweck verfolgten Sie damit«, fragte ich,

»daß Sie den Brief durch eine Nachbildung ersetzten? Wäre es nicht besser gewesen, ihn schon beim ersten Besuch ganz offen zu nehmen und damit zu verschwinden?«

»D---«, erwiderte Dupin, »ist ein desperater Mann, und er riskiert allerhand. Auch ist sein Palais nicht ohne Dienerschaft, die seinen Interessen blind ergeben ist. Hätte ich den irrwitzigen Versuch unternommen, den Sie mir da anraten, ich hätte die ministerliche Gegenwart niemals lebend verlassen. Das gute Völkchen von Paris hätte wohl nie mehr wieder etwas von mir gehört. Doch es gab für mich ganz unabhängig von diesen Erwägungen einen Grund. Meine politischen Vorurteile kennen Sie ja. In dieser Angelegenheit handle ich als Parteigänger der betroffenen Dame. Achtzehn Monate lang hat der Minister sie in seiner Gewalt gehabt. Nun hat sie ihn in der ihren; denn da er ganz ahnungslos ist, daß der Brief sich nicht mehr in seinem Besitz befindet, wird er mit seinen Erpressungen fortfahren, wie wenn es noch der Fall wäre. So wird er sich unvermeidlich selber jäh in sein politisches Verderben bringen. Und sein Sturz wird nicht weniger plump als plötzlich erfolgen. Vom *facilis descensus Averni* ist leicht reden; doch bei jeder Sorte Klettern fällt es, wie's die Catalani vom Singen sagte, weit leichter, hinauf zu kommen, als wieder nieder. Im vorliegenden Fall hege ich keinerlei Mitgefühl – oder wenigstens kein Mitleid – für den Stürzenden. Er ist ein *monstrum horrendum*, ein Genie ohne Grundsätze. Ich bekenne jedoch, daß ich sehr gern genau wissen würde, was ihm so durch den Kopf geht, wenn er, herausgefordert von ihr, die der Präfekt ›eine gewisse Persönlichkeit‹ nennt, genötigt ist, den Brief zu öffnen, den ich in dem Kartengestell für ihn zurückließ.«

»Wie? Sie taten etwas Besonderes hinein?«

»Nunja, – es schien mir doch nicht ganz richtig, das Innenblatt leer zu lassen – das wäre beleidigend gewesen. D--- spielte mir einst in Wien einen üblen Streich, und damals habe ich ihm in aller Gemütlichkeit versprochen, ihm den zu gedenken. Und da ich denn wußte, daß ihn doch einige Neugier plagen würde, wer ihn da wohl überlistet habe, fand ich's schade, ihn ohne einen Fingerzeig zu lassen. Meine Handschrift ist ihm wohlbekannt, und so schrieb ich denn einfach mitten auf das leere Blatt die Worte –

›— — — *Un dessin si funeste,*

S'il n' est digne d' Atrée, est digne de Thyeste.‹

Sie finden sie im ›Atreus‹ Crébillon's.«

ANHANG

NACHWORT

I.

Edgar Allan Poe war keineswegs der erste Autor, der sich die Faszination des erzählten Verbrechens zunutze machte. Schon in der Zeit Shakespeares hatten englische Bänkelsänger auf den Straßen Balladen über die Taten bekannter Verbrecher gesungen und die Texte auf Einblattdrucken an ihre Zuhörer verteilt. Henry Fielding machte 1743 den berüchtigten Jonathan Wild, einen Verbrecher, der auch Gegenstand solcher Einblattdrucke geworden war, zum Helden eines Romans. François Gayot Pitaval veröffentlichte seit 1734 in seiner *Erzählung sonderbarer Rechtshändel, sammt deren gerichtlicher Entscheidung (Causes célèbres et intéressantes)* eine große Zahl von Berichten über sensationelle Verbrechen, und nicht zuletzt durch diese Sammlung wurde Schiller zu *Der Verbrecher aus verlorener Ehre* (1786), der Lebensgeschichte des Wilddiebs, Räubers und Mörders Christian Wolf, angeregt.

Diese und viele andere Erzählungen haben nicht nur gemein, daß sie sich auf Verbrecher beziehen, die wirklich gelebt hatten, sondern auch, daß ihr Interesse in erster Linie dem Verbrecher, seinem Werdegang, seinem Charakter, seiner Ergreifung, dem darauffolgenden Gerichtsverfahren, vor allem aber seinen Taten gilt. Nur scheinbar anders ist dies in E. T. A. Hoffmanns *Das Fräulein von Scuderi* (1819), einer Novelle, die Poe wahrscheinlich gekannt hat und die nicht selten an den Anfang der Geschichte der Detektivliteratur gestellt wird. Hier erfährt der Leser erst am Schluß, wer die geheimnisvollen nächtlichen Morde im Paris Ludwigs XIV. begangen hat; und die Perspektive liegt nicht beim Verbrecher, sondern bei der Titelheldin, durch welche die Identität des Täters schließlich enthüllt wird. Aber auch bei Hoffmann steht der Verbrecher – der Goldschmied Cardillac, der sich von seinen eigenen Schöpfungen nicht trennen kann und daher seine Kunden ermordet, um sich wieder in ihren Besitz zu bringen – im Mittelpunkt des Interesses, und die Dämonie seines Charakters macht die eigentliche Faszination der Novelle aus. Darüber hinaus ist die Tätigkeit der alten Dame, die der Erzählung ihren Titel gegeben hat, kaum detektivischer Natur: Das Fräulein von Scuderi ist ein so beliebter und Vertrauen einflößender Mensch, daß ihr des Rätsels Lösung, die Identität des Mörders, schließlich von einem Mitwisser anvertraut wird, ohne daß es dazu eingehender Recherchen bedurft hätte.

Grundlegend anders wird dies erst in Poes zwischen 1841 und 1845 erschienenen Geschichten, die in diesem Band abgedruckt sind: Im Mittelpunkt des Interesses steht hier nicht mehr der Verbrecher, sondern der Detektiv, nicht mehr das Verbrechen, sondern seine Aufklärung, wobei es sich immer um die Aufklärung eines rätselhaften Verbrechens handelt. Eine Ausnahme bildet lediglich die Erzählung *Der Goldkäfer*, welche die Enträtselung einer Geheimschrift und die Auffindung eines geheimnisvollen Piratenschatzes zum Thema hat. Mit diesen Kurzgeschichten – sowie mit der in diesem Band nicht enthaltenen Erzählung *»Du bist der Mann!«* (*»Thou Art the Man«*, 1844) – wurde Poe, wie schon oft festgestellt worden ist, zum Begründer der Detektivliteratur.

II.

Schon ein kurzer Blick auf diese Erzählungen zeigt, ein wie geringer Stellenwert dem Verbrecher in ihnen zugemessen wird. In *Der Goldkäfer (The Gold-Bug*, 1843) erklärt sich dies natürlich aus der Thematik der Geschichte: Es handelt sich um eine Schatzsuche; und somit brauchte der Verbrecher, den es auch hier gibt – der Seeräuberhauptmann Kidd, der zahlreiche Verbrechen beging, um seinen immensen Schatz anzusammeln und um dessen Versteck geheimzuhalten –, in der Erzählung selbst nicht aufzutreten. Aber auch in *Das Geheimnis um Marie Rogêt* (*The Mystery of Marie Rogêt*, 1842) tritt der Mörder, dessen Identität der Detektiv in langwierigen Überlegungen ermittelt, nie auf, der Detektiv bekommt ihn nie zu Gesicht, und wir erfahren nicht einmal seinen Namen. In *Die Morde in der Rue Morgue* (*The Murders in the Rue Morgue*, 1841) äußert sich dagegen das Desinteresse Poes am Verbrecher, an seiner Motivation und an seinem Charakter auf eine andere Weise: Der Täter ist kein Mensch, sondern ein Orang-Utan! Anders ist dies nur in der Erzählung *Der entwendete Brief* (*The Purloined Letter*, 1845). Der Minister, der einer dem Hochadel angehörenden Dame einen sie kompromittierenden Brief gestohlen hat, um sie damit zu erpressen, wird als höchst ingeniöse und faszinierende Persönlichkeit geschildert; er ist Dichter und Mathematiker wie der Detektiv selbst, und nur wegen dieser Wesensaffinität ist der Detektiv in der Lage, sich so in die Psyche seines Widerparts hineinzuversetzen, daß er das raffiniert gewählte Versteck des entwendeten Briefs errät. Aber auch in dieser Erzählung tritt der Täter in der Gegenwartshandlung nie auf, und der Erzähler begegnet ihm nie.

Die meisten anderen Figuren in diesen Erzählungen sind ebenfalls kaum mehr als Statisten und Funktionsträger.

Typisch für die spätere Detektivliteratur ist durchweg eine Reihe weiterer Verdächtiger, die zumindest so eingehend charakterisiert werden, daß der Leser sie der Tat für fähig halten und als Täter ernsthaft in Betracht ziehen kann. In Poes *Die Morde in der Rue Morgue* bleibt dagegen der einzige Verdächtige, der Bankangestellte Le Bon, völlig im Hintergrund; er wird zwar von der Polizei verhaftet, aber weder der Detektiv noch der Leser sehen in ihm auch nur einen Augenblick lang den gesuchten Mörder. Ähnliches gilt für Beauvais und St. Eustache in *Das Geheimnis um Marie Rogêt*, die nur von gewissen Zeitungen der Tat verdächtigt werden. In *Der entwendete Brief* schließlich fehlt jeder andere Verdächtige: Die Identität des Täters ist von vornherein bekannt.

Kaum mehr Bedeutung kommt den Opfern zu. So haben etwa in *Die Morde in der Rue Morgue* die beiden Damen L'Espanaye lediglich die Funktion, als gräßlich verstümmelte Leichen die Detektionshandlung auszulösen. Darüber hinaus ist Poe aber so wenig an ihnen interessiert, daß er dem Leser nicht einmal mitteilt, auf welche Weise Mme. L'Espanaye an die 4000 Franken gekommen ist, die nach dem Mord in ihrem Hause gefunden werden, und warum sie diese große Summe am Tage des Mordes auf der Bank abgehoben hat. Noch mehr im Hintergrund bleibt das Opfer in *Der entwendete Brief*: Weder der Detektiv noch der Leser bekommt die hochgestellte Dame, die mit eben diesem Brief erpreßt wird, jemals zu Gesicht.

Weit wichtiger ist dagegen der Erzähler, der alle vier in diesem Band versammelten Geschichten erzählt. Dieser Charakter ist natürlich vom Anfang bis zum Ende dieser Kurzgeschichten präsent, er begleitet den Detektiv bei seinen Nachforschungen, und ihm berichtet der Detektiv von den Schlüssen, die er aus seinen Nachforschungen gezogen hat. Da er weder durch besonderen Scharfblick noch durch besondere Intelligenz gekennzeichnet ist, reagiert er auf die Schlußfolgerungen des Detektivs stets mit Überraschung und Verwunderung; und seine Äußerung in *Die Morde in der Rue Morgue*: »Ich starrte den Sprecher in stummer Verwunderung an« (S. 28), könnte stellvertretend für all seine Reaktionen auf Dupins Proben detektivischen Scharfsinns stehen. Eben deshalb ist der Erzähler ein idealer Stellvertreter des Lesers, der ebenso wenig weiß wie der Erzähler und der auch nicht mehr wissen darf, damit der Überraschungseffekt der Lösung des Rätsels am Schluß nicht verloren geht. Aber auch der Erzähler ist kaum mehr als ein Funktionsträger, sein Charakter bleibt schattenhaft, und er erhält in Poes vier Detektivgeschichten nicht einmal einen Namen.

Weil all diese Figuren in so weitgehendem Maße im Schatten bleiben, kann natürlich das Licht brennpunktartig auf jene Figur konzentriert werden, die das Neue in Poes Detektivgeschichten ausmacht: auf den Detektiv C. Auguste Dupin in *Die Morde in der Rue Morgue, Das Geheimnis um Marie Rogêt* und *Der entwendete Brief* sowie auf den Schatzsucher William Legrand in *Der Goldkäfer*. Der Erzähler selbst bezeichnet sogar in *Das Geheimnis um Marie Rogêt* die Darstellung des Charakters von Dupin als das eigentliche Thema von *Die Morde in der Rue Morgue*: »[In] einer Arbeit des Titels *Die Morde in der Rue Morgue* bemühte [ich mich], einige sehr bemerkenswerte Züge im geistigen Charakter meines Freundes, des Chevaliers C. Auguste Dupin, abzuschildern [...]. Diese Charakterbeschreibung bildete meinen Plan [...].« (S. 52)

Sowohl Legrand als auch Dupin werden daher eingehend charakterisiert. Beide stammen aus einer angesehenen und wohlhabenden Familie, sind aber verarmt und haben sich deshalb ganz aus der Gesellschaft zurückgezogen. Legrand lebt allein mit seinem Neger Jupiter auf einer einsamen, nur von einer »Wildnis von Schilf« (S. 119) bedeckten Insel. Dupin vergräbt sich in der Einsamkeit »ein[es] vom Alter zerfressene[n] und wunderlich gestaltete[n] Herrenhaus[es]« (S. 10) in der Rue Dunôt, Faubourg St. Germain in Paris, dessen Fensterläden er am Tage verschlossen hält und das er nur des Nachts verläßt; und der Erzähler sagt von ihm: »Unsere Abgeschiedenheit war vollkommen. Wir ließen keine Besucher vor.« (S. 10) Legrand und Dupin sind Sonderlinge und Exzentriker, die trotz ihrer Verarmung keinen Beruf ausüben und nur ihren Hobbies nachgehen: Legrand sammelt seltene Käfer, und Dupin ist ein Liebhaber alter und wertvoller Bücher.

Im Grunde ist es also die gleiche Figur, die Poe zum Helden seiner vier Erzählungen macht. Sie bildet das Zentrum dieser Geschichten; und welche Bedeutung Poe dieser Figur beimißt, geht schon daraus hervor, daß er in *Die Morde in der Rue Morgue* zuerst die Geschichte der Begegnung des Erzählers mit dem Helden erzählt, bevor er sich der Geschichte des Verbrechens und seiner Aufklärung zuwendet.

Diese Figur des »romantischen« Exzentrikers und Sonderlings ist nun keineswegs neu. Sie findet sich unter anderem bereits in früheren Kriminalerzählungen – so trägt z. B. der Goldschmied Cardillac in *Das Fräulein von Scuderi* ähnliche Züge –, und auch in anderen Erzählungen Poes wie in *Der Fall des Hauses Usher* (*The Fall of the House of Usher*, 1839) begegnen wir solchen Figuren immer wieder. Neu dagegen ist die zentrale Charaktereigenschaft des Detektivs bei Poe: Er wird nicht umgetrieben von einem dämonischen Drang oder einer romantischen Leidenschaft, sondern er sagt von sich: »Mein letzter Zweck richtet sich einzig auf die Wahrheit« (S. 36), wobei er die »Gepflogenheit der Vernunft« (»the usage of reason«, S. 36) als den einzigen Weg zur Wahrheitsfindung bezeichnet.

Mit Hilfe der Vernunft ermittelt Dupin in *Die Morde in der Rue Morgue* und in *Das Geheimnis um Marie Rogêt* den Täter und in *Der entwendete Brief* das Versteck des Briefes. Das gleiche Vermögen ermöglicht es Legrand in *Der Goldkäfer*, das Versteck des Piratenschatzes zu finden. Dabei verwendet Poe außergewöhnlich viel Raum darauf, dieses Vermögen noch genauer zu charakterisieren. Es handelt sich nicht um »Verstandesschärfe« (»ingenuity«, S. 8), eine Qualität, welche Dupin herablassend allenfalls der Polizei und dem Polizeipräfekten G-, die bei ihren Ermittlungen in den drei Dupin-Erzählungen nie zum Ziel kommen, konzediert. Gemeint ist vielmehr die »analytische Fähigkeit« (»analytic ability«, S. 8), gepaart mit »Imagination« (»imagination«, S. 9), eine Verbindung der Qualitäten des Mathematikers mit denen des Dichters. Wie sehr es Poe um die Darstellung eben dieses Vermögens geht, wird nicht zuletzt darin deutlich, daß er sich nicht darauf beschränkt zu zeigen, wie Dupin und Legrand mit Hilfe ihrer »analytischen Fähigkeit« das zentrale Rätsel der jeweiligen Erzählung lösen. Vielmehr läßt Poe darüber hinaus Dupin dem Erzähler lange Diskurse über dieses Vermögen halten; und in *Die Morde in der Rue Morgue* beginnt der Erzähler nicht nur mit längeren theoretischen Ausführungen über den Unterschied zwischen »analytischer Fähigkeit« und »Verstandesschärfe«, sondern Poe läßt Dupin überdies auf einem nächtlichen Spaziergang auf verblüffende Weise die Assoziationen des Erzählers rekonstruieren und demonstriert dadurch die »analytische Fähigkeit« Dupins zunächst an einem nicht-alltäglichen Gegenstand, bevor die eigentliche Mordgeschichte beginnt.

Es ist daher gerechtfertigt, letztlich doch nicht in der Darstellung des Charakters von Dupin und Legrand das eigentliche Thema der vier Geschichten zu sehen, sondern in der Darstellung jenes geistigen Vermögens, das diese beiden Charaktere auszeichnet. Wenn aber nun die Darstellung der »analytischen Fähigkeit« von Dupin und Legrand im Mittelpunkt steht, so wird dadurch auch die Eigenart der Handlung in diesen Erzählungen geprägt.

Poe berichtet zunächst nicht darüber, wie es zum Doppelmord in der Rue Morgue oder zur Ermordung Marie Rogêts kam, wie der Minister D- den entwendeten Brief oder der Seeräuberhauptmann Kidd seinen Schatz versteckte, sondern er läßt seine Geschichten mit dem Rätsel beginnen, das die »analytische Fähigkeit« des Detektivs herausfordert. So setzt die eigentliche Handlung in *Die Morde in der Rue Morgue* damit ein, daß Dupin in der Zeitung von einem rätselhaften Verbrechen liest, das in einem anscheinend hermetisch verschlossenen Raum verübt wurde, bei dem der Mörder einen großen Geldbetrag offensichtlich unbeachtet gelassen hat und bei dessen Hergang zahlreiche Ohrenzeugen verschiedener Nationalität nicht in der Lage waren, die Sprache des Mörders, dessen Stimme sie im Mordhaus hörten, zu identifizieren. Ähnliches gilt auch für die anderen Dupin-Erzählungen; und schließlich beginnt auch *Der Goldkäfer* mit einem Rätsel: Legrand hat auf ein Stück Papier einen Skarabäus gemalt und muß plötzlich feststellen, daß sich auf dem Papier statt dessen die Zeichnung eines Totenkopfes befindet.

Im Anschluß daran wird dann aus der Perspektive des Erzählers berichtet, wie der Detektiv das eingangs vorgestellte Rätsel löst. Das bedeutet, daß diese Geschichten eigentlich aus zwei Handlungen bestehen: aus einer Aufklärungshandlung, die in der erzählten Gegenwart spielt, und einer vor Beginn der Erzählung abgeschlossenen, das heißt in der Vergangenheit lokalisierten Handlung, die erst über die Aufklärungshandlung erschlossen wird. Es entspricht nun der zentralen Stellung der »analytischen Fähigkeit« als dem eigentlichen Gegenstand der vier Geschichten, daß ihre Struktur nicht nur eine analytische ist, sondern auch, daß die Aufklärung des Rätsels nicht in erster Linie durch physische Handlung, sondern durch Denkhandlung bestimmt wird.

Dupin liest Zeitungsberichte und Polizeiprotokolle über die rätselhaften Morde an den Damen L'Espanaye und an Marie Rogêt und zieht daraus seine Schlüsse, und Legrand entziffert mit Hilfe sprachpsychologischer und sprachstatistischer Überlegungen die Geheimschrift, die das rätselhafte Stück Papier neben dem Totenkopf enthält. Dabei braucht der Detektiv zunächst seinen »Denkort« – das Haus in der Rue Dunôt bzw. die Insel – gar nicht zu verlassen. Erst spät begibt sich Dupin in der Erzählung *Die Morde in der Rue Morgue* an den Tatort, um Spuren zu untersuchen und um den Weg zu ermitteln, auf dem der Mörder den scheinbar verschlossenen Schauplatz des Verbrechens betreten und verlassen konnte. Während Dupin in dieser Geschichte noch den Erzähler auf seinen Besuch am Tatort mitnimmt, so daß der Leser den Schauplatz des Verbrechens direkt durch die Augen des Erzählers erleben und – zumindest scheinbar – den Detektiv bei seiner Ermittlungstätigkeit beobachten kann, besucht er dagegen den Minister D- in *Der entwendete Brief* allein, und er berichtet dem Erzähler von diesem Besuch erst im nachhinein, als das Rätsel bereits gelöst ist. Noch stärker reduziert werden diese physischen Ermittlungshandlungen Dupins in *Das Geheimnis um Marie Rogêt*: Hier wird die Ermittlungstätigkeit Dupins völlig auf Denkhandlung beschränkt. Dies hat konsequenterweise zur Folge, daß Dupin in dieser Erzählung – ganz ähnlich wie einer seiner späteren Nachfahren, Rex Stouts übergewichtiger Detektiv Nero Wolfe, – seinen »Denkort« nie verläßt und den Tatort überhaupt nicht zu Gesicht bekommt.

Wenn man also den Begriff der Handlung in einem sehr

engen Sinn auffaßt, sind die Detektiverzählungen Poes – gemessen an heutigen Detektiverzählungen – ausgesprochen handlungsarm. Eine Handlung in einem engeren Sinn setzt in ihnen erst ein, wenn der Detektiv das Rätsel theoretisch gelöst hat und seine Lösung dann verifizieren will. Am ausführlichsten wird diese Verifizierungshandlung in *Der Goldkäfer* geschildert: Hier nimmt die Erzählung der abenteuerlichen nächtlichen Schatzsuche einen großen Raum ein, und erst nachdem der Schatz tatsächlich gefunden worden ist, berichtet Legrand dem Erzähler, auf welche Weise er das Versteck des Schatzes zuvor durch Denkhandlungen erschlossen hat. In *Die Morde in der Rue Morgue* ist es dagegen umgekehrt. Zuerst berichtet Dupin dem Erzähler ausführlich über seine Schlußfolgerungen und über die theoretische Lösung des Rätsels. Sodann folgt die Verifizierung: Kaum hat Dupin seinen Bericht abgeschlossen, da hören die beiden Schritte auf der Treppe, und alsbald tritt der Seemann ein, dem der entlaufene Orang-Utan gehört, und bezeugt die Richtigkeit von Dupins Schlußfolgerungen. Da Dupin und der Erzähler vor dem Auftreten des Seemanns ihre Pistolen bereitlegen, wird hier die Erwartung des Lesers ausnahmsweise darauf gerichtet, daß nun endlich Handlung im engeren Sinne, »action«, wie man heute in Deutschland sagt, geschieht. Aber bezeichnend für die »Handlungs«armut der Detektiverzählungen Poes ist, daß von den Pistolen gar kein Gebrauch gemacht werden muß und daß lediglich Sprachhandlung folgt. Noch stärker tritt die physische Handlung in *Der entwendete Brief* zurück. Zwar führt die Verifizierung der Schlußfolgerungen Dupins auch hier zu einem dramatischen Höhepunkt: Dupin besucht den Minister, der den Brief entwendet hat, läßt während dieses Besuchs einen Helfer auf der Straße einen Zwischenfall inszenieren, durch den der Minister abgelenkt wird, und benützt diese Gelegenheit, um den entwendeten Brief, dessen Versteck er zutreffend erschlossen hat, seinerseits zu entwenden und einen äußerlich ganz ähnlichen Brief an dessen Stelle zu hinterlassen. Aber die Dramatik dieser Szene wird dadurch eher heruntergespielt, daß der Erzähler nicht zugegen ist, der Leser die Szene also nicht durch die Augen des Erzählers erleben kann und sie von Dupin im nachhinein, nachdem er den entwendeten Brief bereits dem Polizeipräfekten übergeben hat, berichtet wird. Am stärksten reduziert wird diese Verifizierungshandlung schließlich in *Das Geheimnis um Marie Rogêt*. Nachdem Dupin das Verbrechensrätsel theoretisch gelöst hat, wird die Überführung und Verhaftung des Täters völlig ausgespart. Statt dessen heißt es lakonisch in einer Parenthese: »(Aus Gründen, welche wir nicht des näheren ausführen werden, die aber vielen Lesern wohl einleuchten mögen, haben wir uns die Freiheit genommen, aus dem uns übergebenen Manuskripte hier jenen Abschnitt fortzulassen, welcher die Verfolgung des durch Dupin gewonnenen, sichtlich flüchtigen Fingerzeigs im einzelnen beschreibt. Wir halten es lediglich für angebracht, in Kürze festzustellen, daß man zu dem gewünschten Ergebnis gelangte [...].)« (S. 114f.)

Der Akzent in Poes Detektivgeschichten liegt also eindeutig auf der Denkhandlung; und ein Minimum an physischer Handlung ist allenfalls erforderlich, um zu zeigen, daß die Denkhandlung das jeweilige Rätsel wirklich gelöst hat. Wenn aber die rationale Lösung den Schluß und das Ziel der vier Detektivgeschichten bildet, dann wird damit zugleich auch deutlich, wie sehr sich diese von vielen anderen Erzählungen Poes unterscheiden. In jenen Geschichten stellte Poe immer wieder den Einbruch des Irrationalen in die Welt des Menschen dar. So dringt in *Die Maske des roten Todes* (*The Masque of the Red Death*, 1842) die personifizierte Pest in ein Maskenfest ein, und alle Tänzer fallen ihr zum Opfer. In wiederum anderen Erzählungen Poes kommt das Irrationale dagegen gleichsam von innen und treibt etwa in *Das verräterische Herz* (*The Tell-Tale Heart*, 1843) oder in *Der schwarze Kater* (*The Black Cat*, 1843) den Helden zwanghaft bis zum Mord, wobei das Geschehen hier bezeichnenderweise aus der Perspektive des Mörders erzählt wird. Diese Erzählungen gipfeln im Sieg des Irrationalen, ihre Schlußpointe ist das Verfallensein des Menschen an Mächte, die er nicht kontrollieren kann. In den Detektivgeschichten dagegen bricht das Irrationale lediglich zu Anfang in der Gestalt eines Verbrechens in die geordnete Welt der Menschen ein. Der weitere Verlauf aber zelebriert den Triumph menschlicher Rationalität, indem er zeigt, daß die Wirklichkeit unter dem Zugriff des menschlichen Verstandes ihre Rätsel preisgibt.

Hier offenbart sich der gleiche Optimismus in bezug auf die Leistungsfähigkeit des menschlichen Verstandes, der gleiche Glaube an die Übereinstimmung von Denken und Wirklichkeit, von dem auch die Wissenschaftler des neunzehnten Jahrhunderts beseelt waren. Es ist daher kein Zufall, daß in den gleichen Jahren, in denen Poe seine Detektiverzählungen schrieb, in der Welt der Wissenschaft ein ganz ähnlicher Triumph menschlichen Erkenntnisvermögens zu verzeichnen war, wobei auch hier die Lösung eines Rätsels durch Denktätigkeit am Anfang stand und die Verifizierung dieser Lösung in der Welt der Erfahrung den zweiten Schritt bildete: Die Astronomen Leverrier und Adams hatten 1845 unabhängig voneinander aus bis dahin rätselhaften Störungen in der Bahn des Planeten Uranus das Vorhandensein eines weiteren Planeten errechnet; dieser achte Planet, Neptun, wurde dann am 23. 9. 1846 von dem Astronomen Galle am Fernrohr tatsächlich entdeckt.

III.

Indem Poe gleichsam den Ablauf der Entdeckung des Neptun durch den Ablauf der Enträtselung eines Verbrechens und einer Geheimschrift spiegelte und auf diese Weise die Struktur der wissenschaftlichen Entdeckung in den Bereich der Erzählliteratur transponierte, begründete er eine neue Gattung. In den anderthalb Jahrhunderten, die auf die Veröffentlichung von *Die Morde in der Rue Morgue* folgten, sind so viele Kurzgeschichten, Romane, Dramen, Filme und Fernsehstücke verfaßt worden, die das von Poe begründete

Modell übernahmen, daß ihre Zahl kaum noch ermittelt werden kann. Immer wieder erschienen in diesem Zeitraum Erzählungen, die das Verbrechen als Rätsel darstellen und denen es nicht in erster Linie um die Schilderung von Genese und Hergang des Verbrechens, sondern um die Schilderung seiner Aufklärung geht. Auch den gleichen Charakteren begegnen wir in der auf Poe folgenden Detektivliteratur immer wieder: den Polizisten, die unfähig sind, das Rätsel des Verbrechens zu lösen, dem Begleiter des Detektivs, der der Herausforderung des Rätsels noch weniger gewachsen ist und den Conan Doyle in seinem Dr. Watson unsterblich machte, und schließlich dem genialen Detektiv selbst. Dabei antizipierte Poe nicht nur dessen in der späteren Detektivliteratur immer wiederkehrende Fähigkeit, alle Rätsel zu lösen, sondern, indem er den gleichen Detektiv zum Helden von drei durch mehrere Querverweise miteinander verknüpften Erzählungen machte, auch sein Auftreten als Serienheld. Es führt somit eine direkte Linie von Poes C. Auguste Dupin über Conan Doyles Sherlock Holmes, Chestertons Pater Brown und Agatha Christies Hercule Poirot bis zu den Detektiven der heutigen Fernsehserien.

Erst später begannen einige Verfasser von Detektiverzählungen, das von Poe geschaffene Modell und seine Prämissen wenigstens teilweise zu verlassen und neue Wege zu gehen. So begründete der Amerikaner Dashiell Hammett eine neue Form, die zwar viele Bauelemente der Erzählungen Poes beibehielt, in der aber bei der Aufklärung des Verbrechens die Denkhandlung mehr und mehr durch physische Handlung verdrängt wird. Noch radikaler von den Prämissen Poes wichen einige neuere Autoren ab, die – wie z. B. der Italiener Leonardo Sciascia, der Schweizer Friedrich Dürrenmatt oder die Franzosen Pierre Boileau und Thomas Narcejac – den Sieg des Detektivs durch sein Scheitern ersetzten und die den Detektiv aus einem Symbol menschlicher Leistungsfähigkeit in ein Symbol menschlicher Ohnmacht verwandelten. Boileau und Narcejac haben diese neue Prämisse so formuliert: »Der Detektivroman muß, anstatt den Triumph der Logik zu bezeichnen, [...] den Bankrott des Denkens zelebrieren.«[1] Daneben hat sich aber auch die Detektiverzählung des von Poe geschaffenen Typs bis heute gehalten, und es ist nicht abzusehen, wie lange sie noch weiterleben wird.

Ulrich Broich

[1] »... den Bankrott des Denkens zelebrieren«. In: Jochen Vogt (Hrsg.): Der Kriminalroman. 2 Bde. München 1971, Bd. 1, S. 293–299; hier: S. 296.

ANMERKUNGEN

Zu dieser Ausgabe

Text und Anmerkungen dieser Taschenbuchausgabe entsprechen der von Kuno Schuhmann und Hans Dieter Müller herausgegebenen deutschen Gesamtausgabe der Werke Edgar Allan Poes, 1966–1973 erschienen im Walter-Verlag, Olten und Freiburg. Da Poe den autorisierten Nachdruck seiner Erzählungen meist überarbeitet hat, ist die Grundlage der vorliegenden Übersetzungen in den bibliographischen Angaben der Anmerkungen jeweils durch einen Stern (*) gekennzeichnet; sie entspricht den in der *Virginia Edition* (The Complete Works. Hrsg. von James Harrison. New York 1902) abgedruckten Texten.

In den Anmerkungen werden sämtliche bisher bekanntgewordenen und zu Poes Lebzeiten erschienenen Drucke der jeweiligen Erzählung genannt. Die Quellenangaben versuchen, alle Werke zu erfassen, die bisher als Quellen zu den entsprechenden Erzählungen Poes erwähnt worden sind. Da es nur wenige direkte Dokumente zur Entstehung von Poes Werken gibt und die Quellenforschung weitgehend auf indirekte Kriterien angewiesen ist, handelt es sich bei den Quellenangaben nur um Hinweise, die im Einzelfall diskutiert werden müssen. Die Anmerkungen erläutern Namen, Werke und Begriffe, die für das Verständnis des Textes wichtig sind. Da es eine gründlich kommentierte Poe-Ausgabe bis heute nicht gibt, können und wollen sie nicht mehr als eine erste Lesehilfe sein.

Die Morde in der Rue Morgue

The Murders in the Rue Morgue. In: *Graham's Lady's and Gentleman's Magazine,* April 1841; *The Prose Romances,* Philadelphia 1843; **Tales,* New York 1845. *Un Meurtre sans Exemple dans les Fastes de Justice.* In: *La Quotidienne,* 11.–13. Juni 1846. *L'Assassinat de la Rue Morgue.* In: *La Democratie Pacifique,* 31. Januar 1847.

Quellen: Zeitungsmeldungen über einen Mord in Paris. Vgl. Killis Campbell, *The Mind of Poe and Other Studies.* Cambridge, Mass. 1932, S. 165. – Sir Walter Scott, *Count Robert of Paris* (1831). Vgl. John R. Moore, *Poe, Scott, and The Murders in the Rue Morgue.* In: *American Literature.* Bd. VIII (1936–1937), S. 52–58. In *Marginalia* (November 1846) vermutet Poe, seine Erzählung habe Eugène Sue zu einem Kapitel in seinen *Mystères de Paris*

(1842–1843) angeregt (*Virginia Edition.* Bd. XVI, S. 109). Ebenfalls dort behauptet er, eine Übersetzung der Erzählung sei »vor einigen Jahren« im Pariser *Charivari* erschienen; in einem Brief an Evert A. Duyckinck vom 30. Dezember 1846 noch präziser: »Kurz nach der ersten Veröffentlichung in Graham's Mag: April 1841.« Entweder irrt Poe, oder er übertreibt aus Gründen der Publizität. Die erste französische Übersetzung erschien erst im Juni 1846 in *La Quotidienne.* Vgl. Patrick F. Quinn, *The French Face of Edgar Poe.* Carbondale 1957, S. 67.

In einem Brief an Philip Pendleton Cooke vom 9. August 1846 sagt Poe, das Publikum halte seine Detektivgeschichten für genialer als sie wirklich seien. »Was ist denn zum Beispiel bei der Entwirrung des Gewebes in *Murders in the Rue Morgue* genial, wenn man selbst (als Autor) dieses Gewebe gesponnen hat, eben um es dann entwirren zu können?«

S. 5 *Motto:* Sir Thomas Browne, *Hydriotaphia, Urn Burial* (1658), Kap. V.

S. 7 *Hoyle'sche Regeln:* Edmund Hoyle (1672–1769) schrieb *A Short Treatise on the Game of Whist* (1742). Hinweise darauf finden sich bei Henry Fielding und Lord Byron. Im Februar 1842 schreibt Poe, wenn die Popularität eines Werkes ein Kriterium für seinen Wert wäre, dann wären Newtons *Principia* weit weniger wert als Hoyles *Games* (*Virginia Edition.* Bd. XI, S. 40).

S. 8 *Phrenologen:* Anhänger der Phrenologie, die lehrte, daß im menschlichen Gehirn jeder Affekt genau lokalisierbar ist und die Größe sowie die spezifische Form des Schädels Aufschluß über Charakter und Intelligenz eines Menschen geben. Von Franz Joseph Galls (1758–1828) grundlegender Darstellung wurde 1835 in Boston eine Übersetzung veröffentlicht, ebenso die Vorlesungen seines schottischen Schülers George Combe. Im April 1836 nennt Poe die Phrenologie eine Wissenschaft von größter Bedeutung (*Virginia Edition.* Bd. VIII, S. 253). In seinen Erzählungen spielt er häufig auf sie an, in seinen theoretischen Schriften versucht er sie für ästhetische Überlegungen nutzbar zu machen.

eine Art Urfähigkeit: Poe dagegen sah darin eine erworbene Fähigkeit.

S. 9 *Monsieur C. Auguste Dupin:* Zugleich mit dieser Erzählung veröffentlicht Poe in *Graham's Lady's and Gentleman's Magazine* die Rezension eines Werkes von R. M. Walsh, *Sketches of Conspicuous Living Characters of France,* das auch die Biographie eines Dupin enthält (*Virginia Edition.* Bd. X, S. 134). André Marie Jean Jacques Dupin (1783–1865) war Advokat, durch seine Plädoyers berühmt und seit 1832 Präsident der französischen Deputiertenkammer. Im Juli 1849 erwähnt ihn Poe noch einmal: man habe von ihm gesagt, er spreche wie kein anderer jedermanns Sprache (*Virginia Edition.* Bd. XVI, S. 172).

S. 14 *Lamartine genanntes Gäßchen:* Diese und andere topographische Angaben ließen Baudelaire vermuten, Poe sei nie in Paris gewesen.

Perdidit ...: »Der erste Buchstabe verlor seinen alten Klang.« Ovid, *Fasti.* v. 536.

S. 17 *Pauline Dubourg:* Im Oktober 1815 besuchte Poe in London eine Schule, die von den Schwestern Dubourg geleitet wurde.

S. 23 *tibia:* das Schienbein.

S. 24 *pour mieux entendre la musique:* Zitat aus Molière, *Le Bourgeois Gentilhomme* (1670).

S. 41 *Cuvier:* Georges Cuvier, *Le Règne Animal* (1816), gibt keine sehr genaue, sondern eher eine recht allgemeine Beschreibung. Vgl. John R. Moore, *a. a. O.* (s. oben Quellen) S. 54.

S. 42 *Le Monde:* Ein Irrtum Poes – das Blatt des Fürsterzbischofs von Paris diente schwerlich den Interessen der Seefahrt.

S. 50 *Göttin Laverna:* die Schutzgöttin der Diebe. In *Fifty Suggestions* (1845) schreibt Poe: »Die Göttin Laverna, die ein Kopf ohne Körper ist, sollte sich schicklicherweise mit *La Jeune France* zusammentun; denn sonst wird die Gruppe, zumindest für die nächsten Jahre, ein Körper ohne Kopf bleiben« (*Virginia Edition.* Bd. XIV, S. 181).

de nier ce qui est: Poe gibt das gleiche Zitat in *Suggestions* (Juni 1845) und nennt als Quelle Jean-Jacques Rousseau, *La Nouvelle Héloïse* (*Virginia Edition.* Bd. XIV, S. 180).

DAS GEHEIMNIS UM MARIE ROGÊT

The Mystery of Marie Rogêt. In: *Snowden's Ladies' Companion,* November und Dezember 1842, Februar 1843; **Tales,* New York 1845.

Quelle: In einem Brief an seinen Freund Snodgrass vom 4. Juni 1842 sagt Poe, die Erzählung basiere auf dem Mord an Mary Cecilie Rogers, der kurz zuvor New York erregte. »Unter dem Vorwand, daß ich zeige, wie Dupin (der Held der Rue Morgue) das Geheimnis um Maries Ermordung aufklärt, gebe ich eine rigorose Analyse der *wirklichen* Tragödie in New York. *Kein Punkt* ist ausgelassen. Nacheinander prüfe ich jede Meinung, jedes Argument unserer Presse zu dem Fall und zeige (zufriedenstellend, wie ich glaube), daß man bisher dem Fall nicht beigekommen ist. Die Presse war auf falscher Fährte. Ich bin überzeugt, daß ich nicht nur die Abwegigkeit des Gedankens, das Mädchen sei einer Bande zum Opfer gefallen, gezeigt, sondern auch den *Mörder gefunden* habe. Sie werden aber verstehen, daß es mir vor allem um die Analyse der *Prinzipien*

der *Untersuchung* in Fällen dieser Art ging.« Poes Erzählung steht
am Anfang einer langen Reihe von Versuchen, das Geheimnis um
den Tod von Mary Rogers zu klären. Ausführlich berichtet darüber
William K. Wimsatt, Jr., *Poe and the Mystery of Mary Rogers.* In:
Publications of the Modern Language Association of America.
Bd. LV (1941) S. 30–48. – Die Fußnoten fügte Poe beim Abdruck
von 1845 hinzu.

S. 58 *dem zweiundzwanzigsten Juni:* Poe irrt sich im Datum; es
war der 25. Juli. Vgl. Samuel C. Worthen, *Poe and the Beautiful
Cigar Girl.* In: *American Literature.* Bd. XX (1948–1949), S. 308.

S. 66 *Zwei kleine Knaben, Söhne einer Madame Deluc:* In
Wirklichkeit hieß sie Mrs. Loss. Ihre Söhne waren allerdings alt
genug, selbst der Tat verdächtigt zu werden. Einer von ihnen er-
schoß kurz darauf die Mutter. Vgl. Worthen, *a. a. O.* (s. Anm. zu
S. 58) S. 309.

S. 69 *fand man einen Brief:* Er lautete: »Dies ist der Ort. Gott
vergib mir mein vergeudetes Leben.« Vgl. Worthen, *a. a. O.* (s.
Anm. zu S. 58), S. 310.

S. 83 *de lunatico inquirendo:* »um zu ermitteln, wer hier der
Verrückte ist«.

S. 91 *Lothario:* der sprichwörtliche Wüstling in Nicholas Ro-
wes Tragödie *The Fair Penitent* (1703).

S. 109 *Et hinc illae irae?:* »Daher also jener Zorn?« (abgewan-
delt aus Juvenal, *Satiren* I, 168).

S. 110 *entweder ... oder aber:* Diese Stelle fügt Poe 1845 ein.
Als er 1844 nach New York kam, muß er von der dort herrschenden
Ansicht gehört haben, Mary Rogers sei an den Folgen einer Abtreibung gestorben. Mit dem Zusatz berücksichtigt er eine Alternative,
an die er selbst nicht glaubt. Vgl. William K. Wimsatt, Jr., *Mary
Rogers, John Anderson, and Others.* In: *American Literature.*
Bd. XXI (1949–1950), S. 483. Seitdem hat sich herausgestellt, daß
Poe mit Recht den »Mann mit der dunklen Gesichtsfarbe« verdäch-
tigte; nur war dieser kein Seeoffizier, sondern Abtreiber. Der Sohn
von Mrs. Loss gestand, daß der Eingriff in der Schenke seiner Mutter stattfand (New Yorker *Herald*, 20. November 1842). Neu aufgefundene Dokumente ergaben auch, daß Mary Rogers sich bereits
bei ihrem ersten Verschwinden einer Abtreibung unterzog, für die
ihr Arbeitgeber John Anderson verantwortlich war. Vgl. die genannten Arbeiten von Worthen und Wimsatt.

DER GOLDKÄFER

The Gold Bug. In: *Dollar Newspaper,* 21. und 28. Juni 1843; *Saturday Courier,* 24. Juni, 1. und 8. Juli 1843; *Dollar Newspaper,*

12. Juli 1843; *The Volunteer*, 3., 10. und 17. August 1843; *Tales*, New York 1845. *Le Scarabée d'Or.* In: *Revue Britannique*, November 1845. *The Gold Bug.* London: A. Dyson, 1846 oder 1847. *Le Scarabée d'Or.* In: *La Democratie Pacifique*, 23., 25., 27. Mai 1848. *The Gold Bug.* In: *Boston Museum*, 22. Juli 1848.

Von den zahlreichen Bearbeitungen der Legende von Captain Kidd kannte Poe Washington Irving, *The Devil and Tom Walker* (in den 1824 veröffentlichten *Tales of a Traveller*), und Robert Montgomery Bird, *Sheppard Lee* (1836). Er reichte die Erzählung zu einem Wettbewerb des *Dollar Newspaper* ein und gewann den ausgesetzten Preis von $ 100 – das höchste Honorar, das er je für eine Erzählung erhielt. Die Wettbewerbsbedingungen schrieben unter anderem die Lokalisierung des Geschehens in Amerika vor.

S. 119 *Sullivan's Island:* Poe war dort als Soldat vom 18. November 1827 bis zum 11. Dezember 1828 stationiert. Die im Text folgende Beschreibung der Insel ist exakt. Vgl. Arthur H. Quinn, *Edgar Allan Poe.* New York 1941, S. 130.

Gartenbaukünstler: Im Oktober 1842 hatte Poe *The Landscape Garden* veröffentlicht, seinen ersten Beitrag zur Landschaftsgärtnerei.

S. 120 *nach Muscheln oder entomologischen Proben:* Auf Sullivan's Island hatte Poe möglicherweise Edmund Ravenel kennengelernt, einen bedeutenden Conchologen. 1839 veröffentlichte Poe seine Bearbeitung eines Handbuches der Conchologie. Vgl. Arthur H. Quinn, *a. a. O.* (s. Anm. zu S. 119).

Swammerdam: Jan Swammerdam (1637–1680), holländischer Entomologe.

S. 123 *scarabaeus caput hominis:* Menschenkopf-Skarabäus.

S. 129 *Es war ein prachtvoller Skarabäus:* Entomologen sind der Ansicht, daß Poes Phantasie die Charakteristika zweier Käfer, die sich tatsächlich auf Sullivan's Island finden (Callichroma splendidum und Alaus oculatus), miteinander verbunden hat. Vgl. Ellison A. Smythe, Jr., *Poe's Gold Bug from the Standpoint of an Entomologist.* In: *Sewanee Review.* Bd. XVIII (1910), S. 67–72. Möglich ist aber auch, daß er eine ›Death's head Moth‹ unterschriebene Illustration im *Saturday Magazine* vom 25. August 1832 gesehen hatte, die eben die von ihm genannten Kennzeichen aufweist. Carroll Laverty, *The Death's-Head on the Gold Bug.* In: *American Literature.* Bd. XII (1940–1941), S. 90.

S. 132 *wilde und trostlose Strecke Landes:* Im Unterschied zur Beschreibung der Insel ist die des Festlandes stark von der Phantasie bestimmt. Vg. Arthur H. Quinn, *a. a. O.* (s. Anm. zu S. 119), S. 131.

S. 152 *Kapitän Kidd:* William Kidd (1645–1701), schottischer Kapitän, lebte in New York. 1696 beauftragte ihn der englische

Gouverneur mit der Bekämpfung der Piraten. Als seine Mannschaft durch Krankheit dezimiert wurde, ging Kidd selbst auf Piraterei aus. 1701 wurde er in London gehenkt. Sein Nachlaß erwies sich als so überraschend ärmlich, daß die Legende von einem verborgenen Schatz aufkam. Nach Carlton Harbour ist Kidd allerdings nie gekommen.

S. 153 f. *ich spülte also das Pergament sauber:* Das hätte sicher auch die Geheimschrift zerstört. Vgl. J. Woodrow Hassell, Jr., *The Problem of Realism in ›The Gold Bug‹.* In: *American Literature.* Bd. XXV (1953–1954), S. 181.

S. 154 *alle Juwelen von Golkonda:* Die Stadt in der Nähe des indischen Haiderabad war ein Zentrum der Diamantenschleiferei.

S. 155 *ich habe schon andere Chiffreschriften gelöst:* Besonders 1840 und 1841 hatte Poe sich intensiv mit Kryptographie beschäftigt. Vgl. William K. Wimsatt, Jr., *What Poe Knew about Cryptography.* In: *Publications of the Modern Language Association of America.* Bd. LVIII (1943), S. 754–779.

S. 156 *zu der folgenden Tabelle:* Sie enthält mehrere Ungenauigkeiten. Besonders fällt auf, daß das Zeichen «(» zwar in der Geheimschrift selbst benutzt, hier aber nicht aufgeführt wird. Vgl. J. Woodrow Hassell, Jr., *a. a. O.* (s. Anm. zu S. 153), S. 183.

Danach geht die Reihenfolge: Poe übernahm diese fehlerhafte Häufigkeitstabelle aus Rees's *Cyclopaedia.* Richtig müßte sie lauten: e, t, o, a, n, i, r, s, h, d, l, c, f, u, m, p, y, w, g, b, v, k, x, j, q, z. Vgl. William K. Wimsatt, Jr., *a. a. O.* (s. Anm. zu S. 155), S. 771 f.

S. 159 *twenty-one degrees:* Sämtliche Drucke zu Poes Lebzeiten haben ›forty-one degrees‹. Das würde aber bedeuten, daß die Entfernung des Beobachters vom Gegenstande nicht viel größer wäre als dessen Höhe über dem Erdboden. Im J. Lorimer Graham-Exemplar der *Tales* von 1845 findet sich Poes handschriftliche Änderung ›twenty-one degrees‹. Vgl. J. Woodrow Hassel, Jr., *a. a. O.* (s. Anm. zu S. 153), S. 187.

S. 164 *durch das rechte Auge statt durch das linke:* Auch dann wäre die Abweichung unmöglich so groß gewesen, wie Poe angibt. Vgl. J. Woodrow Hassell, Jr., *a. a. O.* (s. Anm. zu S. 153), S. 181.

der gesunde Menschenverstand: Die Begründung, warum ein Schädel benutzt wurde, ist ein weiterer handschriftlicher Zusatz Edgar Allan Poes im J. Lorimer Graham-Exemplar der *Tales.*

DER ENTWENDETE BRIEF

The Purloined Letter. In: *The Gift,* 1845; *Chambers Edinburgh Journal,* 30. November 1845; **Tales,* New York 1845.
Eine Quelle wurde bisher nicht gefunden. In einem Brief an Ja-

mes R. Lowell vom 2. Juli 1844 nennt Poe diese Erzählung seine beste Detektivgeschichte.

S. 167   Motto: »Keine Weisheit ist widerlicher als die Naseweisheit.«

S. 177   Abernethy: John Abernethy (1764–1831), Londoner Chirurg, berühmt als Arzt und als Grobian.

S. 182   non distributio medii: Die Nichtzerlegung des Mittelteils einer dreiteiligen logischen Aussage.

Als Dichter und Mathematiker: Offensichtlich gibt Poe hier auch ein Selbstporträt; das Miteinander von Imagination und Reflexion bestimmt sein ganzes Werk.

S. 183   ambitus: »das Herumgehen«, dagegen »der Ehrgeiz« = »ambitio«.

religio: »Gewissenhaftigkeit«.

homines honesti: »ehrenwerte Leute«. Daß engl. »honest« nicht lat. »honestum« entspricht, hatte Poe bereits in *Pinakidia* (August 1836) kritisch zu Drydens Virgil-Übersetzung angemerkt.

S. 184   Bryant: Gemeint ist Jacob Bryant, *A New System; or An Analysis of Ancient Mythology.* Poe hatte das Werk in *Pinakidia* (August 1836) zitiert (*Virginia Edition.* Bd. XIV, S. 52 und 53).

S. 190   facilis descensus Averni: »der leichte Abstieg zur Unterwelt«. Virgil, *Aeneis* VI. 126.

Catalani: Angelica Catalani (1780–1849), international berühmter italienischer Koloratursopran.

1809   19. Januar: Edgar Poe wird in Boston als zweiter Sohn des
Schauspielerehepaars David und Elizabeth Poe geboren. Die
Familie lebt in sehr ärmlichen Verhältnissen, da der Vater
seinen Beruf als Jurist aufgegeben hat, um Schauspieler zu
werden.

1810   August: Elizabeth Poe geht ohne ihren Mann, dessen weiteres
Schicksal unbekannt ist, ins Engagement nach Richmond. Sie
nimmt ihre drei Kinder mit.

1811   8. Dezember: Tod der Mutter. Der zweijährige Edgar wird
von dem wohlhabenden Kaufmann John Allan (1780–1834)
als Pflegekind aufgenommen. Das kinderlose Ehepaar ver-
wöhnt Edgar in materieller Hinsicht, es fehlt jedoch an echter
Zuneigung.

1815   John Allan übersiedelt nach England. Edgar besucht die
Schule der Damen Dubourg in London.

1818   Juli: Edgar kommt in ein Internat in Stoke Newington bei
London.

1820   August: Rückkehr nach Richmond.

1820   Schulbesuch in Richmond. Erste poetische Versuche.
–25   Edgar findet erstmals Verständnis und emotionale Zuwen-
dung bei der Mutter eines Mitschülers, Mrs. Jane Stith Sta-
nard. Ihr Tod trifft ihn tief; er gibt erste Anregungen zu Poes
gespenstischen Leichen- und Friedhofsvisionen.

1825   Unglückliche Liebe zu Sarah Elmira Royster.

1826   Beginn des Studiums der alten und neuen Sprachen an der
Universität von Virginia in Charlottesville. Wegen finanziel-
ler Schwierigkeiten beginnt Poe zu trinken und versucht sein
Glück im Spiel.
Dezember: Abbruch des Studiums wegen Spielschulden, die
zu bezahlen der Stiefvater sich weigert. Arbeit in dessen Ge-
schäft.

1827   März: Bruch mit dem Stiefvater. Poe verläßt Richmond.
26. Mai: Eintritt in die amerikanische Armee.
Frühsommer: Anonymes Erscheinen der ersten Gedichtsammlung *Tamerlane and Other Poems by a Bostonian* in
Boston. Keine Beachtung durch die Kritik, kein Absatz.

1829   Tod der Stiefmutter, Rückkehr nach Richmond. Spannungen
mit dem Stiefvater.
Herbst: Die Gedichtsammlung *Al Aaraaf, Tamerlane, and
Minor Poems* erscheint anonym in Baltimore.

1830 März: Aufnahme in die Militärakademie in West Point.

1831 Februar: Entlassung aus der Militärschule wegen schlechter Führung. Reise nach New York.

April: *Poems by Edgar Allan Poe* in New York veröffentlicht. Lebt in ärmlichen Verhältnissen bei Verwandten in Baltimore.

Juni: Erfolglose Teilnahme an einem Wettbewerb des Philadelphia Saturday Courier.

1832 Anonyme Veröffentlichung der von Poe eingereichten Erzählungen *Metzengerstein, The Duc de l'Omelette, A Tale of Jerusalem, A Decided Loss, The Bargain Lost* durch den Philadelphia Saturday Courier.

1833 Poe gewinnt mit seiner Novelle *A MS. Found in a Bottle* den Preis des Baltimore Saturday Visiter für kurze Erzählungen. Keine wesentliche Verbesserung der finanziellen Lage, aber Beachtung durch Kritiker und Verleger.

1834 Veröffentlichung der Erzählung *The Assignation* in Godey's Lady's Book, ohne Honorar.

März: Tod des Stiefvaters. Poe bleibt ohne Erbschaft. Anonyme Beiträge in verschiedenen Zeitschriften.

1835 Poe wird »assistant editor« beim Southern Literary Messenger in Richmond. Zahlreiche Veröffentlichungen.

1836 16. Mai: Heirat mit seiner 14-jährigen Cousine Virginia Clemm.

1838 *The Narrative of Arthur Gordon Pym* erscheint.

1840 *Tales of Grotesque and Arabesque* veröffentlicht.

1844 Übersiedelung nach New York. Mitarbeit am New Yorker Quarterly Review und am Graham's Magazine in Philadelphia. Zahlreiche Veröffentlichungen.

1845 *The Raven and Other Poems* und die Sammlung *Tales* erscheinen; der Gedichtband macht Poe mit einem Schlag zum berühmten Schriftsteller. Poe übernimmt die Zeitschrift Broadway Journal, die er aber nur bis 1846 halten kann.

1847 Seine Frau stirbt an Schwindsucht. Schwere Erkrankung Poes. Zunahme seiner krankhaften Nervosität und Trunksucht, Einnahme von Laudanum.

1849 Verlobung mit der vermögenden Witwe Mrs. Shelton, seiner Jugendliebe Sarah Elmira Royster, in Richmond. Die Hochzeit ist für den 11. Oktober angesetzt.

3. Oktober: Poe bricht eine Reise nach New York in Baltimore ab, wo er nachts bewußtlos aufgefunden wird.

7. Oktober: Tod Edgar Allan Poes (Todesursache wahrscheinlich Gehirnentzündung).

LITERATURHINWEISE

BIBLIOGRAPHIEN

Robertson, John W.: Bibliography of the Writings of Edgar Allan Poe. 2 Bde. San Francisco 1934.

Heartman, Charles F./James R. Canny: A Bibliography of First Printings of the Writings of Edgar Allan Poe. Hattiesburg 1943.

Hubbell, Jay B.: Poe. In: Floyd Stovall (Hrsg.): Eight American Authors: A Review of Research and Criticism. New York 1963, S. 1–46.

Dameron, J. Lasley: Edgar Allan Poe: A Checklist of Criticism, 1942–1960. Charlottesville 1966.

LEBEN UND WERK

Quinn, Arthur H.: Edgar Allan Poe. A Critical Biography. New York 1941.

Fabri, Albrecht: Über Edgar Allan Poe. In: Deutsche Beiträge 1, 1946/47, S. 560–568.

Kühnelt, Harro H.: Die Bedeutung von Edgar Allan Poe für die englische Literatur. Innsbruck 1949.

Schuhmann, Kuno: Die erzählende Prosa Edgar Allan Poes. Ein Beitrag zu einer Gattungsgeschichte der ›short story‹. Heidelberg 1958.

Lennig, Walter: Edgar Allan Poe in Selbstzeugnissen und Bilddokumenten. Hamburg 1959.

Buranelli, Vincent: Edgar Allan Poe. New York 1961.

Lubbers, Klaus: Die Todesszene und ihre Funktion im Kurzgeschichtenwerk von Edgar Allan Poe. München 1961.

Bittner, William: Poe. A Biography. Boston/Toronto 1962.

Campbell, Killis: The Mind of Poe and Other Studies. New York 1962. (Zuerst 1933.)

Ingram, John H.: Edgar Allan Poe. His Life, Letters, and Opinions. New York 1965.

Woodberry, George E.: The Life of Edgar Allan Poe. 2 Bde. New York 1965.

Regan, Robert (Hrsg.): Poe. A Collection of Critical Essays. Englewood Cliffs 1967.

Staats, Armin: Edgar Allan Poes symbolische Erzählkunst. Heidelberg 1967.

Link, Franz H.: Edgar Allan Poe. Frankfurt/Bonn 1968.

Jacobs, Robert D.: Poe. Journalist & Critic. Baton Rouge 1969.

Levine, Stuart: Edgar Poe: Seer and Craftsman. Deland 1972.

Halliburton, David: Edgar Allan Poe. A Phenomenological View. Princeton 1973.

Martens, Klaus: Die antinomische Imagination. Studien zu einer amerikanischen literarischen Tradition. Frankfurt a. M. 1986.

Symons, Julian: Edgar Allan Poe. Leben und Werk. München 1986.

Carlson, Eric W. (Hrsg.): Critical essays on Edgar Allan Poe. Boston 1987.

Lee, Robert (Hrsg.): Edgar Allan Poe. The design of order. Totowa 1987.

Bloom, Clive: Reading Poe, reading Freud. The romantic imagination in crisis. New York 1988.

Muller, John P.: The purloined Poe. Lacan, Derrida and psychoanalytic reading. Baltimore 1988.

Williams, Michael J.: A world of words. Language and displacement in the fiction of Edgar Allan Poe. Durham 1988.

Levin, Harry: The power of blackness. Hawthorne, Poe, Melville. Athens 1989.

Zumbach, Frank T.: Edgar Allan Poe. Eine Biographie. München 1989.

Zu den Detektivgeschichten

Wimsatt, William K.: Poe and the Mystery of Mary Rogers. In: Publications of the Modern Language Association 56, March 1941, S. 230–248.

Wölcken, Fritz: Der literarische Mord. Eine Untersuchung über die englische und amerikanische Detektivliteratur. Nürnberg 1953.

Hawkins, John: Poe's ›The Murders in the Rue Morgue‹. In: Explicator XXIII, 1965, No. 49.

Boileau, Pierre/Thomas Narcejac: Der Detektivroman. Neuwied/Berlin 1967.

Link, Franz H.: Edgar Allan Poe. Frankfurt/Bonn 1968, S. 304–313.

Wels, John: Poe the Detective. The Curious Circumstances Behind ›The Mystery of Mary Rogêt‹. New Brunswick 1968.

Smuda, Manfred: Variation und Innovation. Modelle literarischer Möglichkeiten der Prosa in der Nachfolge Edgar Allan Poes. In: Poetica III, 1970, S. 165–187.

Becker, Jens Peter: Edgar Allan Poe: ›The Gold Bug‹. In: Hans Finger (Hrsg.): Interpretationen zu Irving, Melville und Poe. Frankfurt 1971, S. 59–73.

Just, Klaus G.: Edgar Allan Poe und die Folgen. In: Jochen Vogt (Hrsg.): Der Kriminalroman. 2 Bde. München 1971, Bd. 1, S. 9–32.

Žmegač, Victor (Hrsg.): Der wohltemperierte Mord. Zur Theorie und Geschichte des Detektivromans. Frankfurt 1971.

Buchloh, Paul G.: Poe: ›The Murders in the Rue Morgue‹. In: Karl-Heinz Göller/Gerhard Hoffmann (Hrsg.): Die amerikanische Kurzgeschichte. Düsseldorf 1972, S. 94–102.

Marsch, Edgar: Die Kriminalerzählung. Theorie – Geschichte – Analyse. München 1972, S. 154–161.

Buchloh, Paul G./Jens Peter Becker: Der Detektivroman. Studien zur Geschichte und Form der englischen und amerikanischen Detektivliteratur. Darmstadt 1973, S. 34–46.

Becker, Jens Peter: Sherlock Holmes & Co. Essays zur englischen und amerikanischen Detektivliteratur. München 1975.

Broich, Ulrich: Gattungen des modernen englischen Romans. Wiesbaden 1975, S. 18–22.

Buchloh, Paul G./Jens Peter Becker (Hrsg.): Der Detektiverzählung auf der Spur. Darmstadt 1977.

Hügel, Hans-Otto: Untersuchungsrichter, Diebsfänger, Detektive. Theorie und Geschichte der deutschen Detektiverzählung im 19. Jahrhundert. Stuttgart 1978.

Krumme, Peter: Augenblicke – Erzählungen Edgar Allan Poes. Stuttgart 1978.

Symons, Julian: Am Anfang war der Mord. Eine Geschichte des Kriminalromans. München 1982.

Mandel, Ernest: Delightful murder. A social history of the crime story. London u. a. 1984. (dt. 1987)

Suerbaum, Ulrich: Krimi. Eine Analyse der Gattung. Stuttgart 1984.

Magill, Frank N. (Hrsg.): Critical survey of mystery and detective fiction. Pasadena 1988.

Leonhardt, Ulrike: Mord ist ihr Beruf. Eine Geschichte des Kriminalromans. München 1990.

INHALT

Klassische Autoren der englischen und amerikanischen Literatur im <u>dtv</u>

William Blake
Zwischen Feuer und Feuer
Poetische Werke
Zweisprachige Ausgabe
dtv 12548

Wilkie Collins
Die Frau in Weiß
Criminal-Roman
dtv 20171
Der Monddiamant
Criminal-Roman
dtv 12182
Jezebels Tochter
Criminal-Roman
dtv 20003

Thomas Hardy
Auf verschlungenen Pfaden
(*The Return of the Native*)
dtv 2385
Herzen in Aufruhr
(*Jude, the Obscure*)
dtv 20045

Edgar Allan Poe
Detektivgeschichten
Übersetzt von
Hans Wollschläger
dtv 12464
Faszination des Grauens
Meistererzählungen
dtv 12542

Laurence Sterne
Leben und Ansichten von Tristram Shandy, Gentleman
9 Bände im Kleinformat in Geschenkkassette
dtv 59024

William Thackeray
Jahrmarkt der Eitelkeit
oder
Ein Roman ohne Held
dtv 12462

Oscar Wilde
Das Bildnis des Dorian Gray
dtv 12466

<u>dtv</u>

Klassische Autorinnen der englischen und amerikanischen Literatur im dtv

Jane Austen
Stolz und Vorurteil
Neu übersetzt von
Helga Schulz
Roman
dtv 12350

Harriet Beecher Stowe
Onkel Toms Hütte
Neu erarbeitet von
S. Althoetmar-Smarczyk
auf der Grundlage einer
anonymen Übersetzung
dtv 2330

Mary Elizabeth Braddon
Lady Audley's Geheimnis
Criminal-Roman
Neu übersetzt von
Sylvia Oeser
Mit Nachwort und
Anmerkungen
dtv 20144

Charlotte Brontë
Jane Eyre
Neu übersetzt von
Gottfried Röckelein
Roman
dtv 12540

Emily Brontë
Sturmhöhe
Neu übersetzt von
Michaela Meßner
Roman
dtv 12348

Maria Edgeworth
Castle Rackrent
Übersetzt von
Helga Schulz
Roman · dtv 12275

Elizabeth Gaskell
**Das Leben der
Charlotte Brontë
Eine Biographie**
Aus dem Englischen von
Irmgard und Peter Schmitt
unter Mitwirkung von
Gottfried Röckelein
dtv 20048

Helen Hunt Jackson
Ramona
Ein kalifornischer Roman
Neu überarbeitet und
ergänzt von Susanne
Althoetmar-Smarczyk
dtv 12198

dtv